2020中国年度 微型小说

作家网 选编 冰峰 主编

漓江出版社
·桂林·

图书在版编目（CIP）数据

2020中国年度微型小说 / 作家网选编；冰峰主编
.-- 桂林：漓江出版社，2021.3（2024.5重印）
ISBN 978-7-5407-9023-3

Ⅰ.①2… Ⅱ.①作… ②冰… Ⅲ.①小小说—小说集—中国—当代 Ⅳ.①I247.8

中国版本图书馆CIP数据核字（2021）第003156号

2020 ZHONGGUO NIANDU WEIXING XIAOSHUO
2020中国年度微型小说
作家网　选编
冰　峰　主编

出版人：刘迪才
责任编辑：张谦
助理编辑：黄彦
书籍设计：石绍康
责任监印：张璐

出版发行：漓江出版社有限公司
社址：广西桂林市南环路22号　邮编：541002
发行电话：010-65699511　0773-2583322
传真：010-85891290　0773-2582200
邮购热线：0773-2582200
电子信箱：ljcbs@163.com
微信公众号：lijiangpress
印制：天津市天玺印务有限公司
［天津市宝坻区新开口镇产业功能区天源路9号　邮编：301815］
开本：690 mm × 1000 mm　1/16
印张：20　字数：277千字
版次：2021年3月第1版
印次：2024年5月第2次印刷
书号：ISBN 978-7-5407-9023-3
定价：59.80元

目录
contents

用非虚构微型小说来捕获时代的情感（代序）

冰 峰

随着诸多新媒体的出现，微型小说似乎离时代渐行渐远了。微博、微信、短视频迅速冲击着人们的生活和情感。人们的目光已经被缭乱的信息俘获，渐渐失去了理智的选择和判断。人们被各种庞杂的信息包围着，情感被卷入了深不可测的大海之中。在浩渺无际的波涛中，我们仿佛听到文学在呼救。

微型小说虽然以短小精悍的优势穿梭于新媒体之间，但微小的数量并未引起众多阅读者的注意。因为微型小说毕竟是文学，虚构是微型小说的基本技法。失去虚构，文学的想象仿佛被屠杀，失去了自由驰骋的能力。而我们面对的事实是，想象并未成为优势，离奇怪异的生活场景却令人咂舌，有的甚至让人毛骨悚然。

不可否认，新媒体已经脱光了人类所有的衣服，人类已经毫无隐私可言。只要走出家门，无数的摄像头就会对准我们的面孔，在大数据分析之下，我们所有的行踪均被记录在案。

对于无处逃身的人类来说，与其在逃亡中失去主动，还不如顺势而为，主动出击，让微型小说主动成为社会大潮中的一种力量。微型小说既然具有叙述故事的能力，如果把现实生活中发生的故事以非虚构的方式呈现，其效果就会比单纯的新闻报道要更具魅力，更为生动鲜活，也更容易撼动人的情感并引发人的思考。这几天，我从微信里看到几篇发人深省的真实故事，文风坦然，叙述平和，和微型小说的叙述方式、结构没有区别。但读罢文章，却让人陷入了深深地思考。我们不得不承认，这些微型小说，均属上乘之作，不但有生活，还有对社会深层次问题的揭示、暴露和批判，其文学意义和价值是不容小觑的。

下面我们就来读曾宪涛写的故事《有儿在国外》。故事发表在2020年第1

期《故事会》（文摘版）上，文章朴素、简约，无非是现实生活中的一段场景而已，看不出任何虚构的痕迹。

早点铺的门是敞开的，外面的世界都看得清。就见一个蹬三轮的小伙子，车上载着一位老人，全身上下围得严严实实，面前还摆放着一张小桌。

小伙子在早点铺门外把车停好，下车进店，买了一盘包子、一碗辣汤，端到老人面前。老人就坐在三轮车上吃包子，喝辣汤。小伙子在一旁看着，等老人慢慢吃好，拿出餐巾纸给老人擦净，围好，蹬上三轮车，沿来路回去了。

老李看呆了，不由道，这孩子真孝顺呀！旁边的熟人说，你要是每天这个时间来，天天都能见到这爷俩，老人可能是腿脚不方便，儿子天天带他来吃早点，都夸他，如今这样孝顺的不多了。

……

李老汉就想到了自己的儿子。他就一个儿子，从小学习好，大学毕业去了外国留学，后来就留在了国外，还成了家。儿子收入很高，经常给老李寄钱寄东西回来。老李并不缺钱，但心里高兴，还有意让儿子寄到单位，因为传达室爱把汇寄消息写在小黑板上。那时单位里的人都羡慕死老李，说老李有个好儿子，教育自己孩子时，也都拿老李儿子做榜样。老李脸上特别有光彩，见人就想炫耀国外的儿子。不过自打退休后，老李的心情就变了，特别是身体有恙时，就更感觉孩子还是在身边好，再遇着有人羡慕他时，就会说句儿子算是白养了。

……

晚上，手机视频振铃响了。老李手机视频，还是邻居孩子教会的。老李跟儿子视频，说着说着，就说到今早遇到的事，先夸那个小伙子，然后说，真羡慕那个老头，等哪天我跟你妈不能动了咋办？

儿子在视频里沉默了，半晌才说，爸，我会给家里多寄些钱，你们就请个保姆吧。

……

老李苦笑了笑同意了。老伴去了家政公司，带来一个小伙子，老李一看愣了，竟是那个“孝顺的儿子”。

咋是你？

小伙子解答了老李的疑问，那老人是我们公司的客户，他儿子在国外，一直找我照顾他，他有个多年的习惯，每早都要去七来风吃包子辣汤，说买回来吃就没味了，就在前天，他被儿子接去了国外，我才空闲下来。说罢又担忧道，就不知老人家吃不上七来风的包子辣汤，能不能受得了？

原来这样，老李竟释然了。

这则故事的情节并不离奇，是现实生活中常有的事儿。随着出国热潮的此起彼伏，过去没有的社会情感问题出现了。孩子去了国外，光环之后本该有的天伦之乐没了。时代的发展撕碎了固有的美好，一切都在变化。

大千世界，无奇不有，“巧合”是正常的，“意外”的出现也从来没有与人类协商或沟通，它们是那样的肆无忌惮。这些伤害人类想象的事件，总是让人措手不及或束手无策。但是，如果我们能够及时捕获这些事件的细节，并加以临摹、记录，然后以微型小说的方式呈现给读者，我想，这样的文学呈现，一定会比“捏造”更有价值和意义，也更具有可读性。

社会在发展，人类在进步，这个世界每时每刻都在发生变化。而一切变化的过程，又是转瞬即逝的。冰冷的摄像头只能留住粗粝的素材和庞杂无序的场景，而作家的笔，则是有灵性、情感和温度的，捕获的是人性和人性背后的命运和体验，而这些体验是鲜活的，有生命的，也是最靠近读者的。

度　种

凌鼎年

伊藤秀本从大宋的京城汴梁回到东瀛后，一直心事重重的样子，好像在思考什么重大问题。夫人见丈夫如此，很是担心，就小心翼翼地问：“是否在中土碰到了什么不顺心的事？”

伊藤秀本没有正面回答，而是反问夫人：“我在日本算不算有阳刚之气的伟岸男性？”

“当然，那还用说吗？不是我恭维你，无论用什么标准，在日本你都算顶级的美男子。”夫人很诚恳地说道。

伊藤秀本犹豫再三，终于说道：“可我到了汴梁才知道，就我这身高，就像侏儒。大宋国的男人，哪怕最矮小的也高过我一个头。而且一个个英俊潇洒，风度翩翩，让我自惭啊。”

伊藤秀本把自己关在房间里整整一天，不吃不喝。当他走出房间时，大声说道：“我决定了，让女儿伊藤真子去大宋度种！”

夫人向来对丈夫言听计从，伊藤秀本决定的事，她从不反对。她唯一担心的是女儿会不会同意，她实在没有把握。

夫妻俩商量好了，万一女儿不愿意，就晓以大义，让她从改良伊藤家族的品种这千秋万代的角度去考虑问题，从长远看，做出些牺牲是值得的。而且，度种也是有先例的，平安京时代初，大唐的商人来九州经商，就有女子去荐寝的，还好吃好喝伺候着，说白了，就是借种。

伊藤秀本万万没有想到，伊藤真子一听让她去中土度种，一口答应，而且兴奋之情难抑。原来伊藤真子已从其他人嘴里听说了大宋的繁华，她早就向往至极。再说父亲从汴梁带回的胭脂水粉与丝绸，哪样不是伊藤真子的最爱。如果有机会亲自去一趟中土，再找个白马王子，那岂不是梦想成真，快哉快哉！

既然自己女儿这样通情达理，爽爽气气，想必其他年轻女子也人同此心，心同此理。对，要去就去一批，结伴而去，也安全，效果也好。在伊藤秀本的发动下，伊藤家族慎重地挑选了20位年龄在16—18岁之间，未婚，且长得眉清目秀有姿色的姑娘，同船而去。而伊藤秀本，被伊藤家族一致推举为领队。

临行前，伊藤秀本做了三套预案，最好是在琅琊（今青岛）登岸，其次是到海州（连云港），最不济是到明州（宁波）。伊藤秀本清楚，船到了海上，洋流、风向等诸多因素决定着船的走向。

伊藤秀本的船是六月初出发的，初夏就出发，就是想避免遇上台风。开始顺风顺水，一路顺畅。哪晓得船行半途，在毫无征兆的情况下，天，说变就变，热带风暴说来就来，所幸在风暴边缘位置，但还是风大、浪急、涌高，随时有倾覆的危险。伊藤秀本唯有像中土的渔民一样跪在船头，祈祷妈祖保佑。船不大，像一片树叶抛在海面，忽上忽下，颠得伊藤真子五脏六腑都挪了位，吐得一塌糊涂，仿佛苦胆都到了喉咙口。一船人只能听天由命，随风漂荡。经几昼夜的海上颠簸，九死一生，终于搁浅在一片长满芦苇的滩涂上。上了岸才知道是刘家港，是长江入海口的一个小城。说起来是个小城，集市还挺热闹的，唐代时就有日本僧人、商人来过。

伊藤秀本知道汴梁离这儿还有很远的路，不是十天八天就能走得到的。再说，因了热带风暴的折腾，一干人已人困马乏，只想休整，不想再动了，就暂且住下再做打算。

衣带桥堍的莫家是刘家港的大户人家，伊藤秀本就借了莫家的院落安顿了下来。

刘家港不大，但这里民风淳朴，人心善良，老百姓都安居乐业，一派祥和。

伊藤真子见莫家的大儿子莫华山长得器宇轩昂，虎背熊腰，很是喜欢。莫华山开了一个武术馆，平时打拳舞剑，在伊藤真子眼里，莫华山的打拳也好，舞剑也罢，那一招一式都让她心动。俗话说“女追男，隔层纱”，而且伊藤真子是有备而来，目的很明确。在她大胆、直接地进攻下，莫华山哪里挡得住，根本不可能像柳下惠坐怀不乱，两人很快有了肌肤之亲，鱼水之欢。

伊藤秀本虽然带足了金银珠宝，但坐吃山空，如果去汴梁，时间上，财力上，都有点问题，索性就地解决，反正刘家港也是中土的一部分。说起来比不上汴梁的繁华，但人种也大同小异。刘家港人那种海纳百川的气度，刘家港山清水秀的景色，都让伊藤秀本觉得没有白来。

其他姐妹一看伊藤真子已先下手为强，立马群起而追之，各人寻找各人心仪的男人去了。比起东瀛矮小的男人，大宋的男人高大挺拔，太有男子汉气派了，姐妹们从心里喜欢，一个个各献手段，主动委身，无不十分投入，心情愉悦。

不过伊藤秀本有个小小的私心，他对同船来的其他 19 位姑娘下了死命令：莫华山只属于伊藤真子一个人，其他人不得染指。

大概三个月后，20 位姑娘，除一位肚子还是瘪瘪的，毫无动静，其他的肚子都鼓了起来。伊藤秀本心满意足，把带来的金银珠宝都分给了莫华山等耕耘播种的青年，真所谓皆大欢喜。

在一个秋高气爽的早晨，伊藤秀本带着伊藤真子等不告而别，扬帆归去。

伊藤秀本对着海风，朝着九州方向高声喊道："满载而归！满载而归！"

900 多年后，刘家港出了一个读历史的博士，他在日本留学期间，翻阅了大量的档案资料。据他考证，伊藤家族在平安京时代中后期集中出现了伊藤茂夫、伊藤晴夫，以及武夫、纪夫、秀夫、哲夫、英夫、胜夫、正夫……

博士认为："茂夫"应该是"莫夫"，纪念莫华山的；"晴夫"是纪念姓秦的丈夫；"武夫"是纪念姓武的；"纪夫"是纪念姓纪的……但博士的说法只是一家之言，他的论文至今也没有正式发表。

原载 2020 年第 1 期《椰城》

有儿在国外

曾宪涛

老李退休后养成了习惯，每早天不亮起床去公园锻炼。公园附近有个七岔路口，七岔路口边有家七来风早点铺，七来风的包子辣汤全市有名。老李每天锻炼回来，都要到七来风吃包子，喝辣汤。

这天夜里降温，一早起来，西北风飕飕的，刀子一般。老李又要出门，老伴拦住他说，天太冷，今儿就甭去锻炼了。老李看了看天说，公园就不去了，等会儿去七来风吃早点，不去七来风吃包子喝辣汤，一天都过不舒坦。

老李顶着风出门了，来到七来风，里面已经坐满了人。他找个位子坐下，要了二两包子，一碗辣汤，边吃边和旁边的一个熟人聊起来。

早点铺的门是敞开的，外面的世界都看得清。就见一个蹬三轮的小伙子，车上载着一位老人，全身上下围得严严实实，面前还摆放着一张小桌。

小伙子在早点铺门外把车停好，下车进店，买了一盘包子、一碗辣汤，端到老人面前。老人就坐在三轮车上吃包子，喝辣汤。小伙子在一旁看着，等老人慢慢吃好，拿出餐巾纸给老人擦净，围好，蹬上三轮车，沿来路回去了。

老李看呆了，不由道，这孩子真孝顺呀！旁边的熟人说，你要是每天这个时间来，天天都能见到这爷俩，老人可能是腿脚不方便，儿子天天带他来吃早点，都夸他，如今这样孝顺的不多了。

老李没想到还有跟自己一样，离不开七来风包子辣汤的，可人家有福气，有个孝顺儿子天天带他来，自己要是老到不能动了，能有这个福气吗？

李老汉就想到了自己的儿子。他就一个儿子，从小学习好，大学毕业去了外国留学，后来就留在了国外，还成了家。儿子收入很高，经常给老李寄钱寄东西回来。老李并不缺钱，但心里高兴，还有意让儿子寄到单位，因为传达室爱把汇寄消息写在小黑板上。那时单位里的人都羡慕死老李，说老李有个好儿子，教育自己孩子时，也都拿老李儿子做榜样。老李脸上特别有光彩，见人就想炫耀国外的儿子。不过自打退休后，老李的心情就变了，特别是身体有恙时，就更感觉孩子还是在身边好，再遇着有人羡慕他时，就会说句儿子算是白养了。

吃早点回来，老李心里就打了结，心情不好了，耷拉着脑袋无精打采，老伴见了，问他咋啦，摸他的头，说，天冷不叫你出门，你偏不听，感冒了吧？

老李拨开她的手，我好好的，没事。

没事咋蔫了？

我心里不舒坦。

不吃七来风的包子辣汤，你说一天都不舒坦，这吃了包子辣汤，咋也不舒坦？

老李就把在早点铺遇到的事跟老伴说了，说得老伴也心情不好起来。

晚上，手机视频振铃响了。老李手机视频，还是邻居孩子教会的。老李跟儿子视频，说着说着，就说到今早遇到的事，先夸那个小伙子，然后说，真羡慕那个老头，等哪天我跟你妈不能动了咋办？

儿子在视频里沉默了，半晌才说，爸，我会给家里多寄些钱，你们就请个保姆吧。

听了儿子的话，老李叹口气，我和你妈现在还用不着。

一连几天，寒风凛冽，老李暂停了锻炼，每早去七来风，都能见到那对父子。听着人家对小伙子的夸赞，老李就想到国外的儿子。

天气好转，老李又去公园锻炼了，没承想有天锻炼时心不在焉，竟然把腿脚扭伤了，一块锻炼的用电动车把他送回了家。

躺在床上，老李嘴馋七来风的包子辣汤，就想到了那个孝顺的小伙子，心里好生委屈。老伴安慰他说，去家政公司请个人推你去，就用儿子寄来的钱，全当是儿子尽孝道了。

老李苦笑了笑同意了。老伴去了家政公司，带来一个小伙子，老李一看愣了，竟是那个“孝顺的儿子”。

咋是你？

小伙子解答了老李的疑问，那老人是我们公司的客户，他儿子在国外，一直找我照顾他，他有个多年的习惯，每早都要去七来风吃包子辣汤，说买回来吃就没味了，就在前天，他被儿子接去了国外，我才空闲下来。说罢又担忧道，就不知老人家吃不上七来风的包子辣汤，能不能受得了？

原来这样，老李竟释然了。

疗伤期间，小伙子每早准时来推老李去七来风，有顾客指点着，啧啧，这才叫孝道！老人好福气。

老李听了好不开心！他在心里道，可不能学那个老头跟儿子去国外，吃不上七来风的包子辣汤，我可受不了。

可开心过后，还是有那么一点挥之不去的怅惘……

原载2020年第1期《故事会》（文摘版）

圆　床

黄久辉

柱子遇到那张床，纯属机缘巧合。

他送一位乘客到附近的世华小区，看到两位师傅正在扔一张床。柱子用两包烟，换下了那张床，拉到了出租房。

出租屋里原来有张床，是一块简简单单的硬木板，柱子一到家就给扔了。把大床抬进屋里，摆好后，原本不大的屋子被大床占得满满当当。

柱子仔细打量这张床。确切地说，它是一张圆床。棕红色的檀木靠背是弧形的，紫黑色的床架也是几块扇形组成的，拼在一起就是一个大大的圆。

乳白色的弹簧厚床垫直接就是一个完整的大圆。大圆中间，还有一个紫红色的小圆。从小圆往外，辐射出“米”字形的红色装饰线，一直延伸到床垫的圆边。柱子重重地躺在上面，感到说不出的舒服。

当晚，柱子躺在圆床上，一夜无梦，美美地睡了一觉。

第二天醒后，柱子看了一眼手机上的时间，立刻爬了起来。以往这个点，都已经跑好几单生意喽。在路上的时候，柱子还在感叹：好床嘛，就是舒服！

连续半个月睡到自然醒，柱子扛不住了。

以往凌晨四点多柱子就开始出门，这个时候公交地铁没有运营，许多等着坐高铁和火车的人都会打车。而且早晨路上车少跑得快，轻轻松松就能跑个五六单。而到了晚上，柱子会坚持到凌晨一点多。这个时候，城市里还有很多加班的人，因为公交地铁停运，出租车同行也很少，柱子反而跑得如鱼得水。

有时候柱子也会纳闷：都这个点了，外面怎么还会有这么多没睡觉的人？

可是现在，柱子一到晚上就犯困，睡意汹涌。到家后，倒床就能睡着，再也不会像以前，躺在床上胡思乱想：明天应该去哪拉人？房贷什么时候到期？在老家的孩子学习怎么样？……

虽然睡得香甜无梦，精神饱满，但是，柱子需要赚钱。年初在老家县城买了一套房子，每个月都在还房贷。天天像这样跑车，每个月交给出租车公司的份子钱都成问题哟。柱子伸了一个舒服的懒腰，开始忧愁起来。

柱子又一次去世华小区送一位乘客。在路上，乘客主动和柱子说起他们小区有个怪事：小区里有一张大圆床，谁睡在上面谁倒霉。上回有个程序员，原本很能干，通宵达旦地加班，很得上司赏识，即将升职加薪，就是因为有了这张大圆床，天天睡觉耽误事，工作效率下降，被公司辞退了。乘客离开的时候感慨：现在也不知道哪个倒霉蛋在睡那张床！

说者无心，听者有意。柱子到家后，盯着这张床，感觉它真是有问题。有几次晚上喝水喝多了需要起夜，柱子发现醒来时脑袋都朝向不同的位置。为了弄清古怪，柱子专门买了一个摄像头，他想看看半夜到底发生了什么事。

第二天，柱子在电脑屏幕里看到，自己下班后一挨近这个圆床，就迫不及待地躺了上去。随后他整个人像一根指针，以床中心为圆心，慢慢地旋转着，直到转了一圈后，天亮了，他也就醒了。

柱子觉得，这张床，一定有问题！

柱子果断把这张圆床扔了，又找房东要了一张硬床板。换了木板床之后，柱子的睡眠立刻就和以前一样了。在外面跑车的时候，一点都想不起屋里还有一张硬床板。

柱子开始除了吃饭上厕所外，一整天都待在出租车上。晚上又开始加班了，早晨也能早起了。虽然精神越来越差，头发蓬松，经常一副睡不醒的样子，但收入又和以前一样多了。

柱子出车祸是在一个下雨天的凌晨，路上有一辆拉土车，出了故障，停靠在路中央。拉土车司机放置了闪光发亮的三脚架警示牌，柱子还是直直地撞了上去。轰——猛烈撞击的那一刻，柱子想起了那张圆床，好想躺在上面睡一觉。

原载 2020 年第 7 期《金山》

金不换

刘正权

三七，止血，散血，定痛，金不换。

看见这行字，他喟叹了一下，在心底，面上是微哂的表情。

表情是稍纵即逝的，却依然被老中医眼角余光捕捉，不愧为中医世家，望闻问切乃看家本领。

可别小看这三七！老中医友情提示的口吻很浓。

怎么让人高看呢？区区一味中药而已。他用话外音质疑。

人这一生吧，凭你怎么努力，也不外乎三成收获，七成损失。老中医不是话外音的回应不亢不卑。

他是来看病的，口鼻出血，头痛欲裂，谈人生，相比一区区老郎中，他自认绝不逊色。

教而优则仕，是他这个年龄混迹官场的人最大的共性。

还有一个任期就到站了，选择见好就收，还是胜勇追寇，成为困扰他官场生涯至关重要的当务之急。

急惊风偏遇上个慢郎中。老中医对三七青眼相看也就罢了，居然还摆出喋喋不休的架势，直接没把他这个父母官放在眼里。

爱屋及乌，他理解。但心头，或多或少有了不快。

三七，一味中药而已，纵是高看，又能看出人生几重境界？

还金不换，虎皮真能扯，傍上医圣李时珍大旗就猎猎作响了？

案头发黄的《本草纲目》三七那一章，被老中医悄无声息地合上。

合不上的，是他心头剧烈翻滚的念头。停，改，关，境内十多个磷化工企业都悄无声息等待着他的决定，确切说等待着他去与留的决定。

一企一决策，面对环保部大力整治污染企业的要求，他要求那些污染企业，停产一年时间，第二年还整改不到位，第三个年头直接关停。

环保，关乎国家民生大计，必须重拳出击，上面有政策下面有对策的把戏，在他这行不通。

行不通不怕，有阳奉阴违的污染企业老总私下扬言，他不怕老了葫芦我们还怕老了南瓜？

本地老话，葫芦老了两个瓢，南瓜越老越上粉。

污染企业老总言下之意再明白不过，眼前缺失点利润不怕，铁打的营盘流水的兵，依照官场升迁惯例，他是日头薄暮的西山，他们则可东山再起，怎么说这些本土企业根系都扎根在自己的营盘，他这条过江龙则不可能一辈子待在这个地方兴风作浪。

这些污染企业老总的想法他心知肚明，要不然咋会为这事茶饭不思，头昏脑涨，口鼻出血。

单单止血散血，三七是配不上金不换这响亮名头的！老中医目光越过他肩头，看向高远处，他不顺着老中医视线都知道，高远处是小城几家知名的磷化工企业，林立的大烟筒，已不再吞云吐雾。

停产当天，多少百姓为政府此举鸣炮欢庆。

要知道，这些污染企业都是小城的利税大户，壮士断腕呢，他这是。

那三七是如何配上金不换名头的？他迎上老中医收回的目光，不耻下问。

他是心病，自然不指望老中医能开出心药，跟老人家胡诌几句中药药理，权当分散一下注意力，缓解一下心结。

不畏浮云遮望眼呗！老中医捋一下胡子，扯的竟然不是药理，说三七在中草药中除了有补血第一美誉，还有一个特别功效——定痛。

定痛？他脑海中电光石火一闪。

企业能够补血，老百姓能够定痛，于他，何尝不是一种救治之道，非得政府陷入头疼医头脚疼医脚的境地？

是啊，定痛！这三七，听听名字就晓得，它对成长环境要求可高了！

愿闻其详，他由衷生出了好奇心。

三七的生长土壤必得三分潮湿七分干燥，外部环境须是三层阳光，七层阴凉。而且每株三七只长三茎，每茎七个叶片。至关重要的，是三七只有长到三至七年才有功效。否则，何以定痛？

老中医意味深长地望着手中的三七，目光似笑非笑，看着他。

何以定痛？老中医这一诘问如迎头棒喝，他顿时神清气爽，离开诊所时，脚步沉稳了许多。

痛定才能思痛。

一周后，上级环评组和考核组如期而至。

环评过关是毋庸置疑的，考核满意是人心所向的。

偏生，提拔在即时，他犯了书生意气，提出留任要求。

若中道而归，何异断斯织乎？面对组织部门的最后征询，他态度很是坚决，搬出了《乐羊子妻》里这句人们耳熟能详的话，向上级明志。

消息不胫而走，越老越上粉的老南瓜们百思不得其解，他还真不怕葫芦老了两块瓢？

两块瓢就两块瓢吧，一瓢为企业造血，一瓢为百姓定痛，同样是金不换呢。

口鼻早已不再出血的他，窃笑起来，颇为得意地把玩着手中几粒以铜皮铁骨著称的三七籽。

原载 2020 年 5 月 30 日《贵州干部教育报》

弥漫在病房里的爱

王培静

刚过春节没几天，一所医院里，同事阿芳把一大包东西放在小窗口，示意刘慧，你要的东西买回来了。

刘慧向阿芳笑笑，点头表示感谢。等阿芳走远，她小心翼翼地打开小窗，把东西提进来，马上关上，细心地检查了一遍，嘴里温柔地喊道：伊伊，看看阿姨这儿有什么？

伊伊只顾在床上躺着，没有搭话。

刘慧笑着说：伊伊，你在想什么我知道，你是不是想妈妈了？

伊伊动了动，翻了个身说：你怎么猜到的，你脑子里是有电脑芯片吗？

为什么要有电脑芯片呀？

因为妈妈说，机器人最聪明，它们脑子里都有电脑芯片。

说着话，刘慧走到病床前：伊伊，你看阿姨给你带来了什么？说着把袋里的东西一一掏了出来：机器人玩具、画本、画笔，还有动物图案饼干、小熊蛋糕……

伊伊一下子坐了起来，兴奋地说：哇，这么多好东西，都是我喜欢的。

刘阿姨，你真好！

到时候，你给阿姨画画好不好？

好呀！在学习班，我画的画，还获过好几次奖呢！老师经常表扬我。

听说你还会跳舞，到时教我跳舞好不好？

可以呀！只要你愿学。

你还会什么呀？

背诗歌、唱歌、弹琴，还有，还有……反正我还会好多呢！

伊伊真聪明，你说的这些，好多我都不会呢。

那以后，我慢慢教你吧。

她咳嗽、发烧，一检查，确定她得了新冠肺炎，必须住院。刚进病房时，伊伊在里边哭，她妈妈在外边哭。哭得医生和刘慧都鼻子酸酸的。

当时医生告诉她：你肚子里有两个小虫子，现在你必须在医院里住几天，等它们出来了，你就可以跟妈妈回家了。

哭累了，伊伊开始讲条件，警告刘慧：我告诉你，你不把我放出去，到时我爸爸会把你抓起来的，到时你可别后悔。

你爸爸是警察？

是呀，我爸爸是警察，可厉害了，他抓过好多坏人。

你爸爸抓坏人，可阿姨又不是坏人！

你不是坏人，可是，你在这看着我，不让我回家，我可是他女儿啊！

刘慧的丈夫是另一家医院的主治医生，这次上了武汉一线火神山医院。他们的女儿刚满 4 岁，和伊伊差不多大，因为工作性质，她十多天没回家了，女儿放在了母亲家。有时她打开视频，让两个小女孩聊天，她们聊得很开心。女儿发语音抱怨：你光在医院陪那个小妹妹，为什么不回来陪陪我呀？

小妹妹有病，她妈妈不能陪，等小妹妹出院了，妈妈就回去陪你好不好？

不好！你让她妈去陪她，你回来陪我好不好？爸爸去武汉救人了回不来，你又没去，你为什么找借口不回来陪我，把我扔到姥姥家，你们是不是不想要我了？女儿撒娇说。

妈妈是护士，在医院坚守工作岗位，是在救人，更是尽自己的职责呀！妈妈看到手机屏幕上女儿乞求的眼神，她的眼睛湿润了。

一个星期后，隔离病房里，3 岁的伊伊拉着护士刘慧的手，看着她防护镜后的眼睛说：阿姨，我能喊你一声妈妈吗？

为什么要喊我妈妈呀？

因为你对我好，我喜欢你啊！

那让你妈妈知道了，她吃醋了怎么办？

伊伊降低了声调，神秘地说：阿姨，这是咱俩的秘密，我不告诉她，你也不要告诉她，好不好？

那你得听阿姨的话，按时吃药打针，好好治疗，早日回到妈妈身边去行不？

伊伊使劲点着头说：行！

停顿了一会，她甜甜地小声喊道：妈！

哎！刘慧先是一怔，一边答应一边紧紧地把伊伊搂在了怀里，任眼泪在眼眶里打转。

原载2020年4月11日《人民日报》(海外版)

父亲的钱

李代金

娟子家里穷，娟子读书就特别努力，考上了名牌大学。娟子的学费是东拼西凑才弄来的。娟子高高兴兴地去上了学。头两个月还好，娟子每个月都收到了 600 块钱生活费。这个月，眼看就到月底了，家里也没有寄生活费来。娟子着急了，母亲难道把给我寄生活费的事忘记了？不可能！母亲不会忘记这么重要的事！一定是家里出事了！是母亲没有借到钱，还是母亲在路上把钱掉了，甚至上街钱被人偷了？娟子口袋里的钱已经不多了，只够下个星期的生活费了。

娟子决定不等家里寄钱来了。周末，娟子去了城里。娟子去一家餐馆打零工。干一天 60 块钱。娟子可以干两天，这样就可以得到 120 块钱。老板说了，干得好，还可以发点奖金。也就是说，娟子只要干好了两天的工作，就能解决一个星期的生活费。大三大四的学生利用周末挣钱的特别多，像娟子这种大一的学生利用周末挣钱的人就不多了。不过，娟子顾不得那么多了。娟子最需要的是钱。

娟子尽心尽力地干，娟子的劳动得到了大家的认可，老板看在眼里，非常满意，两天给了她 150 块钱，还让她下个周末继续来上班。娟子高兴地答应了。

第二个周末，娟子又去了餐馆上班。已经干过两天了，娟子有了经验，工作起来就更得心应手了。这次，老板又给了她 150 块钱。

那天晚上，娟子回到宿舍的时候，室友梅子对娟子说，娟子，你今天到哪里去了？娟子说，去玩了！娟子一直没有告诉大家，她利用周末打工的事。娟子怕室友们知道了瞧不起她。梅子说，你爸上午来学校看你了……娟子吃了一惊，说，我爸来学校看我？室友们说，是呀！打你手机没人接，我们到处找你都找不到，你爸坐了一上午就走了。梅子说，你爸走的时候，掏出 600 块钱给我，让我交给你，说是你的生活费。梅子说着就掏出600块钱塞到了娟子的手里。娟子愣住了。娟子看着室友们，没有说话。梅子说，你爸叫你好好学习，照顾好自己，不要委屈了自己。娟子说，我知道，我知道！娟子的眼里有了泪水。

娟子有生活费了，但是周末的时候，娟子还是去了餐馆上班。娟子爱上了这份工作，而且她也想挣点钱。毕竟自己不小了，应该给家里减轻一些负担。

娟子想自己能够解决自己的生活费了，就不必让母亲寄钱来了，于是娟子就写了一封信回去。果然，母亲没有寄钱来了，母亲来信让娟子好好学习，说她是家里的希望。娟子把信看了又看，看着就掉泪，一封信全让眼泪打湿了。

娟子的工作干得越来越出色，老板给的报酬也就增加了，两天200块钱。如此一来，娟子挣的钱就花不完了，还有剩余。梅子交给她的那600块钱，她还没动呢！

一周又一周过去了，娟子的钱也越存越多了。娟子的笑容也越来越灿烂。

终于，要到期末了，娟子已经存下了一大笔钱。那天下班的时候，娟子去商场选了五条围巾。娟子把围巾带回了宿舍。娟子回到宿舍的时候，五个室友全都在。娟子笑着给了每个室友一条围巾。五个室友收到娟子的围巾，都非常高兴，同时也感到纳闷。梅子首先说，娟子，好好的，你干吗送我们围巾？大家跟着说，就是呀！娟子笑着说，我们是好姐妹，你们大家平时都那么关心我，眼下就要回家过年了，我就送条围巾给大家。

室友们笑了，说，你想得可真周到！可我们平时没怎么关心过你呀！娟子说，怎么没有？你们不是给过我600块钱吗？室友们听了一愣，梅子说道，那600块钱是你爸让我转交给你的呀！娟子说，你们就别骗我了，我爸在我10岁那年就死了！室友们听了不由得一愣。

娟子说，要不是我爸死得早，家里也就不会那么穷。你们说是我爸带来的钱，我就知道是你们凑的钱。我当时没有揭穿你们，把钱收下了，是不想辜负你们的一片心意。现在，我买围巾送给你们，其实用的就是你们给我的那600块钱。你们放心，我在一家餐馆上班，我能挣生活费，还用不完呢！

室友们笑着说，我们早就知道你穷，后来见你去餐馆打工，知道你没生活费了，才说你爸来了……娟子笑着说，谢谢你们！室友们说，我们决定向你学习，从下学期开始和你一样，利用周末去打工挣钱！娟子笑着说，好呀！

娟子知道，室友们也要利用周末打工，是为了不让她一个人打工难堪。顿时，娟子的眼里有了泪水……

原载2020年第4期《小说月刊》

鱼绝户

王彦双

老于水性好，在水里，老于就是一条鱼。老于更喜欢研究鱼性，他对鱼的了解，可能胜过一条鱼。

老于捕鱼本事大，也狠，脑袋连着尾巴的小鱼苗都不放过。大家说老于能把鱼捕绝种，就叫他鱼绝户。老于会用网片下一种迷魂阵，大鱼小鱼进去都出不去，只好乖乖就擒。老于把大鱼卖钱，小鱼喂鸡鸭，他家的鸡蛋鸭蛋就很受欢迎，尤其是腌制的咸鸭蛋，流红油，吃起来非常香。老辈人说，鱼财是流水上飘的财，来得快，走得也快，留不住，发不了家，但老于就靠捕鱼盖了高房大院，把日子过得风生水起，有声有色。

老于有故事。

初冬时节，老于和邻居赵老蔫去大草甸上放羊。走着走着，老于对赵老蔫说，我回去取个桶，今晚上有炖鱼吃了。赵老蔫拿眼四处撒眸了一圈，连天上都看了，没鱼，只有一只黑老鸹呱呱叫着滑到天边去了。赵老蔫没好气地说："连个鱼毛都没见，鱼在哪？"老于笑着指了指脚下，他脚下有一个水坑，只有脸盆大小，看不见水，坑上面是一层薄薄的白色的冰。赵老蔫更生气了："就这么大点的小水坑，里面会有鱼？鬼才信！"老于不恼，用手里赶羊的木棍轻轻敲了一下冰面，只听"哗啦"一声，冰面玻璃般碎了，赵老蔫呆了，坑里挤挤压压地装着一窝子鱼，像个大个的鱼罐头。

老于说，这叫"鱼哈"。夏天涨大水的时候，鱼留在了水泡子里，随着水蒸发和渗入地下，泡子里的水越来越少，鱼就聚在脸盆大小的水坑里，到最后水更少了，只好靠相互哈出的水汽活着。天一冷，鱼哈出的水汽就会结一层薄薄的白色的冰，就是"鱼哈"。

老于取来桶，把坑里的鱼往外捡，满满地装了一桶。赵老蔫伸出大拇指：“你不愧叫鱼绝户，真是个能人，哥服了！”

同样喜欢打鱼摸虾的张贵不服老于。这天放羊回来，老于遇见了张贵。

“干啥去了，张大哥？”

“镩冰窟窿打鱼去了。”

“鱼呢？”

“河水起锈了（即河水中产生了悬浮物），鱼都呛跑了，谁都打不到鱼了！”

“我就能！”

“那咱俩打个赌，明天你能打到一条鱼，我管你叫哥，再送你十斤烧酒。”

“行。”

第二天，老于带着俩儿子，赶着马车去了大河套。天都黑透了，老于才和俩儿子赶着马车回来，车上拉着六个麻袋，每个麻袋都装满了鱼。张贵给老于提了十斤烧酒，说：“兄弟，你真是能人，我服了。但我就想问问，你是怎么打到鱼的？”

老于只是笑，不说。

张贵就到河套里转悠，见河面上一个冰窟窿都没有，只在一个叫二道沟的河汊子看见密密麻麻的冰眼。张贵蹲在河汊边上抽光一盒烟才想明白——河水起了锈，水都浑了，鱼就呛跑了，那它们往哪跑呢？它们一定会往河汊里钻。河汊里有泉眼，咕嘟咕嘟冒的都是又干净又温和的泉水啊！张贵拍了一下大腿：老于这家伙太聪明了，太了解鱼性了。张贵就拿了工具，琢磨着捡漏，没想到一条鱼都没捕到，就又骂开了：“不怪人都叫他鱼绝户，一河汊子的鱼都打光了，一条都没剩！”

谁也没想到，老于会淹死在水里。

那一年，村前的涞流河发大水，百年不遇。老于的羊被大水困在河中央的一座小山包上。老于驾船去接羊。

老于刚把船摇离河岸，奇迹就发生了，只见大鱼小鱼自动往船舱里跳。老于一惊，一喜，很快就把事情想明白了。由于突发大水，河两岸的几百个鱼池被冲垮，现在满大河都是鱼了。船在水里有倒影，鱼误以为是障碍物，就想跳过去，结果就自动跳进了船舱里。老于高兴坏了，没心思管他的羊了。

岸上正好有几个年轻人，看到这一幕，也不禁啧啧称奇。

船上的鱼越来越多，老于还把船摇向河心。岸上的青年喊："别往河心划了，鱼够多了，回来吧！"老于说："河心鱼更多更大呢！"果然，更多更大的鱼雨点一般跳落到船上，船舱里很快白花花的一片了，船的吃水线也越来越低。年轻人又喊："鱼够了，快回来吧！"老于说："还能装呢！"眼见着更多的鱼跳进船舱，水要漫过船了，年轻人又喊："快把鱼丢进河里吧，不然船沉了！"老于说："已经到手的鱼，怎么能丢回河里呢？"才急着把船向岸上划。但鱼仍在向船舱里跳，船就连同一整船鱼沉水了。船舱里的鱼重新见水，纷纷奋力跃起，一时间满船的鱼像点燃了一个巨大的白色烟花，绚丽至极。

"白瞎了我的鱼了！"老于说了最后一句话。然后，栽进了水里。

没有人认为老于会被淹死，老于的水性好着呢！老于是和船一起被捞起来的，被捞起来时，老于的手指死死地抓在船帮上，像钉子一样抠进了木头里。人们费了老大的劲，把手指都弄断了，才把他的手和船分开。

老于为什么不松开手呢？村里的人们一时议论纷纷。书不离手的张老师说了两句话。第一句叫："菜里虫，菜里死。"第二句大家没听明白是疑问句还是感叹句："老于研究了一辈子鱼性，为什么不研究一下人性呢。"

原载 2020 年第 9 期《百花园》

被猪撞了之后

王明新

吴老汉被猪撞啦！上演了一出赵本山小品的现实版。

因为风寒感冒，吴老汉一夜咳嗽连连，早起去村里养蜂大王的蜂场买蜂蜜。养蜂大王的蜂场离村子不远，用栅栏围着，吴老汉刚走近栅栏，一头母猪突然从栅栏里冲出来，吴老汉躲闪不及，被撞翻在地。送进医院后经检查，除了皮外伤，吴老汉左腿股骨骨折，住院加治疗花了 3000 多块，这还是提前出了院，若不然，不知道还得多少钱往医院扔呢！

猪是谁家的呢？村里人几乎无人不晓，前几天村里的养猪大户吴发财家的母猪丢了，村里不少人都帮他找过，于是大家认定惹祸的母猪是吴发财家的。

据养蜂大王说，他也不知道这头母猪是从哪里来的，先是拱开了蜂场栅栏，然后又一连拱翻两个蜂箱，养蜂大王发现后，正打算上前制止，被拱倒蜂箱里的蜜蜂不甘示弱，先冲了出来，它们倾巢而出，蜂拥而上，蜇得母猪一边嗷嗷嚎叫一边往外狂蹿。结果不幸就发生了。

吴发财听说自家丢了多日的母猪找到了，喜出望外，急忙往村治保主任家跑。母猪闯祸后，因为一时没找到主人，被村民赶到了治保主任家。理由很简单，怎么说这也算是个治安案件啊！路上，吴发财听说母猪闯了祸，受害人住了院，脚步就放慢了。在治保主任家，吴发财对着闯祸的母猪左看右看，说他也不能确定这头母猪是不是他家的，等等再说吧，看有没有别的人家来找。丢下这句话吴发财就回去了。

半个多月过去，吴老汉已经出了院，母猪还是没人认领。吴老汉又叫“吴老窝”，有个儿子 30 多了还打着光棍，家里穷得叮当响，看病的 3000 多块钱还是乡亲们帮忙东挪西借凑起来的。幸亏现在有了新农合，报销了大半。见吴老汉出了院，治保主任把吴发财找来，问他打算怎么办。那段时间猪肉价格走低，养猪越多越赔钱，许多养猪大户都把母猪杀了。听说吴老汉住院花了 3000 多块，吴发财对着母猪再次左看右看，这次他边看边摇头，说自家的母猪都丢了快一个月了，说不定这时候早下了汤锅，这头母猪绝不是他家的。

吴发财不承认母猪是他家的，治保主任也没办法，有人提出给母猪做 DNA 鉴定，因为吴发财家的母猪虽然跑了，但它生的小猪还在圈里养着，只要把这头母猪与吴发财家的小猪做个 DNA 鉴定，事情就真相大白了。但是吴发财不同意，他说做 DNA 鉴定得花老鼻子钱了，这钱谁出？有人向吴老汉建议：让吴老汉先把鉴定费出了，等鉴定结果出来，如果母猪确定是吴发财家的，鉴定费还得吴发财出。

吴老汉倒是想接受这个建议，但是哪来的钱呢？治疗费还是借的呢，现在他腿上还打着石膏，只好摇了摇头。

治保主任说，既然找不到猪的主人，吴老汉只能自认倒霉，我家也不是给猪开免费旅馆的，吴老汉先把猪赶回去，如果有人来认，你就找他要医疗费，如果没人认，这猪就归你了。

吴老汉明明被吴发财家的猪撞了，吴发财却不认账，吴老汉不仅没得到赔偿，反倒弄了头赔钱货回家，还得养着。村里人都为吴老汉抱不平。

吴老汉自己却不这么想。虽然被猪撞了，但像天上掉下来的一样得了头大母猪，吴老汉并不觉得吃亏，他让儿子把猪赶回家精心喂养起来。过了两个多月，吴老汉发现母猪的肚子越来越大，他知道母猪怀孕了，对母猪更加仔细起来，又过了两个多月，母猪生下 14 头小猪崽，而这时候猪肉价格开始飙升，养猪的人又多了起来，因为前段时间大量母猪被杀，小猪崽成了抢手货，价格比平时也高了许多。没等吴老汉赶集，14 头小猪崽就被村里人抢着买光了，只这一窝小猪崽，差不多就把他看病的钱挣了回来。

不久母猪又怀上了。

这天吴老汉又去蜂场买蜂蜜，这回买蜂蜜不是因为感冒咳嗽，而是想给老伴补养补养。在蜂场，吴老汉遇见了吴发财，吴发财用手捂着脸，被捂的地方又红又肿，像发面馒头。也难怪，前段时间，吴发财家的母猪被他处理了不少，现在猪肉价格上涨，猪崽走俏，尤其是他丢的那头母猪……现在他肠子都悔青了。吴老汉问他这是怎么了，吴发财说，上火，牙疼。原来吴发财也是来买蜂蜜的，他听说蜂蜜能去火。

原载2020年第13期《小小说选刊》

我不是一把秋扇

黄庭凯

他的诊所在街尾开张了，玻璃门上张贴着四个红色大字：祖传秘方。他没有读过医学院校，看病手艺真的是祖传，能看的病和电线杆上张贴的广告一样，不过他的可信度比那种广告高，因为开有固定的门面。他不担心没有客源，因为门面开在发廊街，这四个字本来就是给开发廊或逛发廊的人看的。

紧挨着他的门面的也是一家发廊，店主是一个二十来岁的姑娘。和这条街上其他所有发廊不同的是，这家发廊就她一个人，里面没有隔间，真的摆有剪子、洗发水之类的东西。顾客少得可怜，是被发廊街打入了冷宫的异类。

他开他的诊所，她开她的发廊，两人见面至多就是点点头。直到有一天晚上，十一点钟了，他正要关门打烊，就听到隔壁传来她恐惧和愤怒的尖叫声。出去！你找错地方了！滚！又传来一个男人含糊不清的嚷嚷声和东西摔地的噼里啪啦声。他冲出诊所，冲进发廊。一个男人正把她往沙发上摁。他一拳擂在那男人的后脑上，男人回头，脸上又挨了一拳，混杂血腥和酒气的气味顿时弥漫了整个发廊。

警察带走了那个男人。她惊魂未定，对他颤抖地说了声谢谢。他扶起倒地的椅子，说你没有必要开门这么晚的。

第二天中午，他刚撕开泡面，她过来了，说今天我煮饭多放了一碗米，一起吃？从此后，他就不用再吃泡面了，有时候她煮好了叫他过去，有时候他过去煮好等她忙完一起吃。

年龄相仿就容易聊得来。他说你不应该来这里开发廊的。她说开始我以为发廊街真的就是开发廊，交了一年的租金，等明白了怎么回事，想走租金也退不回，先干完一年再说。而且，像那天晚上的事也很少发生，而且……她低着头，眼盯着碗，低声说，而且你就在隔壁。

过段时间后的一天中午，她说，我想去超市买洗发水，很多，怕拎不动，你有空一起去吗？他就去了。后来，她每次去超市他都陪着，他去草药摊拣药她也陪着。有一天早上，他刚开门，她就过来了，说听说马鞍山那边的桃花开了，想去看吗？

在桃林里，他牵了她的手。

后来，他们还去参观一家新开的楼盘，讨论是买两房两厅还是买三房两厅的好。

一天中午，在超市里，他遇到哥哥，哥哥看了看挽着他手臂的她，笑着聊了几句就走了。当天晚上，哥哥打来电话，问她是干什么的。

开发廊。

在哪开？

发廊街。

啊？哦。

第二天早上，他被哥哥打来的电话吵醒。爸妈说了，你要跟她，就不要进家门了。

为什么？

因为她在发廊街开发廊。

她不是开那种发廊！

我相信，可是爸妈不相信，就算爸妈相信，村里人打死也不相信。

我不需要他们相信！

爸妈会被那些人的口水淹死的，你要爸妈早死？

……

她拍了他的玻璃门他才起床开门，病态十足。他说拉肚子了。她紧张，要和他去医院。他说不用，我会治。她笑，你除了会看那种病，还会看其他病？他也笑。一连三天，他都是拉肚子。第四天中午，哥哥又打来电话。

还没断吗？

我可以让她换个地方，或者不开发廊了。

无论怎样都改变不了她曾经在发廊街开过发廊的事实。

……

她站在门口，正要叫他过去吃饭。

那天他没有过去，他不敢过去。

他搬走东西的时候她不来，现在，门面里空荡荡的，玻璃门上还保留有“祖传秘方”四个字。她在里面踱步，抬头望望天花板，又低头看看地板，又把目光转向四面墙，转向每一个角落。在原来摆桌子的地方，静静地躺着一把扇子。

一阵风吹进来，带来几片泛黄的落叶。她感到一阵凉意。秋天到了。

过了一个月，发廊街被查处了。有人向市局举报，市局的人直接下来检查，当地的几个警察也进去了。

只有在街尾的那家发廊安然无恙。

他在离发廊街很远的地方租了个门面，继续挂出“祖传秘方”的招牌。熟客们有他的电话。过了一段时间，门面突然门可罗雀，他才知道发廊街出事了。他心里很烦躁，还因为收费的问题和一个客人吵了起来。翻遍每个角落都找不到扇子，才想起可能落在发廊街了。

他刚想怒吼自己，就看到和他吵架的那个客人带着几个身穿制服的人快步走进来。客人指着他说，就是他，无证行医。

原载《小小说月刊》2020 年 7 月上半月刊

霍大刀

王　炬

本镇第一肉店霍老爹，很有一些本事。酒喝几海碗，生蒜吃几头，都算不得事。最拿手是抡大刀剁肉。十余斤的厚背大砍刀，抡得浑圆，弧光一闪，嚓！肉便开了一半。脚踩肉案，拔出刀来，照样抡起，嚓！又是一刀，仍砍在第一刀口上，别说砍出新茬来，连个肉渣都不曾跌落一星。

最绝的是顾客买肉，你喊几斤，他便剁几斤，砸到秤上，只看秤高秤低，很让人喊绝。

一年，上级下来检查，不知谁说起了他。那领导刚好睡足了觉，没什么消遣，就让霍老爹表演。老爹一抖精神，脱了蓝布罩衣，滚出嘟嘟一身肥肉。剁了一只猪，众人喝彩，领导也缓缓击掌。老爹更添精神，用一条油污毛巾蒙住双眼，依旧八字蹲裆站在案前，运气使力，嚓嚓嚓！众人早吼出一片好来。领导上前，拍肩，握手，合了影。

从此，霍老爹声威大震。在街上走，便不像你我：低头小心傍在路侧，唯恐惹了谁。他走在路中心，天热便赤了上半身，搭条油污手巾，射口痰，几丈远。众人见了，都笑着讨好。

老爹提了干，当了肉店主任。自然井井有条，店里挂几面红旗，墙上贴着奖状。男店员严师之下，叫苦不迭，不免暗发邪火，说老爹坏话。老爹自然请他们开路，去中小学当教员而后快！倒是那些女职工，扭着细腰，竖着柳眉，举着大刀，瞄着肉案，嚓地剁去，剁出不少风流来，很惹老爹心疼。老爹看着娇喘吁吁，香汗滴滴，忍不住上前示范一番，少不了挪挪腿，扶扶手，搬搬腰，纠正纠正姿势。到年终，虚心的，给先进；听话的，就提干。

上级拨一台剁肉机，老爹节约干革命，不要。后来，机器还是来了，老爹瞧它嚓嚓地切肉，回家就病了。没多久，机器坏了。请人修，刚修上，又坏。那钳工师傅认为总义务帮忙可以割几斤不要号的肉吃，老爹脸一板：一两也不行！于是机器就彻底坏了。众女子颦眉扭腰去挥刀剁肉，老爹就乐了。将满是茶垢的杯子一放，脱个半赤，接过大刀，嘿哧嘿哧剁几口猪。众人群星捧月地围着，夸老爹神武，那年月，肉太紧张，小镇人民都巴结不上老爹。

老爹后来退了。高徒刘兰香接了班。刘兰香剁肉也剁得好，常出去表演，常得奖回来。有不少跟领导的合影照给人们看，人们常看。

原载 2020 年 10 月 14 日作家网

来到杭锦旗

寇建斌

乌日图腿病犯了，要去城里看病，打电话喊老肥过来收羊。老肥来杭锦旗时，带上了老郭。

老郭是药商，懂些医术，打算让他给乌日图配服药治腿。这汉子以前参加那达慕飞马抢羊得过奖，如今腿沉得连马背也翻不上去了。

谈价时，发生了一点争执。不是为羊的价格，是为羊的数目。老肥挨个数了，乌日图却要挑出小母羊和羊羔，说这些要留下送人，不能断子绝孙。老肥无奈，想，喝酒时再说吧。只要酒喝高兴了，乌日图连老婆都肯给你。老肥挤挤眼给老郭耳语。

喝酒前先喝奶茶。乌日图端起热气腾腾的大碗，招呼他们喝，说要喝透，喝漏。

老肥嘻嘻笑着跟老郭解释，是要喝出汗来，喝出尿来。奶茶加了盐，有种咸香，越喝越想喝，一碗接一碗，几乎停不下来。老郭很快喝透了，喝漏了。

老郭走出蒙古包，像拧开了热水管子，滋出一泡长尿。尿完，发现冲出棵根茎。他拔了拔，纹丝不动。他有点火，双手揪住，两腿下蹲，咬牙闭眼下死力去拔，一阵如同树枝折断的咔吧声响过，他一个后仰倒在地上，爬起来一看，乐了，眼前是一根又粗又长的甘草。

老郭拖着甘草进去，两眼热辣辣地瞅着乌日图，这东西多不多？

乌日图瞟了一眼，说：多得很。

老郭问：卖不卖？

乌日图摆摆手，卖球，你要有用，只管弄去。

老郭惊大了眼球，真的？

乌日图不再答话，举起一只小银碗，说喝酒喝酒。老郭这才发现每人跟前都摆着一只斟满酒的小银碗。他有些发怵，瞅眼老肥，老肥已随着乌日图仰脖子干了。他只得捧起碗，慢慢喝下。他刚撕了块羊肉，要压压酒，乌日图老婆就过来给他斟满酒，双手捧起，冲他呜里哇啦说话。乌日图给他翻译，我老婆说你头次来，是贵客，又是医生给我治病，要敬你一碗。老郭有点蒙圈，赶忙推辞。老肥坏坏地笑，喝吧，有奶茶垫底，没事。你不喝，是不给人家面子，还想要甘草不?

老郭接了酒，闷头喝下。两碗酒下肚，竟然没事，还觉得浑身舒坦。等到乌日图老婆再次给他唱歌劝酒时，他立马接过干了。

老郭记挂着甘草，逮住话头，就往这上边引。乌日图大大咧咧说，好说，好说，你只管挖，都是你的。

一场酒喝得轰轰烈烈，皆大欢喜。

吃早饭时，老郭担心乌日图把昨晚说的话当了酒话，就再次提起甘草的事。乌日图还是那话，你只管挖。老郭这下放心了，设计出一种带钩的爬犁，让人打造出来。

老郭亲自驾驶拖拉机开进草地。大大小小的甘草和各种草的根系结成了一张毛毡，爬犁的铁钩扎进沙土，勾住这张毛毡一掀，就露出了下边的黄沙。甘草的根茎四处横生，延展几米、十几米，甚至二十来米。爬犁走过，很快就拢起一大堆甘草。老郭看着兴奋，加大了油门。拖拉机像头怪兽，吼叫着在草地上开膛破肚，挖出一堆又一堆甘草，露出大片光秃秃的黄沙。

乌日图一瘸一拐冲到了拖拉机前边，大张开手臂，凶神恶煞一样大喊：不挖啦！不挖啦！

老郭诧异，问：怎么了?

乌日图脸涨得通红，大口喘着气，你、你、你把草地的祖宗都挖出来啦！你把草地的子子孙孙都挖出来啦！

老郭说：你没羊了，还要这草地干吗?

乌日图瞪着眼，我还有小羊羔，我的小羊羔吃什么？

老郭说：你的小羊羔送人了，不是你的了。

乌日图吼道：我养的，就是我的。我儿子到城里打工去了，不还是我儿子嘛！

老郭说：我不白要你的，我给钱，价钱好商量。

乌日图说：我不要钱，我要草。我要留着草喂羊。我不卖羊啦，不进城看病啦！

老郭还想再说什么，乌日图不理他了，抓起那些赤裸着的甘草，手刨脚蹬埋下去。甘草像章鱼，四处伸着爪子，埋下去远不如勾出来那么容易。乌日图疯了一样在沙地上滚爬着。

老郭一屁股蹾坐在地上。

老肥想起一件事，过来拍拍他，要不咱们帮他种甘草吧。

老郭有些犹豫，行吗？

老肥说有人在坝上种过，长得很好，品质跟野生的差不多。

老郭还是忧虑，还不知人家让不让种呢。

老肥喊来乌日图，说了刚才的想法。乌日图连连拍手，行！行啊！我的可以种，别人的也可以种，我们这里有好多荒了的草场，都可以拿来种。

老肥来了兴头，鼓动老郭，乌日图是我多年的兄弟，他说行准行，又能养羊，又能卖药材，一举多得的好事，我投资入股，咱们合伙干吧！

老郭想想，这里是天然草场，没有任何污染，种出的甘草肯定能卖出好价钱，也动了心，说，行，听你的，咱合伙干！

乌日图高兴得要跳起来，腿一提，疼得龇牙咧嘴，还是笑着说：好，好，我也入伙，合伙干！

老郭摸摸他那条伤腿，说，用我的方子，包你一年腿好。

乌日图一听，乐得捶他一拳，好，我还养羊！

老肥哈哈大笑，养吧，我还管收。

老郭说：甘草我卖！

三双大手紧紧攥在一起。

原载 2020 年第 6 期《天池小小说》

王的女儿

鹿禾先生

三月的太阳显得格外娇嫩。她从家里走出来，已经显得格外疲惫，美丽的脸上带着很多遗憾。她再看一眼那座已经破落的王宫，已经没有一点留恋。决定离开的时候，她已经是一个平民。

她戴上面纱，像一个乡下丫头，天空中飞翔的依旧是联军的战机，在空中骄傲地冲向这个国家。王是独裁者，人民在反对独裁，向往自由，国际社会帮助这里的人民，帮助他们走向自由。王的国家崩溃了，这个国家从此陷入了内战，各种势力在争夺胜利的果实。没有王的日子里，自由的国家已经不是国家，四分五裂。

王的女儿离开自己的国家。一天，她听到王死亡的消息，跪在地上哭泣，这种哭泣是无声的，她害怕大家知道她就是王的女儿。大家都在疯狂报复，在搜索王的家属，在报复王几十年的高压统治。他们拿着武器，在大街上自由狂奔，他们自由使用枪支，在为自由而战。

王的女儿在一个安静的国家里，开始了平民生活。她租住了一个漂亮的小院子，在院子里种上蔬菜，还有葡萄树。她学识渊博，当地的一所中学聘请她教英文。她的英文非常标准，让大家感觉她就是天使。

这个国家和她的祖国隔得很远，这个国家曾经是联军的一分子。她在这里遇上大卫。

大卫是退役的战斗英雄，他参与了反独裁的战斗，亲自拿下了王。因此，他受到了联军司令的表彰。但是他随后发现，这个国家已经陷入了无休止的战争。推翻王只是开始，各种势力用各种名义开始了拉锯式战争。大卫沦为难民，他不想继续战斗，这不是他需要的，他也来到这个国家，开始寻找工作的机会。

没有任何工作机会，虽然战争前他是一名不错的摄影师，但是他发现，离开祖国后他什么都不是。他很快花光了所有积蓄，又没有工作，他开始挨饿。躺在一个角落里，他回忆起独裁者统治的社会，他可以发表自己的作品，还可以从政府那里领取各种补贴，他回忆起那个高福利的政权。现在一去不复返了。人们现在为生存担忧，他觉得自己做错了什么，自己似乎被什么人蒙骗了。他们追求的自由不属于他们。

他哭了，躺在那里，已经显得无能为力，是不是要饿死在这里呢。暗无天日的夜晚，他在饥饿中睡着了。

王的女儿从这里去学校的路上，看到了一个漂亮的小伙子已经奄奄一息。她本能地走过去，把手放在他的鼻孔上，惊呼起来。她叫来救护车，把这个青年送到医院。医生告诉她："没什么，只是饿昏了，也许他已经很久没有吃东西了。这个人应该是对面国家的人。"王的女儿心一紧，这个孩子是自己国家的人，自己国家现在不知道有多少这样的难民？

大卫醒来的时候，看到王的女儿坐在自己身边。他看一眼这个美丽的女人，似乎非常熟悉，但是不知道在什么地方见过她。"您醒了，没事吧？"他看着对方，美丽善良，她就像神一样坐在自己身边，这么近距离看着这样一位美女，他感到很窒息。

王的女儿对他说："你到学校去找我吧，也许我可以给你介绍一份工作。"她走了之后，他在努力回忆，这个女人是谁。他突然想起来了，是她，绝对是她，这个全世界都在寻找的女人，竟然藏在这里。她已经被悬赏到一千多万美元。他终于看到希望了，如果能够举报她，自己马上就是千万富翁。他按捺不住自己的幸福心情，决定马上离开医院，他要再一次做出让世界震惊的事情。

他悄悄地离开医院，回忆自己亲手把王送到上帝那里的情景，现在他要亲自将王的女儿送去领赏，然后移民到那个让自己向往的国家去。

他走进警察局内，向警官陈述自己惊人的发现，警官平静地看着他："说完了没有？"他高兴地说："我知道，你们是北约成员国，你们也在寻找这个女人。”警察看着他：“是的，我们都在寻找这个女人，可是你是不是发疯了，据我们所知，你举报的是我们的英文教师。她是我们这里一位善良的教师，我们都很尊重她。”

他惊讶地看着警察：“可是，她就是那个家伙的女儿。”

警察生气了：“你住口，那个家伙是你叫的吗？你这个不知道好歹的东西，是她救了你，然后你就诬陷她。我发现你已经疯了，是的，你这个家伙就是一条疯狗。”警察看着他大吼着。他非常气愤，指着警察说：“我要举报你，你在袒护这个女人。你会为自己的行为负责！”

大卫被警察送到了精神病院，他整天对医生说，自己发现了秘密，只要医生放掉他，得到的奖金大家可以平分，这个时候，医生会把他绑在床上，给他注射镇静剂。在精神病医院，大卫住了三个月，彻底疯掉了。

原载2020年第1期《荷风》

疼痛的右脚

李伶伶

男人被带进派出所时满脸怒气，走路一瘸一拐的。男人坐进椅子后，不等李新问，就滔滔不绝地讲了起来。愤怒让他的讲述变得语无伦次，李新要把听到的信息重新整合，才能理清事情的来龙去脉。

男人是个农民，来县城工地打工。他最近总咳嗽，以为咳几天就好了，就没当回事，结果半个多月也没好。工友提醒他去医院看看，他犹豫着一直没去。他在老家办了农村合作医疗，在老家镇医院看病最多能报销 75%，在县医院看病只能报销 60%，中间差不少呢。他想等这期工程做完回家再看，就没着急，吃些止咳药硬挺着。止咳药没起多大作用，还是经常咳嗽。白天大家都干活，没人注意他的咳嗽声，晚上睡着了他也咳，吵得别人睡不好觉。大伙对他有意见，他这才决定去医院。县城离他家一百多里，来回车费不算，还得搭一天工，他想来想去，还是决定去县医院看。

头天晚上，他先去医院打听，像他这种情况，看病给不给报销？窗口里的工作人员正忙着，说，给报。第二天，他请了半天假去医院看病，各种费用加在一起，花了四百多元。等他拿着合作医疗证和各种单据去报销时，医院说不能报销。他立时就火了，问医生为什么不能报，医生说，你这种情况就是不能报。他跟医生理论，医生没时间听他说，把他关在了门外。他气得使劲儿拍门踢门想要进去，咣咣的踢门声震得整座医院都在颤抖似的，围过来很多患者和家属。工作人员制止不了他，就打了报警电话。

情况很糟糕。男人把医生办公室的门踢坏了，工作人员制止他时，他把工作人员推得摔倒在地，造成手臂擦伤，还把一些在医院的孩子吓哭了，影响很恶劣。

医院方说，他推伤医护人员可以不计较，但是门坏了，他得赔。

那扇门，两千多元呢。

男人说，这事不怪他，医院先说给报销，之后又说不给报，把他当傻子呢！如果医院开始就说不给报销，他不可能来他们医院看病，更不会踢坏医院的门。医生不能给他一个合理的解释，还把他推出门外，他怎么能不生气！

医院方很委屈，说没有当地乡镇医院出具的转院证明，县医院不能给报销，这是国家的相关规定，不是他们自己定的。

男人说，那我头一次来问的时候，你们为什么不说清楚？

医院方说，可能是工作人员没听清楚，也可能是你没问清楚。

男人说，我问得很清楚。

院方说，那可能是工作人员理解错了，每天来医院看病的人太多了，难免出差错。

男人没说话。

一时间屋里很静，静得能听见电风扇枯燥的旋转声和屋外知了的叫声，还有男人时不时的咳嗽声。天很热，虽然电风扇转得很卖力，可室内的温度并没有降下多少。

李新擦了把汗，男人也用手抹了把脸。李新注意到男人的脸花了，那是汗水与尘土混合后的花，一定是他从工地出来时没来得及洗脸，就算匆匆洗一把也不一定洗干净，那种长时间在室外劳作，头发里耳孔里指甲盖里沾满了污垢和灰尘的情况，他太了解了，因为他父亲就是这样。甚至男人为报销的差额合计来合计去的心理，他也能理解，他在外读书求学那些艰难的日子里，父母也是这么精打细算的。

院方态度很强硬，要求派出所把男人关起来，制止他的暴力倾向，并赔偿被他踢坏的门。这样的要求不过分，但李新不想这么做。他耐下心，做了很多说服工作，终于让医院方同意，男人道歉并赔偿医院五百元的维修费，医院既往不咎。

男人拒绝赔偿，他觉得自己很冤枉。可不赔偿就要被拘留，权衡利弊，男人妥协了。他身上的钱不够，打电话让工友送来了赔偿金。

男人从椅子上站起来时差点摔倒，他的右脚肿得很厉害，疼得他直咧嘴。李新提醒他去医院看看。男人的音量立刻高出了八度，不去！男人被工友搀扶着，一瘸一拐地离开了派出所。

看着男人走远的背影，李新的心有种被刺痛的感觉，他猛地抬起右脚，朝面前的一块石子踢去，突然，右脚脚尖处，夸张般地疼了起来。

原载 2020 年第 4 期《天池小小说》

吃玻璃的少女

何君华

王佳是从什么时候开始吃玻璃的，现在王志已经想不起来了。唯一可以肯定的是，那是李燕出走之后的事。

李燕是王志的前妻，准确地说，应该是妻子。因为从法律上，他们俩的婚姻关系并没有解除。十五年前，在一次再寻常不过的吵架过后，李燕突然选择了离家出走，从此音讯全无，生不见人，死不见尸。

似乎就是从那个时候开始，王佳毫无预兆地吃起了玻璃。

这当然是一件骇人听闻的事。将大量无色透明的有机玻璃大把大把塞进嘴里，就像塞进绿色无污染的有机蔬菜一样，这还不够恐怖吗？

那时王佳刚刚上小学，也就六七岁。因为不期而至的这个令人惊恐的癖好，王志不得不坚持每天中午给王佳送饭。这里说的饭，当然指的是玻璃，那种无色透明的有机玻璃，整块的或是碎片都行。

本来，王佳所在的学校是提供免费午餐的。但王志找了一个借口，说王佳有严重的食物过敏症，只能吃家里专门为她做的食物，吃别的则会导致全身通红瘙痒难耐，严重的话甚至会危及生命。学校尽管对王志的话将信将疑，但仍然批准了他的申请——少一个学生吃饭当然是好事。

每天中午，王志都风雨无阻地把女儿从教室叫出来，找一个僻静无人的角落，让她单独享用她的午餐。

王佳专注地啃食那些嘎嘣作响的有机玻璃，简直让人误以为那是世间最难得的美味。

王志当然带女儿看过医生，可是全城的医生都毫无办法。无论是消化内科医生，还是胃肠科医生，甚至神经内科和心理精神科医生，所有能够找到的医院和诊所，王志都找遍了。可是毫无结果，人们不能找到治愈王佳的任何办法，甚至无法为王佳吃玻璃却从未造成身体伤害提供一个合理的解释。

起初，医生们根本不相信王志对女儿“病情”的单方面描述，认为那纯属虚构，属于一种非现实题材的小说艺术，为此医生们甚至要求王佳当众表演吃玻璃“绝技”。直到王佳当真在众人面前大嚼玻璃碎片时，人们才摊开双臂目瞪口呆。

医生们搬出从日本和德国进口的胃镜、肠镜，极其仔细地观察王佳的消化系统，发觉王佳的胃的确能够像消化一棵白菜一样消化一块有机玻璃。除了啧啧称奇之外，医生们无法表达别的观点。医生们甚至想过要把这样一个奇特的病例写成论文，但一想到那些高高在上的核心期刊根本不会发表这样荒诞无稽的“虚构”作品，便只好作罢。

王志向周遭所有人隐瞒了女儿吃玻璃而且只吃玻璃的事实。但王佳一天天大起来，马上她就要去上大学，将来还要谈恋爱，还要嫁人，怎么办？总有一天，王佳吃玻璃的事会公之于众，人们如何接受这个吃玻璃的少女？

王志痛苦不已，但毫无办法。想到如果李燕一直不出现，他就不得不一直独自将王佳抚养下去，他就头疼欲裂。他不止一次劝过女儿，是不是可以尝试改变她的癖好，哪怕仅仅是在人前假装可以吃别的也行，可她根本不理。

终于，王志忍无可忍地咆哮：“王佳，你就不能为我考虑考虑吗？我是你爸！”

王佳这么多年来第一次对爸爸表现出恐惧的表情。她像一只因受伤而落单的麋鹿一样惊恐地说：“难道你想像对妈妈一样，也把我摁在窗玻璃上吗？”

那一刻，王志终于明白了王佳这么多年来只吃玻璃的原因，原来是对他将李燕摁在窗玻璃上殴打的蓄意报复。

那一天，爸爸将妈妈的嘴和脸久久地摁在窗玻璃上，让年幼的王佳误以为玻璃是世间最难得的美味，爸爸要十分耐心地让妈妈吃个够。而妈妈也确实不止一次托梦给她，反反复复只有一句话：“玻璃真好吃！”

黑夜无边。王志有些透不过气来，他赶忙打开窗。这时他看见了多年未见的李燕，她变成了一个由无数玻璃碎片组成的透明玻璃人，正眼神空洞地看着他。

原载 2020 年第 6 期《草原》

面　具

胡礼东

王老五原以为，办退休了，也该享福了。却没想到，老伴跌了一跤，就走了。王老五顿时天旋地转，脑出血，住进了医院。

王老五不是钻石，有三个儿子，一个在交通，一个在银行，一个在国税，但都说忙忙忙，没有一个到医院去服侍刚抢救过来，还瘫痪在床的王老五。

老大的媳妇忍不住了，训导老公说："我看你们三兄弟啊，也真是够忘恩负义的。特别是这老二和老三，更不像话，什么都想推给你这做老大的。你这做老大的，也是个木头疙瘩，也不用脑子想一想，你老爸一个月领这么多的养老金，还有医保。用你老爸一半的养老金，就能请一个人来服侍了，还剩下一半的养老金可以留着呢。如果你老爸有个三长两短，这损失，岂不是大了？"老大媳妇还举了一个例子说："我们单位有个同事，他老爸老妈都退休了，你猜他怎么样？他说，他们把老爸老妈都当猪来养，当钱缸来捧，小心地供着呢。据说，有时二老不小心打了个喷嚏，他们都紧张得不得了，即刻就送去医院检查了，他们说，生怕有个闪失，那损失就大了。"

老大媳妇这一说，一下子就点醒了王老五的大儿子。老大就去找了老二和老三一起商量，最后达成了共识，马上请了一个姓劳的阿姨到医院去照顾王老五。

没多久，王老五的病情稳定了，可以出院回家理疗了。于是，劳阿姨又跟着回家继续照顾王老五。劳阿姨比王老五小七岁，是个勤快朴实的寡妇。王老五自从病了这一场后，反应迟钝了，眼也昏花了，口角还流涎。然而，劳阿姨也没嫌弃，照顾王老五非常妥帖，除了帮王老五翻身擦背，端尿倒屎，还帮买菜煮饭，料理家务。有空时，就陪王老五聊天，给王老五看手机里的抖音笑话，和王老五处得很融洽。有一天，王老五召回了三个儿子说："我要和劳洁芳结婚。"王老五的三个儿子一听，都几乎同时从凳子上弹起来了，异口同声，都是坚决反对。谁也不想有一个后妈，更不想再找个老人来赡养。还有，有朝一日，岂不是摊薄了家里的这份遗产？然而，反对无效。王老五气哼哼地说："我的背脊痒了，谁来帮我挠？"

王老五的三个儿子面面相觑。过后，老大的媳妇私下里却开导老公说："我说你们三兄弟啊，真是一个比一个笨，死脑筋。老爸和劳阿姨结婚，岂不是好事？单是这保姆费，就省了。我看，你们就让老爸和劳阿姨在一起吧。当然了，还是感情重要，先不要图形式，不要急着办登记，待感情更深了，再办也不迟。"然后，老大媳妇又如此这般地授意，又把老大点醒了。王老五的老大就去疏通了两个弟弟的脑筋。

初时，劳阿姨对这先同居不办登记很不愿意。老大媳妇就亲自出面了："妈！妈！我们都叫你妈了，你还担心什么呢？办不办这层手续，有什么要紧？"劳阿姨想了想，也是，还是这大媳妇通情达理，我和王老五都是随时入土的人了，登不登记，又有什么所谓？于是，劳阿姨心一软，就和王老五合起来过了。

王老五的三个儿子和三个儿媳，也脱胎换骨了，隔三岔五地给劳阿姨买些新衣服，送点好吃的，逢年过节，回家来时，都是左一个"妈"右一个"妈"地叫着，比拌了桂花的蜜糖还甜，腻得劳阿姨的心都醉了。

有一天，王老五晕倒了。劳阿姨虽然很惊慌，然却不失措，及时地打了120。然而，这一次，王老五就像这救护车声一样，"呜呼呜呼"地上天堂了。

王老五火化了。还没缓过情绪的劳阿姨被叫到了灵堂。劳阿姨看到，王老五的三个儿子和三个儿媳，都候在灵堂了。劳阿姨感到，又要商量事情了。

但这一次，还没等到劳阿姨找个位置坐好，老大媳妇就迫不及待地说了："劳阿姨，辛苦你了，这些年，你帮我们照顾了老人。现在，老人走了。你也可以回去了。"咦，不叫妈了，又叫阿姨了？劳阿姨一愣："我回哪里去？"老大媳妇脸一板，冷冷地说：“还用我们说吗？当然是从哪里来就回哪里去呗！”

劳阿姨有点晕了，然后是歇斯底里地笑了，指着灵堂里王老五的遗像说：“王老五啊王老五，你这个死鬼，还是被你说中了！我硬是不信，你却要我防。我防什么防？我不防了！”劳阿姨一边说，一边把身上的孝麻摔了，然后，默默地给王老五上了三炷香，掏出了两本鲜红的结婚证和一纸遗嘱，就着那摇摇晃晃的蜡烛，点燃了……

原载 2020 年第 1 期《精短小说》

白　鹇

程杳只

清乾隆年间，江南出了一位小有名气的花鸟画家，名叫恽小楼。江宁人氏，据传为一代名家恽寿平的后人。恽小楼善画各类禽鸟，尤擅白鹇。白鹇本就是鸟中君子，气韵不凡。到了他的笔下，更似人中名士，越发娴雅高贵。懂行的人都说，恽小楼的白鹇，其精妙之处在于一头一尾：头部的羽冠以重墨点染，灵动有力，气宇轩昂；尾部的翎羽则用淡墨勾勒，笔线畅达，潇然俊逸。

恽小楼早年也曾赴京赶考，两试不第后回到家乡，从此醉心于丹青。平日作画，闲暇时则与二三好友游弋山水，吟咏酬唱，日子过得倒也自在。

乾隆爷下江南，驾临江宁府，住在栖霞山庄。两江总督尹继善知道乾隆爷喜欢古玩字画，特献古玩书画十余件，供乾隆把玩观赏。乾隆看到恽小楼画的《雄鸟白鹇图》时，不由得眼前一亮。只见这画中白鹇翎毛华丽，羽白如雪，美得不可方物。画卷上还有四句诗："白鹇白如锦，白雪耻容颜。夜栖寒月静，朝华落步闲。"乾隆爷看罢连连拍案叫绝。激赏之下，又让容妃观阅，容妃也甚为欢喜。乾隆爷龙颜大悦，当即下旨召见恽小楼，赐官江宁府同知，并赐双眼花翎，以示嘉赏。一时间，恽小楼声名大噪，这一段故事也在江南传为佳话。

三年后，乾隆爷再下江南。故地重游，还是在这栖霞山行宫召见恽小楼，让他画白鹇一幅。画作完成后乾隆拿过来一看，顿时眉头微皱。这画中的白鹇红爪红脸、白羽黑腹，非常漂亮。外观尺寸也与之前的无异，但就是感觉有点不对劲。哪里不对呢，却又说不出。当时容妃在侧，仔细观阅后微微一笑，问乾隆道："敢问皇上，三年前您赐官恽小楼，官衔是几品？"乾隆答道："江宁府同知，正五品。"容妃又问："这五品官服补子上所绣为何物？"乾隆答："我大清国官服补子文禽武兽，五品文官官服上绣的乃是白鹇。"容妃笑道："这就对了。臣妾以为，白鹇之美，全在于一个‘闲’字。他白天穿着这官服，应酬于官场；晚上还得把它规规矩矩地挂起来，不敢有丝毫不敬。在他眼中白鹇恐怕早已不是啄食饮水、潇然于山水的仙鸟，而是一种负担了。”乾隆听罢心中一惊，再看这白鹇图，果真如此。虽技法纯熟，造型优美，但已然神韵不在，哪里还有寒月之静，落花之闲。

乾隆心想：我原是爱才敬才，没想到好心办了坏事。有心免去恽小楼的官职，一时找不到理由。思忖良久，方才有了主意。只见他提笔在这幅画上唰唰写下几行小字。写的是什么，写的是唐代宋之问的《放白鹇篇》。最后四句为：乃言物性不可违，白鹇愁慕刷毛衣。玉徽闭匣留为念，六翮开笼任尔飞。写罢，命人送还于恽小楼。

再说这恽小楼，自从三年前被皇上赐官，少不了日日对着这官服上的白鹇。但是越看就越别扭。这官服上的白鹇头顶彩云，脚踏锦绣，满身的祥瑞富贵，哪里有半点闲气？但有了这身白鹇官服，不仅食禄丰厚，还能人前显贵，端的是天子门生，知府见了都礼让三分。慢慢地，倒觉得这官服上的白鹇也没那么难看，反而越看越顺眼了。求画之人常有，白鹇少不了经常画，但不管怎么画，左右都是一片喝彩。有人送了他一副对联，上联写：五品白鹇；下联写：一等江南。他笑而纳之，觉得这对联不错。

这会儿，恽小楼在行宫外候着，乾隆爷差人送的画到了。恽小楼谢恩后展开一看，顿时又惊又惭，好在还没吓糊涂，体察圣意之后即刻上书一封，求辞官归乡。乾隆顺水推舟，也就准了奏。

回到老家的恽小楼，妻儿抱怨，朋友不解。更有流言纷纷，有的说君心难测，他忤逆了圣意；有的说他贪赃枉法，辜负了圣恩；还有的说他居官自傲，被同僚排挤。恽小楼心中五味杂陈，无法作画，久之竟萌生了封笔的念头。

是的，据说从那以后，再也没有人见过他画出一只白鹇。

原载 2020 年第 4 期《群岛小小说》

云泥之交

李红红

马上要过新年了，胡同里的街坊们却突然听说，浩子让警察给逮起来了！浩子家可再经不起任何折腾了，这让大家格外着急。第二天，几个街坊把瘦成竹竿似的浩子领了回来，说，这小子跑到新疆去了，这一阵新疆局势挺紧，他回北京下了火车之后，说不清楚去新疆干什么，就让警察给扣了下来。

“我怎么没说清楚？”浩子不服气，“明明是他们不信。”

大家问：“你到底干什么去了？”

浩子眼帘一垂，嘟囔了一句：“我去天山采雪莲了……”

大家都愣了一下，随后便都笑出了声：“大老远去采雪莲？雪莲也是你能采的？你小子脑子坏掉了吧！”

只有一个人相信，他真的是为天山雪莲而去的，或者说，他是为了心中的爱情而去的。只是他千辛万苦从新疆带回来的雪莲，在五千多个日夜之后，才终于安放在她手中，而那时的浩子，已经不知道了。

她叫宋颜，比浩子小三岁，两家人门对门，可无论从哪方面看，他们都是一个天上、一个地下——

宋颜的爸爸是个英语翻译。三十年前，会英语的人寥寥无几，更别提能当翻译，所以宋爸爸在胡同里一直很受人尊重；宋颜的妈妈在大学图书馆工作，端庄文雅，爱买鲜花，从不参与家长里短的议论。这样家庭长出来的宋颜，自然也很出挑，家里的奖状挂满了墙。

浩子的爸爸则是个出租车司机，他每天5点起来，在院中间的水龙头上洗漱，从嗽嗓子、吐痰、刷牙、干呕、漱口、涮牙缸子，一直到洗脸、擤鼻涕、淘洗毛巾，每一个环节都能结结实实地撞进街坊们的耳朵；与浩子爸遥相呼应的是，浩子妈是小院每天晚上的报时钟，因为她停放自行车的动静特别大：从踢下车支架、锁车、拿出车筐里的包和后车座上夹着的饭盒，到最后一下松手放下车夹的清脆的金属碰撞声，每个环节也都清晰明白。至于浩子嘛，每天不被他妈喊上八遍，是不会回家的。

谁都没有想到，如此不同的宋颜和浩子会有半生的因缘际会。

那场少年情事大概是从浩子爸的失踪开始的。1994 年的一天，浩子爸一早出了车就再没回来。那几年出租车劫案特别多，司机往往凶多吉少，浩子妈因此一病不起。

浩子那时刚刚高中毕业，活泼的他从此变得沉默寡言。他不再上学，随便在酒吧找了份打杂的工作挣钱养家。宋妈妈看他可怜，经常叫他来家里吃饭，他不来，宋妈妈就一次一次给他送过去。

浩子也不说什么。那时宋颜刚上高中，一群男生开始围着她转，浩子就每天跑到宋颜学校门口，看宋颜出来，他就跟着她，护送她回家。几次交手之后，男生们都知道浩子厉害，不敢再跟着宋颜。

美丽的少女总是喜欢被保护被追随的感觉吧。终于在一天黄昏，宋颜没有直接回家，而是走到了公园里，在飘动的柳枝下，青春的爱情有如饱涨的风帆，让他们战栗，也让他们倍觉甜蜜。

被幸福浸润的浩子买来一把吉他，那个年代，哪有人不喜欢校园民谣呢？每到周末的时候，浩子就边弹吉他边唱起《流浪歌手的情人》——他俩都最喜欢这首歌。这边的宋颜坐在写字台前，心儿却早已与浩子一起踏上了流浪的旅途。

宋颜的父母看出了两个人的情愫，他们迅速买了房子，带着宋颜搬到了十公里外的高楼里。分别时，浩子让宋颜好好考大学，等考上了，他就去学校找她。宋颜含泪答应了。

大学开学的第二天，浩子就请假去了，宋颜扑到他的怀里，俩人又哭又笑。此后每周，浩子都去看她。有一次宋颜说，她写了一首诗，写她在天山脚下看见一朵雪莲花，结果一个新疆来的同学嘲笑她说，乱写！天山雪莲都长在两三千米的山腰呢。宋颜从没被这样笑过，这让她难受了好几天。

浩子就记在了心里。他想，雪莲嘛，肯定是冬天开花，两三千米算什么，他要去给她采回来，让她看到真正的雪莲。

入了冬，浩子就动身了。

从派出所被领回来之后，他马上打车去了学校。那时只有 BP 机，浩子呼了，宋颜却没回，他就一直在她的宿舍楼下等着，天都擦黑了，宋颜才出现，眼里却已经没有了往日的光芒。

他心一沉，但还是鼓起勇气说："我从乌鲁木齐到了天山，却听当地人说，雪莲是夏天开花，现在早就没有了……一个大叔看我远道而来，就卖给了我一包干花。"浩子一句没提从北京坐火车去乌鲁木齐，为了省钱，他站了三天两夜。他拿出一个纸包塞到宋颜手里："你拿去，可以泡水喝，你的手总是凉的……"

宋颜却没接，反而后退了一步，许久之后，她说："浩子，忘了我吧。"

之后，宋颜和一个研究生恋爱了，毕业就结了婚；五年后，浩子也结了婚，妻子是个追他多年的酒吧服务员。

十年过去，宋颜买了新房子，换了新车；浩子则一直住在胡同里，也一直在酒吧工作。通过 DNA 测试，一具山沟里的陈年白骨被证实是他的父亲，他的母亲则早已郁郁而终。一天夜里，浩子被人发现在公共厕所里给自己打针。他被送进了戒毒所。

宋颜去看浩子，他却根本不认识她了。

又过了几年，把自己折磨得形容枯槁的浩子走了。葬礼过后，浩子媳妇把一包雪莲干花交给宋颜，说，我知道你。

哭花了妆的宋颜捧着那包干花回到车里，柳枝飘动，时间仿佛又回到了那些他们年少时的午后，她坐在写字台前，浩子的歌声从对面的屋子里传出来："我只能一再地 / 请你相信我 / 那一直爱着你的人 / 那就是我……"

原载《小小说月刊》2020 年 8 月上半月刊

龚州石

蒙福森

明朝成化十一年，三月，陈文瑜调任龚州知县。他带着两名随从，一个书童，坐一叶扁舟，沿江南下。其时，正是阳春三月，草长莺飞。一路江水苍茫，烟波浩渺。不日，古城龚州将近，陈文瑜走出船舱，伫立船头，眺望两岸景色，杏花烟雨，桃红柳绿，诗兴顿起，吟道：“龚州平原小路斜，两岸村落百姓家。眼前分明桃源景，只欠溪流泛落花。”此时，江风吹拂，衣衫飘飘，龚州城郭遥遥在望。

至龚州渡口，下船登岸。码头上，早有县丞丁大典带着县衙一干人等，及当地富豪乡绅等候已久。

寒暄毕，陈文瑜抬头看见岸边不远处，隐约有一庙宇，气象巍峨，问道：“丁大人，这是什么地方？”

丁大典答道：“此渡口名曰将军古渡，那寺庙叫伏波寺。相传，汉伏波将军马援率军平定交趾，路过此地，其时天色已晚，不知江水深浅，大军踏江而过，安然无恙。军队驻扎岸边，次日清早，才惊见江水之深，若非神助，岂能渡过？邑人感念上苍，遂建庙立碑，年代久矣。”

陈文瑜打发众人先行回去，他独自一人，沿石阶而上，至寺庙，果然气势不凡，香火鼎盛。寺中方丈了然大师闻知来者乃新任知县，连称“贵客”，敬茶让座，奉为上宾。

聊天中，陈文瑜得知了然大师佛法高深，善占卜，通晓术数和阴阳八卦之术，遂笑问自己前程。了然道：“大人学识渊博，文采风流，更兼清正廉明，爱民如子，自然前程锦绣，官运亨通。”

陈文瑜笑了笑。暮色降临，他告别而去。

陈文瑜到任，白天理政，晚上读书，转眼一月有余。在这一月里，陈文瑜总觉得龚州和其他地方有什么不一样。

一日，陈文瑜独自一人，微服外出。他想看看龚州的士农工商，风土人情，了解一下民间疾苦。

不知不觉，陈文瑜便走出了龚州城，到了郊外。

一路碧草翠烟，春色如绣，陈文瑜到了江边。

岸边，有人拿着铁锹铁钎在低头寻找着什么。再往前走，人越来越多了。远远看去，似甲虫一般在蠕动着。

陈文瑜颇觉惊奇——此时，风和日丽，春暖花开，正是农忙时节，该插秧种豆了。可一路走来，不少农田抛荒，杂草丛生。有的田地，即使有人耕种，也是妇孺老幼在忙活，青壮年男人去哪儿了？原来，他们都在这里呢。

一问，原来他们在寻找奇石。

“奇石？啥奇石？”陈文瑜问。

一个老人告诉他，几年前，韩雍率军平定大藤峡侯大苟之乱，路过此地，龚州知县向他进献了一块奇石。韩雍转送给了上司。不久，朝廷的达官贵人盛传龚州产奇石，广西知府每年向他们进献大量奇石。此后，龚州百姓再无宁日，被逼没日没夜地寻找奇石。可是，哪有那么多奇石啊！送上去的石头，很少有遂知府大人心意的，如此，轻则责罚鞭打，重则坐牢杀头！

陈文瑜倒吸了一口冷气——怪不得龚州百业萧条，田地抛荒，民生困苦，原来如此啊！

当得知陈文瑜就是新任知县后，他们纷纷跪倒，哭声遍野：“请大人救龚州百姓于水火！”

陈文瑜眼含热泪，一一扶起他们，问：“近来可否找到了奇石？”

“找到了一块，请大人过目。”

陈文瑜掀开红布，但见此石通体雪白，晶莹透彻，如一幅名画：白雪皑皑的原野，空旷无人，冷月无声。有一纹路，似一枝红梅，虬枝峥嵘，树影扶疏，几朵梅花在冰天雪地里尽情绽放，仿佛有一股淡淡的幽香扑鼻而来，沁人心脾。

它形神兼备，惟妙惟肖，一白一红，相得益彰。

“此石起名了吗？”陈文瑜问。众人摇头。陈文瑜道:“不如就叫‘踏雪寻梅’吧。”

那天晚上，陈文瑜的房间里一直亮着灯。他辗转反侧，一夜无眠。

几日后，陈文瑜吩咐丁大典留守县衙，他要亲自将此石送至省城。

在江边，正在装船，陈文瑜意外地遇到了然大师。了然大师得知陈文瑜要送奇石去省城，不知怎的，他怅然若失。陈文瑜忽然想起昨晚一梦，梦见两只狗在对吠，不知凶吉。

了然大师喟然叹道:“两犬对吠，乃‘狱’字也，大人此去，恐有牢狱之灾，甚至……望大人谨慎。”

陈文瑜默然不语，良久，拱手作揖，告别了然，登船而去，孤帆远影，渐行渐远。一叶轻舟去，人隔万重山，他如轻拂的江风，悄然而来，悄然而去，离开了到任仅仅月余的龚州。

陈文瑜再也没有回来。

此石送到京城后，辗转送入了皇宫，嵌在御花园里。一日，皇上带众大臣观赏，见石头上有蚂蚁在蠕动，近前一看，隐约聚成一行字:佞臣苛政，百姓遭殃;民间疾苦，谁人可知?

这字，显然是有人用蜜糖写上去的。

皇上龙颜大怒，下令彻查送石者。

陈文瑜和广西知府被捕入狱，不久就被杀了头。朝廷诏令:龚州地处蛮荒之地，少有教化;其地石质低劣，不许再入宫廷京畿重地，违者杀无赦！龚州百姓如释重负，跪倒在江边，哭声震野。

史载，陈文瑜在临刑时，电闪雷鸣，天昏地暗，风雨交加，那场雨，下了七日七夜，京城洪水滔天，几成泽国。

原载 2020 年第 7 期《百花园》

种菇记

符浩勇

天才蒙蒙亮，老黄便起身打点行装，透过窗户，依稀可见小村高矮错落的瓦房升起的袅袅的炊烟，疲惫的脸孔不由掠过一缕悲哀，他感受到一阵迷惘、屈辱和压抑……

两个月前，他作为镇上营业所的副主任，被抽调来到四英岭下小村蹲点扶贫。

他的目光盯住了村后一片弃荒而又不可多得的红碱土地。年上，他看到一本科技杂志刊载红碱土地培植西洋香菇获高产的经验，其时他去函联系购买了少许菌种，想谋求推广。

他不会忘记他发动大伙培植西洋香菇的那个夜晚。

低矮剥落的村部小屋，人声嚷嚷，挤着村中的父老兄弟姊妹。

村长姓李，睨着眼，干咳两声，说："老黄是镇上营业所的，从科技兴农着眼，有心让大家脱贫致富，大家欢迎！"小屋里，响起了噼里啪啦的掌声。

他咧口一笑，从一只衣袋里掏出一把菌种，说："这是几斤西洋香菌种，一月余一个种植周期，希望大家都种上，五元一斤，不过现在不收钱，等收获后再从菇菜款中扣……"

"那样金贵的西洋香菇，恐怕我们侍养不活。"有人顾虑说。

"种植技术，由我负责，种不活的不收钱，不过有个条件，菇菜收获了，一定卖给我，每公斤十元。"

"哟，每公斤十元。"屋里人吵嚷起来。

"老黄，真能那样，你算是为大伙办了件积德事！"

"只怕嘴说不算，等种出菇菜，你不收，一拍屁股走了，怎么办？"

他手一挥，说："大家不要担心，种了菇菜，我哪有不收之理，告诉大家，菇菜收后还要经过加工、消毒……最后出口外销。为了慎重，我们还是订个合同吧。到时，我还怕你们不卖给我呢！"

"不卖给你卖给谁？我们不懂得消毒，如何脱手？"村长抢过话，笑开了怀，"你放心，有我在，菇菜一定能卖给你，不过履行手续，订下合同也好！"

之后，他从县农业合作银行贷款一万元，亲自跑了一趟省城，买回了八百斤菌种。他跑东家、走西舍、去南院，订合同，核亩数，指导播种，点粪，浇水，遮阳，采光……

月把一过，红碱土地长出了白花花的香菇菜，映照在一张张喜悦的脸上。

收获季节到了，他估算了一下全村的菇菜收成，又跑了趟县农业合作银行，贷款十万元用来收购菇菜。

他刚回小村，就踏进村长的家，说："村长，你没白忙。你种香菇收成有四百公斤，可赚四千元呀。"

村长却眨了眨眼，说："老黄，把这香菇每公斤十元卖给你，你转卖给别人每公斤多少元？"

"村长，不瞒你说，我同别人订了合同，每公斤卖十二元！"

"十二元？一公斤赚两元，全村约有万余公斤，你就赚了两万多元，好轻松呀。"村长打着哈哈说。

"没有这么多，村长你也知道，我收了香菇，还要同别人联营过滤、消毒，除去贷款本息、过滤成本、运杂费……能有三两千元就不错了。"

"老黄，不是我作难你。我同大伙说了，香菇菜，我们自己联系自己卖，卖了后，菌种钱，我们给，待到你蹲点走时，我们再好好聚一餐……"村长盯着他像一个陌路人。

"村长，你怎能这样？我们是订了合同的呀！"

"订了合同有屁用，你上告，也没有人理。"村长嗓门提上来，没有半点商量的余地。

老黄知道拗不过村长，他跑东家，他走西舍，他去南院……

他没有想到，大伙支支吾吾，都是同样的回答。

转眼，香菇菜收获完了，村长派人外出联系，销路一直没有着落。

等到有一天，村长像个泄了气的皮球，找上门来。老黄跑去一看，愣住了：原先白花花的西洋香菇变质、长霉、褪色了，失去了消毒的效应，他顿感一阵悲哀。

一万余公斤的西洋香菇报废了，菌种的钱自然也收不上。他赔去了一万元贷款本息不算，没有想到，竟有人怨起他领着大伙蛮干了一番，毫无结果。

昨天，镇政府来人，找他谈话，语重心长地说，农民脱贫致富不能急于求成，更不能蛮干，一下子就想富起来……末了，调整他到别个村庄去。

天渐渐地亮了。他拎起了行李，走出门去。

门外，拥站了一帮憨厚朴实的农民，呼地围了上来，嘘寒问暖，他们仿佛欠了什么重债，负疚、惭愧、不安……

他的心头一热，大步流星，离开了小村……

原载 2020 年第 6 期《金融文坛》

对 峙

肖 宁

马大力跨出监狱大门，抬头仰望，天是蓝的，太阳是暖的，马路两旁的花儿开得格外鲜艳。初夏的气温宜人，一切都显得那么舒适。

马大力清楚地记得，5 年前，也是这样一个初夏，他酒后伤人四处躲藏。在王警官追捕他的时候，一堵矮墙挡住了他的去路。他只要翻过这堵墙就有一条生路。可惜晚了，耳边响起一声断喝："站住！"他回头一看，王警官那锐利的目光如电击般射过来，马大力竟木头似的钉在了原地。在戴手铐时，马大力瞪着王警官，心里狠狠地说一句："你等着……"

5 年刑期已满，出狱。自由的马大力出狱后的第一件事就是要"拜会"一下王警官。"拜会"是为了示威，为了复仇，还是为了教训这个老家伙，他一时真也说不清楚了。但至少有一点是肯定的，那就是证明自己出来了。

王警官是市里的破案能手。对于一个有名的警官，打听他的住所和身影不费吹灰之力。马大力很快得到王警官现在的消息。老警官已经退休两年了，而且病得很重，正在市中心医院住院。

"对，就是他！"当马大力走进医院大门，远远看见医院花池旁长条椅子上坐的那个人时，他自己也没想到他对王警官印象如此深刻，看背影都能认得出来。

马大力一步步走近了王警官，他细细地观察了一下，发现王警官右手拄着拐杖，左手放到了胸前，满头白发有些凌乱，眼睛似乎有些浮肿，面容也苍老了许多。

"出来了，一出来就来看我啦？"头都不抬的老警官发出了声音，声音不大，但浑厚有力。马大力不止一次地想过再一次见到王警官的场景，万万没有想到会以这样一个方式开始。马大力愣住了，有些手足无措。他迅速平复了一下情绪，问道：“想不到我来见你吧？”

老警官微微一笑，说：“你又不是第一个。这种事儿我碰多了，也就习惯了。”说罢，老警官睁大眼睛看了马大力一眼。不知怎的，马大力觉得有一股无形的力向他袭来，精心准备的那些狠辣的话一句没有吐口。临走时，他还是撂下一句话：“我还会再来的！”

果然，过了几天，马大力又来到了医院。

马大力从小失去双亲，17 岁进了一家规模不大的工厂。酒后伤人入狱就被工厂除名。上次见过王警官之后，他就四处奔波地找工作，一直无果。入狱前的几个朋友对他也是避而不见。这段时间，他就像一条流浪狗似的，孤苦伶仃、无家可归、精疲力竭。

马大力再次站在了王警官面前，老警官还是坐在医院花池旁的长条椅子上。一个站着，一个坐着，对视中两个人眼神渐渐都变得温暖起来了。

马大力想，王警官老了，也病了，很可怜啊！

老警官也想到，小马没有亲人，可能还没有找到工作，难啊！

老警官挪了挪身子，说：“小马，坐下来说说话吧。”

没想到这对“冤家对头”竟然聊了很长时间。最后，老警官轻轻叹息说：“不要急，工作会找到的，生活也会好起来的。工作我也想想办法……”马大力突然觉得老警官竟有这么多的人情味，他甚至觉得老警官好像一位长辈。

当马大力又一次去见老警官时，老警官有些艰难地从长椅上站起来，对马大力招招手说：“知道你还会来的，我已经在这儿等你好几天了。”接着老警官从椅子上拿起了一张报纸，指着报纸说：“这有一家新成立的保安公司，招人条件放得挺宽，你可以去试试。”早已心灰意冷的马大力摇了摇头。王警官又鼓励道：“去试试吧，我看能成。”马大力想了想说：“试试就试试，也不差这一次。”

一试就成了。马大力被录用了，这突如其来的好事儿让他始料不及。长时间行走在黑暗中的他终于看见了曙光，他感觉到生活有了希望，暗暗感谢老警官。

要不是出了一件事儿，马大力一定会向老警官当面致谢的。

那天晚上，夜黑风高，天上淅淅沥沥地下着小雨。马大力在管区巡逻时，发现一个黑影从窗户上跳了下来。马大力一边用对讲机通知同伴儿，一边迅速追了上去。在扭打的过程中，马大力被对方狠狠地捅了一刀，但他仍紧紧扭住盗贼的胳膊不松手……后来查明这个人钻进大楼，撬开了多间办公室，盗窃了很多钱财。

由于肚子被捅伤，马大力住进了另一家医院。当公司领导去医院慰问他，问他当时怎么想的时，马大力说："要是我一松手让盗贼跑了，我的饭碗儿就没了！"看着马大力那认真的表情，大伙儿都笑了。

但有一个细节马大力没说，就是当警察到来而他仍死死抓住盗贼的那一瞬间，对方用凶狠的目光盯着他，从喉咙里挤出了只有他能听到的声音："你等着……"就在那一刻，他突然想起了王警官抓获他时的场景。

万幸的是，马大力没有伤到要害，住了一段时间医院就康复了。那天，保安公司领导开车来接他，直接驶出城外。这让马大力感到意外。小车疾驰半个小时后开进一座公墓。公司领导带着马大力来到一块墓碑前，让他想不到的是，墓碑上刻着老警官的名字——王义。马大力大吃一惊。公司领导对着墓碑恭恭敬敬鞠了三个躬，说："师父，按您的吩咐，我把马大力带来了。"接着从上衣口袋掏出一张纸条，递给马大力："这是我师父写给你的。"

马大力接过来一看，上面只有一句话："路还长，好自珍惜。"

一切都明白了，马大力悲切地哀号了一声，眼泪扑簌簌地落了下来，"嗵"地在老警官的墓前跪下了……

原载 2020 年 5 月 27 日《趣微口袋》

民国的一场暗恋

孙 荔

阿昆是挑夫，在码头上专门给人送货的挑夫。阿昆的家就住在江边，小镇靠着江，滔滔江水每天不停地向东流着。

阿昆的父亲在阿昆很小的时候就去世了，家里只剩下一个清瘦的老母亲，老母亲眼睛瞎了，两眼看上去像浑浊的江水。老母亲眼睛原来能看得见的，但是一场大病后，眼睛就看不见东西了。阿昆从小就不太爱说话，只是很听话地帮着母亲干活，他就是母亲的眼睛。

阿昆十二岁就出来在码头上做挑夫了，因为岌岌可危的家，还要靠幼小的阿昆来支撑，江水一天天流着，阿昆一天天长大，渐渐长成了一个壮实的小伙子。古镇上有一条繁华的老街，阿昆每天去码头的路上都要经过这条街，阿昆喜欢这条街，因为这条街上有粮店，有玉坊，有裁缝铺，有典当行、盐商等商铺，一派热热闹闹的样子。阿昆每天清晨经过这条热闹的街，就能闻到刚出锅的油条香味儿，炒瓜子的香味儿……各种香味儿聚在一起，让阿昆感觉到生活是美好的。更令他隐隐产生幸福感觉的是，拐角处的阁楼上，每天端坐着一个美丽的小姐。小姐，淡淡的蛾眉，梨花一样清纯的微笑，目光温婉柔和。

小姐叫采妮，采妮有时安静地在阁楼上做女红，有时候站在清晨一缕阳光里，和身边的丫鬟低低说着什么，那声音像丝丝缕缕的琴音，很是好听。小姐阁楼的斜对面，是一个茶馆，茶馆里经常有说书人在神采飞扬地说书，小姐有时会微微一笑，那一定是听到了说书人可笑的故事。小姐的笑容让阿昆很陶醉，那笑容像一朵开得正好的花，阿昆不由得瞟了一眼，又瞟了一眼，阿昆的眼神不敢停留，因为他知道自己只是码头上的穷工人。

有时码头也没活，阿昆就去砍柴，江边有小山坡，小山坡上长满荆棘杂树。

阿昆去时望一眼阁楼上的小姐，回来时身上背着柴，又望一眼阁楼上的小姐，那是他每天生活中唯一的快乐。生活一天一天过着，江水一天一天流着，小姐有时看一眼阿昆，又像似没看见，这让阿昆低下了头，脸红红的，怀里似乎揣着一只兔子，一跳一跳的。日子这样波澜不惊地过着，这样的日子也是一种美好。

可是有一天阿昆帮人送货，被巡捕拦下了，巡捕从货里扒出私藏的枪支，阿昆在糊里糊涂中被戴上了手铐。阿昆一脸的茫然，一脸的无辜，但是无论阿昆怎样为自己辩解，巡捕都听不进去，阿昆挣扎着要逃走，却换来巡捕的一顿毒打，于是阿昆的脸上就挂了彩。

采妮看到了，问丫鬟怎么回事，丫鬟轻描淡写地说，有人私藏枪支，私藏枪支是要被枪毙的。采妮往街上看时，看到脸上带血的阿昆正望着自己，采妮认识阿昆的，但是她不知道阿昆叫阿昆，采妮只知道这个小伙子像影子一样，每天经过这条街，采妮还知道，小伙子喜欢对着阁楼望一眼。采妮的心沉了沉，又沉了沉。

采妮这天出嫁了，采妮嫁给警察局汪局长做三姨太，汪局长的年纪能做采妮的父亲，汪局长肥胖得像两个采妮加起来。采妮不高兴也没办法，因为采妮母亲答应了媒婆，而且收了汪局长的彩礼。采妮母亲说，我们是高攀汪局长，汪局长是谁，一手遮天，我们家采妮有福，汪局长有三个女儿了，采妮为汪局长再生一个儿子，这样采妮在汪家就说一不二了。采妮只是哭，她望着一身警服肥胖得像水桶的汪局长，狠狠地闭了一眼，又闭了一眼。

吃早饭时，汪局长一边把油条往嘴里送，一边说，最近那个私藏枪支的阿昆要被枪毙，采妮愣了一下，她似乎又看见阿昆对她投过来的眼神，是仰慕，是喜欢，因为那眼神里带着光芒。采妮试探着说，您调查清楚，据我所知，那个所谓的阿昆只是个码头扛包的工人，见了姑娘就腼腆地红脸低头，这样的人能坏到哪里去，放了阿昆吧。

汪局长亲自到监狱审问了阿昆，阿昆一脸的冤屈，一脸的泪水，说我死了，不要对母亲说，母亲老了，眼睛也瞎了，经不起刺激。我只是个穷工人，在码头上干了多年，包里的枪支我自己也不知道怎么回事，我只是负责送货的。

汪局长放了阿昆，阿昆糊里糊涂地走出监狱大门，一缕阳光刺得他睁不开眼睛。他又走在老街上，像是走在梦中，他又习惯性地向阁楼望一眼。阁楼空荡荡的，阿昆的心也空荡荡的，阿昆又继续在码头上做他的穷工人。阿昆依然每天走过那条老街，只是那阁楼上美丽的小姐不在了，梨花一样的笑容也消失了，他生命里像少了什么东西。当然，他也不知一场暗恋救了他一命。

原载 2020 年 7 月《滇中文学》

兵叔的玩具

万　芊

李凯旋很小的时候就跟着妈妈寄居在陈敦镇的外婆家，妈妈没有正式工作，一直在镇商业合作社办的馄饨店里做临时工。李凯旋从来没有见过自己的父亲，只有房间墙上一张父母的合影。那时彩照不多，脸上的彩色好像是手工涂上去的，一团团的。父亲穿着军装，很年轻。

李凯旋记得，自己很小的时候，家里就常来一位叔叔，妈妈让他叫兵叔。兵叔看上去显得有点苍老，黑脸、跛脚，一直穿一身洗得发白的旧军装。

兵叔是个沉默寡言的人，来了，就在外婆家的客厅里坐一会，捧着大碗喝着妈妈给他斟的大麦茶。每次临走时，总是从随身挎的粗布包里掏出一两件玩具。兵叔的玩具很特别，也新奇，在陈敦镇上很难见到，有时甚至是很奇特的外国玩具。只是，每个玩具都已经过精心的修理，手工制作的小零件，让缺损的玩具不再缺胳膊断腿。李凯旋寂寞的童年在兵叔玩具的陪伴下，慢慢地度过。

小学毕业后，李凯旋到了县城读初中，寄宿在校。妈妈在馄饨店的工资是按天算的，故而，妈妈从来没到过李凯旋寄宿的学校。妈妈给李凯旋的生活费不多。李凯旋知道，妈妈赚得少，有时还要贴补多病的外公外婆。

李凯旋在县城学校寄宿时，只有兵叔不时过来看他。兵叔没话，临走时，总塞他一两件小玩具。只是，兵叔不再给李凯旋送些幼稚的儿童玩具，而是老旧的小杂物。比如，一副象棋、一只小笔筒、一把小铜壶。脏的，已小心洗过；损坏的，已精心修补过。如一只很老的小瓷碗，原本碎了，新锔了一下，倒也不错。有一次，兵叔带来一副制作精美的国际象棋，只是少了两枚，损坏了几枚。兵叔手工刻了，补全修好，成了李凯旋和室友们的最爱，没事的时候，他们就开始琢磨着这国际象棋的下法，竟然也下得有模有样。

李凯旋寄宿的日子，很拮据，每日的伙食，米饭加咸菜血汤。米饭，是自己带了米让食堂代加工的。但家里的米是计划的，他得匀着吃，故常常半饥不饱的。咸菜血汤，每碗一分钱。然就是这一分钱，李凯旋也常常抠着用。省下的钱可买书看。学校食堂里，也有红烧肉，红得冒油，又特别香，八分钱一块，然李凯旋从没这种奢望。

有一回，李凯旋从学校边的一条小弄堂里走过，看见弄堂边有人摆着地摊，上面放着各式各样老掉牙的小物件。李凯旋好奇地在边上看，竟然发现在这里，有人卖出，也有人买进。李凯旋就想到了兵叔送的小玩具，他犹豫再三，再也受不了地摊交易的诱惑，拿了一件小铜器过来。问摊主，这物件你收不？摊主翻来覆去仔细端详一番，最后一推说，仿的，不值钱。李凯旋心有不甘，追问，那到底能卖多少钱呢？摊主一脸漠然地问，不是偷的吧？李凯旋亮出自己手里的课本说，我是学生，不会偷的。摊主漫不经心地说，搁那边上，自己拿两毛钱吧。李凯旋看着地摊上零零星星的硬币，惴惴地问，能多给两分吗？摊主嘴一撇，不屑地说，你亏死我了，拿吧，有好东西送过来。

李凯旋取了两毛两分钱，兴冲冲地去食堂，多买了一只大馒头，多要了一份咸菜血汤，第一次吃得肚子饱饱的，打着幸福的嗝。

兵叔还是不时来学校看他，每次都带一两件修复过的小物件。李凯旋过段时间，送一件小物件到学校隔壁弄堂里的地摊上，换几毛钱贴补生活。有时看到自己特别喜欢的好书，他也会非常大气地掏钱买下那书，一有空就看，看了还小心地藏好。

有段时间，兵叔没来。过了好长时间，兵叔又来了，只是脚更跛了，走路一拐一拐的。自那回后，兵叔来的次数也稀了，最后再也不来了。

就这样，李凯旋在县城读书读到高中毕业。毕业时，正好轮上开始不久的公开高考，他一考就中，考上了不用花钱的师范学院，毕业后当上了老师。

几年后，李凯旋跟母亲说起以前常来的兵叔，有点挂念，说不知现在他过得如何，决计去寻找那位曾给他送玩具的兵叔。母亲拿出当年有心收好的几封书信。李凯旋按照信封上的地址，找上了门。那是县城一个废品收购站，在城郊，现已关闭。李凯旋找到了附近上了年纪的人，证实废品收购站是一个叫兵叔的外地男子经营的。那位老人告诉李凯旋，兵叔早年是当兵的，在一次执行任务中，他的几位战友都牺牲了，他却活了下来。他说，他的命是这些战友给的。他为了帮衬这些牺牲战友的家庭，只身来到江南，以收废旧物品为生。

李凯旋把知道的一切告诉母亲。

母亲说，兵叔最早来时，每次总送钱过来，但她坚决拒绝了。她说，他再送钱就不让他上门。他就送玩具，说他喜欢孩子。

李凯旋突然想起自己在县城读书时一直靠变卖兵叔的小物件贴补生活，脸上不由得一阵阵发烫。现在，他有工资、有能力了，而兵叔却已去世了，一切再也无从回报了。

原载 2020 年第 8 期《小说月刊》

自　首

夏红军

阿三在步行街上已经偷了两三年了，偷的一般都是手机跟少量的现金，而且失主们通常觉得事不大，都甘愿自认倒霉，不想打 110 麻烦警察。

这其中，步行街的红红副食店最好偷，阿三这两年总共光顾了不下三次，每次都能如愿得手。最让阿三感到不解的是，红红副食店这个叫红红的女老板，往往吃一堑却不懂得长一智，总是爱把包包手机随意放，没生意时喜欢跑到隔壁去跟人聊半天的天，老给阿三提供绝佳的下手机会。这样没心眼儿的傻女人，让阿三觉得自己都不好意思再去偷她的东西了。

要说小偷也是有良心的，有回阿三请人吃饭要买烟酒，他心想自己偷了红红副食店几回了，良心驱使他想去照顾一下红红的生意，于是决定去买她的烟酒。

阿三走进副食店，正好碰上红红的男人也在，只见红红的男人黑着脸正在骂她："到年底来了，街上小偷多，你长点心眼儿，不要总是被偷了！"

"我晓得了。"红红一边答应着，一边过来招呼阿三。

"晓得个鬼！说你也是白说，我有事要走了，你把钱转给我！"

"昨天才转给你三千，我哪有那么多钱给你？店里生意又不好。"

男人见红红不愿转钱给他，便恶狠狠地瞪她，红红没办法，只好拿起自己破旧的手机，将账户里仅有的一点钱转给了男人，男人这才悻悻离开。

红红的男人走后，阿三见状问她："怎么你老公没做事？一个大男人还找你娘们家要钱花。"

红红叹气道："唉，不想提他了，好吃懒做不说，还好赌，说他也不听，管不了！"

阿三买好烟酒付完钱后，看着红红的旧手机，便有意问她："怎么你做生意当老板还用这么旧的手机？屏都破成这样了。"

红红摇了摇头笑着说："这是我姨给的，我才买的新手机没用几天，就被该死的小偷偷去了。"

阿三心虚，不再接话，便提着东西出了门。走了没几步，阿三忍不住回头又看了红红一眼，觉得这女人挺可怜的，又想到自己偷了她好几回，内心不觉感到有些愧疚。阿三想到最后一次偷的她的新手机，因为卖不出好价钱，他还一直藏在家里。这时，阿三突然产生了一个想法，不如将手机还给红红这个可怜的女人算了。

一个周末，阿三在午后来到了离步行街不远的公园，他来这里可没打算偷东西，对于一个小偷来说，偷不偷东西也要看情况，他今天可没心思偷东西。

今天，阿三是先来这里晒晒太阳的，他身上带着红红的那部手机，这几天他想了又想，决定过一会儿到下午时分，趁步行街上人多时，就找机会溜进红红副食店，将手机偷偷放下，还给那个可怜的女人。

阿三在公园就这么闲逛着，沐浴着冬日暖暖的阳光，甚至感到这阳光暖到了他的心里面。阿三意识到，也许今天他是要去做一件好事，才会有这样的感觉吧！

不知不觉，阿三漫步到了公园的角落，忽然看到有一对男女正坐在草坪上搂抱、亲吻着。

阿三下意识地躲到了一排灌木丛后面，好奇心促使他想再继续看看。结果可好，一看这个男的怎么这么眼熟？阿三很快想了起来，这不正是红红的男人吗？

"妈的，臭不要脸的渣男，竟然拿着自己女人辛苦挣的钱在外面鬼混！"阿三忍不住在心里骂道。

到了下午时分，步行街上的行人逐渐多了起来。阿三从公园出来，走到步行街上，轻易就找了个机会将红红的手机，放进了她的副食店收银台上。离开时，阿三心想：要是这傻女人能为了自己的幸福，跟那个狗男人离了婚，我阿三就到公安局自首。

冬去春来，阿三真的等到了他想要的结果：红红离婚了。原来那天在公园，躲在灌木丛后的阿三，偷偷用红红的手机拍下了她男人的不雅视频。红红正是从阿三还回来的手机里看到了这段偷拍视频，才下决心离婚的。

这天风和日丽，阿三怀着喜悦的心情，义无反顾地走进了公安局，大声喊道："警察同志，我叫阿三，我是来自首的。"

原载 2020 年第 4 期《小说月刊》

吃午饭

崔 立

一直以来，晓梅都是和李杜一起吃的午饭。

三年前，晓梅刚大学毕业，李杜那里刚好缺人。李杜问朋友有没有合适的，朋友推荐了两个人，李杜看过简历选了其中一人，就是晓梅。

刚来单位的晓梅，有几分青涩，也有几分的小心翼翼。

李杜说："这件事，你去做一下。"

晓梅说："好。"

李杜说："那件事，你去做一下。"

晓梅说："好。"

李杜说："中午一起吃饭。"

晓梅说："好。"

李杜说的一起吃饭，是去单位的食堂。食堂也在办公楼里，早饭、午饭都是免费提供的。李杜午饭吃得晚，晓梅就等在办公室里，其他人都去吃饭了，李杜还在电脑前忙碌，噼里啪啦的声音，清脆好听，像雨点敲打窗台的声音。晓梅坐在座位上耐心等待，或发一会呆，直到李杜说："走，我们去吃饭吧！"晓梅说："好。"李杜走在前，晓梅跟在身后，又快走几步，摁下了电梯键。

食堂里，刚好也是部门领导们吃饭的时间，李杜把晓梅一一介绍给他们："这是晓梅，我这边新来的同事……""晓梅，这是曾处。""晓梅，这是刘处。"……

晓梅一一朝他们点头，浅浅地笑："领导们好。"

后来，李杜对晓梅说："这些领导平时都忙，大会小会，还要出去走访、调研，见一次面都不容易，恰恰是吃饭的时间，是和他们最好的沟通机会……"

晓梅点着头，说："好。"

晓梅还见到过李杜的女儿。

放暑假了，李杜快上初中的女儿没人带。李杜就把她带到单位了。早上，李杜和女儿，还有晓梅一起吃早饭。电话突然来了，很急，李杜说："晓梅，待会你帮我把女儿带上来吧，我先上去了。"晓梅说："好。"

李杜上去了，像一阵风。

晓梅和李杜的女儿坐在一起，一只热乎乎的馒头，在李杜的女儿手上，已经吃了好久，看起来还要吃一会。热馒头马上要变成冷馒头了。晓梅想到了自己小时候，吃东西也是慢悠悠的，那个时候的父亲，也是用疼爱的眼神在看自己，还说："不着急，慢慢吃。"晓梅看了看李杜的女儿，说："这个馒头凉掉了，要不要我帮你去重新拿一个？""不用的，姐姐。"李杜的女儿眨巴眨巴一双大眼睛，又说："姐姐，你是和我爸爸一起上班吗？"李杜的女儿又说："姐姐，你真漂亮呢。"这话儿，说得晓梅笑了。晓梅还是第一次在这里这么开心地笑过。这是一个既可爱又讨人喜欢的小女孩。

这个暑假，李杜的女儿时不时地来单位，有时就在李杜找的角落里的办公桌上做作业。现在的孩子作业真是不少，李杜的女儿把作业在桌子上一摆，就是满满一桌子的作业了。李杜的女儿先做英语，说："姐姐，我喜欢做英语，我先把喜欢的做掉。"然后是语文，最后是数学。李杜的女儿愁眉苦脸地说："姐姐，我最讨厌做数学了。"

这个时候，李杜走过来，也会皱着眉，说："晓梅，你刚从学校毕业，教教她。"晓梅说："好。"其实不用李杜说，晓梅已经在看题目了。晓梅不看不知道，一看呀，这些题目是真的难。现在的小学生，怎么就做起这么难的题目了呀！当然，晓梅毕竟刚从大学毕业，还是有一定基础的，脑瓜子稍稍动一下，题目也就解开了。

一个暑假是 60 天，一个寒假是 30 天。三个暑假加三个寒假就是 270 天。这 270 天，晓梅时不时地就能见到李杜的女儿。

这三年，李杜的女儿都上初中了。晓梅也跟着李杜的女儿，又把初中的课程一起学了一遍，也教了李杜的女儿一遍。

这三年，很奇怪，晓梅从没见过李杜的老婆。

有次，还是李杜的女儿自己说漏了嘴：“姐姐就像妈妈，要是妈妈在就好了。”晓梅没有说话，像没听见。晓梅的眉角却是颤了一下，像一只蜻蜓在水面上轻轻点了一下翅膀。

从这天起，李杜的女儿突然不叫晓梅“姐姐”了，叫起了“阿姨”，声音轻轻的，又暖暖的。

这一天，在食堂，晓梅和李杜面对面坐着，旁侧坐着曾处和刘处。李杜和他们说着话儿，吃到的一根鲫鱼小骨头，吃着吃着就到了嘴角上。曾处看见了，刘处也看见了，刚想说什么，晓梅已经伸手帮他抹去了，一双白皙的年轻的手，还不无嗔怪地说：“你看你，这么不小心，又吃到嘴上了！”这话儿，说得李杜，还有曾处刘处都一愣一愣的。

三个月后，李杜和前妻复婚了。

不久后，晓梅嫁给了独居多年的曾处。

原载 2020 年第 8 期《草原》

给你放个引蛋

宋炳成

快到年底了，小李随局长去县区检查，一圈下来得四五天的时间，小李本不想去，现在出差除了受累，又没什么好处，但局长都亲自去了，小李也不好推辞。果然，第一站他们去了东县，人家好吃好喝好招待，就是没给送点啥。

临离开东县时，半路，局长自掏腰包买了一箱价格不菲的东县特产土蜂蜜，局长还对站在一旁的小李说："这样地地道道的特产在市里难找呢，你也来一箱吧。"

小李知道，现在八项规定要求严，人家连土特产也不送了，既然局长都说了，那就买一箱。小李和司机随着局长各买了一箱。

到了西县，局长让小李和司机将三箱土蜂蜜提进了宾馆的房间，还对身边的西县接待人员打哈哈说："你说东县那帮家伙，现在都什么时候了，还搞老一套，这不是害我嘛。"

西县工作人员笑了，说："您领导不辞辛苦，都亲自来了，这点小意思算啥。"检查完工作，离开西县时，西县给局长、小李和司机每人送了好几样当地名贵特产。

等到了南县，局长又让小李和司机将西县送的特产提进了宾馆的房间，还对身边的南县接待人员说："嗨，你说西县那帮家伙，现在都什么时候了，我说不能要，不能要，可他们还是搞老一套，这不是让我犯错误嘛。"

南县工作人员笑了，说："领导，这有啥，又不是什么值钱的东西，都是自家产的，只要您不嫌弃就中。"检查完工作，离开南县时，南县也给局长、小李和司机每人送了几样当地名贵特产。

紧接着，他们又去了北县、忠县……每个县都给他们送了礼物，车上都放不开了，中间，局长不得不让司机回市里往家送了一趟。

检查结束，望着车里堆满的礼物，小李忍不住后悔地说："局长，早知道他们送这么多特产，当初，我们就不用花钱买那土蜂蜜了。"

局长笑了笑，说："那土蜂蜜是必须买的，要不然，哪有后来的礼品？"

小李没听明白局长的意思，忍不住笑着问："局长，这有什么关系？"

局长说："这关系可大了，就像鸡下蛋，本来那鸡是不想在这个窝里下蛋的，但看到这个窝里有个鸡蛋后，就会主动进来下蛋了，这是引蛋，明白了吗？"

小李听后恍然大悟，不住地点头，大赞局长高见。

过节的时候，小李破天荒给局长送了一份礼，局长一脸的严肃，批评小李说："现在八项规定这么严，你这么做不是害我吗？"

小李笑着说："局长，您尽管放心，这只是我个人的一点儿心意，没别的意思。"

局长推脱了一番，最后，还是爽快地收下了。

从局长家里出来，小李忍不住得意地笑了："哼，还装假正经呢，我要不提前给你点好处，以后有推荐任务的时候，你能想着提拔我吗？我呀，也给你放个引蛋！"

果然，年底的时候，局里调整一批中层干部，小李知道后，暗自高兴，这次应该是瞎子擤鼻子稳把攥了。可是，小李连酝酿人选都没入围。

小李郁闷极了，问老科长："我可是放了引蛋的？"

听小李前前后后说完情况，老科长笑了，说："你小子学聪明了，放引蛋没错，可你放的这点引蛋太小了，人家根本没有兴趣到你窝里下蛋。"

小李急忙问："那该怎么办？"

老科长说："你是真傻还是装傻啊？你想要的可是真金白银的实惠，你自己都不舍得放金蛋，还能指望别人来你窝里下金蛋吗？"

小李听后不住地点头，老科长说得有道理啊，他暗暗下了决心，一定送个金蛋，不怕你局长不来我窝里下蛋。

小李豁出去了，他将自己积攒的家底全拿出来，做了一个大红包送给了局长。

小李眼巴巴地瞅着局长来下蛋，可还没等局长来就出事了，红包送出不久，局长因贪污受贿进去了，更糟糕的是，小李行贿的事儿也抖搂出来了，小李还因此受了警告处分。

小李后悔莫及：“实指望引个金蛋来呢，哪想到会鸡飞蛋打啊！”

原载 2020 年第 5 期《幽默与笑话》

洁　癖

刘琛琛

我和妻子苏苏要离婚了。

离婚的原因，无关原则，无关底线，是苏苏有执拗的洁癖。

苏苏那张白得近乎透明的脸，是她坚持用双氧水擦拭皮肤的效果，她深信这种方式能彻底消灭脸上的细菌。

之前，我爱惨了她的这张脸，干净得毫无瑕疵，可现在，我的目光，一秒钟都不愿在她脸上停留。没有瑕疵成了最大的瑕疵。

这个女人，太太太讲究了，跟她在一起生活，每一根汗毛都无所适从。

苏苏生日那天，为了给她一个惊喜，我订了一家中餐厅。天地良心，这家中餐厅，可是本地最有名的连锁店，环境出了名的优雅。

苏苏走进餐厅，冷冷地环顾着四周。

这些装潢材料，一看就是劣质品，不环保，天哪，难怪我一走进来就头晕，空气里面肯定含有超量的甲醛，我们赶快离开这里吧！苏苏捂着鼻子，挑三拣四。

习惯了苏苏的挑剔，我耐着性子哄她，好不容易才预订到位置，忍一忍吧，这家餐厅的菜肴味道非常不错！

苏苏嘟嘟哝哝的，不情不愿地跟在我后边。

预订的位置靠窗，我特意选在这里，苏苏可以一边吃，一边欣赏窗外的街景。街边的路灯悉数亮了，多么浪漫的景色！

哪来的油烟味？噢，你可真会挑位置，窗边？街边烧烤摊的烟雾全飘过来了！苏苏还没落座，抱怨比烧烤摊的烟雾还密集地包围了我。

我没那么好脾气了，冷冰冰地看了她一眼，服务员眼光都射向我呢。

苏苏终于察觉了我的不高兴，怏怏地住了嘴，从包里拿出一包纸巾，来来回回将桌椅擦拭了三遍，才拎着裙角，小心翼翼地坐下来。

以为苏苏就此消停，我太乐观了。

吃饭时，苏苏并没有像我想象的那样，深情追忆我们曾经的浪漫史，而是喋喋不休，向我科普地沟油的危害、海鲜的违规养殖、蔬菜的过量农药……

够了！我愤怒地拍下筷子。

苏苏白嫩的脸涨得通红，半晌才说出一句，还有呢，那个服务生肯定三天没洗头，每次他来上菜，头发梢都飘过来一股馊味。

好好的生日，过出这么一股馊味，我言辞激烈地提出离婚！

离婚的日子定在 12 月 1 日，没什么特殊意义，我只想速战速决，不想拖到下一个年头。

现代人闪婚闪离，多我们这一对，并不嫌多。

我和苏苏到民政局去办离婚手续。民政局旁边，有几个穿白大褂的人，在做宣传活动，标语是，给艾滋病人一个拥抱。

这一天是世界艾滋病日。苏苏远远地看了一眼说。

响应者为零。

标语下边，站着一个戴白色口罩，只露出疲惫眼睛的年轻男孩，孤零零的，他大概就是艾滋病患者了。

怪可怜的，你去抱他一下。苏苏冲男孩努了努嘴，示意我去。

我掩住口鼻，不去。

执拗的洁癖！苏苏嗤笑一声，这句话，是我骂苏苏的，她瞅住机会就报复我一下子。

艾滋病仅通过性、血液和母婴传播，亲吻、共餐和拥抱都没事的，白大褂们苦口婆心地向每一个过路人宣传。

苏苏一步一步地向男孩走去，扎扎实实给了他一个熊抱。

男孩瞬间流泪了。

苏苏蹦蹦跳跳地向我跑来，苍白的脸上现出一缕红晕，得意地笑。

这是那个有执拗洁癖的苏苏吗？

我假装言辞激烈说，你得回医院出具一份没有传染艾滋病毒的证明，我才敢跟你离婚。

办离婚手续前我们有约在先，好聚好散，不但要像朋友那样握个手，还要像朋友那样拥个抱，最后更得像朋友那样接个吻。

原载《小小说月刊》2020 年 8 月下半月刊

李老抠借牛

李忠元

村长又来借牛了，可李老抠根本舍不得他家的牛出去显山露水的。也难怪，这年头偷牛贩子猖獗，李老抠不得不居安思危。

“不借也得借，必须的，开现场会记者要采访呢！”村长语气凝重，说话掷地有声。

“不……”李老抠嗫嚅着，但还是死死地拽住牛缰绳。

“快点，记者马上就要来了！”村长急迫地吼道。

“村长，这……这牛可是俺的命根子！”李老抠憋得满脸通红，就是不让牵牛。

“好，每头牛付你借用费 100 元，用完交牛！”村长说着从衣兜儿里掏出 300 元钱塞到李老抠手里。

李老抠见到了现金，顿时心花怒放，但马上又担起忧来。

“可……可是，俺……俺……”李老抠吞吞吐吐。

“哎呀，你这磕磕巴巴地干什么？有话快说，有屁快放！”村长急得很不耐烦。

“这牛牵……牵走可以，但俺要在后面跟着，俺怕俺的牛弄丢喽！”李老抠终于说出了憋在心里的这句话。

“好，那你就跟着，不过记者要采访的时候，你可要躲得远点，别整露馅喽！”

于是，李老抠跟随村长来到了村部后面的“黄牛养殖基地”。

说起这一栋栋的牛舍，李老抠可不是第一次见过。建设之初，李老抠作为泥瓦匠还亲自参与修建呢。李老抠曾在邻居面前不住地咂舌，你们看这牛咋这么有福呢，住的青堂瓦舍的！

可这豪华的牛舍却一直空闲着，别说养牛，李老抠连一根牛毛都没见过。据传言，说这牛舍是乡长牛大壮为骗取国家财政补贴资金而建造的。

李老抠抬起脚，把旱烟袋向鞋底板上磕了磕，然后把旱烟袋插在腰间，帮村长快步将牛撵入了牛舍。

李老抠站在牛舍外抬眼观瞧。哎呀，今天这牛养得才真正上了规模呢！一排排整齐的牛舍里塞满了全村各家各户大大小小的黄牛。

“汗牛充栋！”没文化的李老抠不知怎的猛然想起这个成语。

正在李老抠寻思的节骨眼上，忽然听到了一声喊：“记者来了！”

只见牛乡长一面点头哈腰，一面向市县领导声音洪亮地详细介绍自己的养牛经验。

市委书记非常满意地微笑着说：“牛乡长轮岗创业，为大家带了个好头，这养殖规模确实不小啊！回头记者要好好报道一下，要多争取一些资金，好好扶持扶持！”

记者的相机这时对准了李老抠的三头牛，咔嚓咔嚓一通拍。

看此情景，站在一边的李老抠得意忘形，心里的话却说出了声：“看咱家的牛伺候得毛管铮亮，多打人，记者都相中了！”

记者一回头，问：“您说什么？”

这时村长从李老抠身前走过，狠狠地瞪了一眼，笑着对记者说：“他是饲养员！”

“饲养员？来拍个照！”记者说着拽过李老抠的衣襟让他站在牛的旁边。李老抠面对领导干部和记者的镜头顿觉脸上无限的荣光，掩饰不住自己的喜悦。

李老抠心想：这记者可真好，他一来村长就给俺发钱，还拍照，连俺的牛都抢上了镜头，看来这记者真是俺的活财神啊！

开完现场会，领导们走上了车，记者背着照相机刚要迈上轿车，却出了事故。

李老抠像冷不丁地想起了什么事似的，连跑带颠，一路高喊：“记者同志，记者同志！”

记者听到了喊声，忙收住了脚步，不住地回头张望。

村长怕出意外，一个箭步抢上前，拉过李老抠的手。李老抠一低头，见是200元钱。村长低声吼：“还不住嘴！”

李老抠将手里的钱迅速地塞进衣兜，反而乐呵呵地提高了嗓门。

牛乡长着实吓出了一身冷汗，他紧张地快步跑过来，拽过李老抠的手，又塞过来500元钱。

没想到，这下李老抠更来劲了，扯起脖子高喊。

县长坐不住了，也慌忙走下小车，拦住李老抠，偷偷地塞了1000元到李老抠手里，问：“难道还不满意？”

话音刚落，李老抠竟像疯了一样，谁也拦不住了，他一直冲向了刚刚坐到市委书记身后的市报记者，抓住他的双手，无比激动地说：

“记者同志，您可千万记着再来采访啊！”

这句话一出口，村长一屁股坐在了地上；牛乡长绷得紧紧的神经像泄了气的皮球顿时松弛下来；县长悬着的心也终于落了地，慌忙擦去了额头上细密的汗珠，露出了释然的笑容……

原载2020年第5期《幽默与笑话》

梅花落

凯　歌

举子宋贤喜欢梅花，还喜欢画梅花。

有人说，瞧你那些梅花，都死得蔫蔫的，这大北方的土壤子怎么能开出梅花来呢？

宋贤托人从南方捎回了好多梅树，那些品类不一的梅树种满了宋贤家的后山，时间一长，便成了枯枝烂根。这些与宋贤梦境里出现的踏雪寻梅、梅雪叠翠的神仙般的图景比起来，差得老远呢。

宋贤就望望梅枝上栖落的几只叽叽喳喳的雀雀儿，叹上一声。

梅树，是照样要买的，还是从苏州府甄选的好梅。

新来的章知县是南方人，种梅、画梅都在行。

章知县瞧着眼前几幅宋贤的梅雪图，捋捋胡子说，雪是好雪，可惜梅花只露了几张涂脂抹粉的脸儿，看不见魂儿来。

人家是说宋贤你的梅花只得了其形，压根就没得其神。

说着话，章知县也来了画瘾，拿起笔，全神贯注地画了起来。

粉脸朝阳，萼筒成钟。这是绿萼梅。

花衣椭圆，树冠开张。这是照水梅。

花萼绛紫，树条斜展。这是朱砂梅。

花瓣淡红，苞蕾繁密。这是宫粉梅。

花色亮目，似杏非杏。这是鹤顶梅。

累了，章知县一抬头，咦，宋贤人呢？

宋贤手捧梅花图，双眼炽红，爱不释手，双膝已不知何时跪在了章知县的面前。

求大人收小生为徒吧！

看着宋贤痴迷似癫的模样，章知县哈哈大笑。

看来这徒弟非收不可喽。

不过，章知县正色道，在我这儿学画的脩金可不低，五两银子一幅画，如何？

宋贤一咬牙，五两就五两。

如此一年过去。

这日，章知县再看宋贤交上来的画稿，画的是一幅《寒梅傲雪图》，但见苍茫雪野之中，几枝红梅俏立于岩隙之间，迎风而舞，呼之欲出。在墨彩交融处，一股清气跃然于纸上，凝而不散。

章知县一惊，再品，默不作声。

章知县对宋贤说，你的梅花已经青出于蓝胜于蓝了，我教不了你啦，再画，我只能跟你学了。

沉思片刻，又说，现任礼部主事是我昔日同门，是一位丹青高手，画的梅花堪称一绝，你正要去京城参加会试，顺便跟他学学画梅花吧。

随手丢过来几个沉甸甸的包袱，带着你的银子去吧。

宋贤热泪盈眶，一阵哽咽：昔有米芾学书，今有恩师授画，恩师一片苦心，弟子永世不忘。

长长揖礼。

一个月后，在礼部主事的后堂，主事大人一手吸着水烟筒，一手捏着那幅《寒梅傲雪图》，随手一撂，什么玩意儿！

宋贤慌忙呈上章知县的书信一封，呀，差点儿忘了，还有五千两脩金。

主事大人眯着的眼睛睁开了，说，老夫年轻时画梅还行，现在嘛，搁笔多年，画不好喽。

又说，既是昔日同门举荐，你就先好好读书，争取个功名吧。

一住近两个月。

宋贤每日在客店用心画梅，想想主事大人很忙，就择上几日选一幅最满意的画儿送过去。

科考之日临近。

晚上，主事大人托人送来书信一封，捎话说，年轻人要有读书济世之志，画儿，暂时就不用送过来了。

是啊，你一个举子，整天光画画儿怎么行呀，你得用心读书，求取功名才是正儿八经的事儿。

宋贤一阵感动，打开书信，上面是孔圣人的一节经书文句。宋贤挑灯，提笔，做起了文章。

大考之日说来就来。贡院内，焚香，礼拜，宋贤在座位上研墨，览题。

大吃一惊。

不看则已，一看之下，宋贤差点儿跳起来。

考题，正是礼部主事送来的东西。

好大的“回礼”啊，惊吓之中的宋贤手脚有些冰凉，险些晕了过去。

文章，轻车熟路，很快做好了。

又画了一幅画儿，还是那幅画了无数遍的《寒梅傲雪图》。

看看洋洋洒洒的文字，再看看《寒梅傲雪图》，半晌，宋贤惨然一笑。

一篇好文被撕了个粉碎，如飞雪漫舞，洒落在梅花图上。

很快，今科考题被人泄密的事情传到朝廷，天子龙颜震怒。

朝廷下令追查此事，对真敢徇私舞弊或投机取巧者，决不姑息。

没过多久就有了答案。

原来是几个举子用银两贿赂朝廷重臣不成，心怀怨恨，公然扰乱考场秩序，玷污科考圣地，这是大逆不道啊。

带头的叫宋贤。

怎么这样啊！

唉，你一个小小的书生，斗得过人家吗？

朝廷下旨，罪无可恕，杀。

宋贤的尸首是章知县托人偷偷给运回来的。

章知县一边给宋贤的馒头坟上添土，一边说，你呀你，画画儿就画画儿嘛，为什么非得把事儿弄得惊天动地的，你小子这是画梅花画傻了呀!

章知县泪流满面。

苍茫雪野之中，竟然有无数梅花开满了枝头，嫣红如血，迎着凛冽的北风，绽放于天地之间。

原载 2020 年第 6 期《百花园》

1973年的超级板车

袁良才

那年冬天特别冷。进了腊月门，天空老是灰蒙蒙的，像是罩着一床脏兮兮的棉絮儿。老北风一阵紧似一阵。

父亲说，这天，冻得鬼龇牙哩。母亲抬眼望了望天，应道，天在焐雪哩。

雪还没“焐”出来，三爷来了。父母的老家在皖北桐城，那里管叔叔不叫叔，叫“爷”。

三爷来的时候是在傍晚。三爷二十七八岁，比父亲小了十多岁，瘦瘦高高的像根麻秆儿，人长得怪精神，着一身蓝咔叽布裤褂，上衣口袋里还别着一支锃亮的新农村牌黑色钢笔，肩上驮着个洗得发白的帆布包裹。

父亲说过，三爷念过初中，是个文化人儿，在生产队当着会计。三爷喊我父亲“二哥”，又喊我母亲“二嫂”，还挨个亲昵地摸了摸我们兄妹的脑袋瓜儿。

父亲赶紧吩咐母亲，维高来了，快去烧晚饭锅。多炒几个菜，弄盘花生米，我陪维高喝两盅。这冻死牛的鬼天。

母亲似乎对三爷的到来并不高兴，脸上也像罩了一层灰蒙蒙的棉絮儿，嗯了一声，磨磨蹭蹭地去灶间了。

三爷突然想起了什么，命令我们道，闭上眼睛，三爷给你们变个魔术。

我们兄妹几个赶紧闭眼又睁开眼睛，每人手里多了几个糖果，是那种一分钱一个的，俗称“牛屎糖”。但我们还是发出一阵惊喜的欢呼，迫不及待地去剥糖纸。

每次老家来人，都是我们最开心的时候，也是母亲最烦心的日子。母亲曾无数次埋怨父亲，我们自己也过得紧巴巴的，老家的那些亲戚老是走了一拨又来一拨，不是借钱，就是搞这搞那，把我们当成了沈万三？

父亲总是赔着笑脸哄母亲开心，谁让我们是血亲，打断骨头还连着筋哩。我们难，老家更难啊！不然，人家怎跑好几百里来求咱们哩。

吃过晚饭，母亲依然冷着个脸收拾了碗筷，早早回房睡觉去了。撂下父亲和三爷，在堂屋十五支光的电灯泡下咕咕哝哝到半夜，也不知说了些什么。

第二天一早，父亲照常去搬运站干活去了。三爷也没闲着，系着柴刀，扛着扦担，到不远的大山上帮我家砍柴火去了。老家的亲戚来了大抵如此。

黄昏时分，父亲回来了，手里还拎着一坨稻草拴着的猪肉，另一只手里掂着一瓶白酒，是洋河大曲，当时是上等好酒了。

三爷也回来了，他上下午挑回了两担硬柴。

父亲乞求般小心地对母亲说，多搞几个菜，我请了麻子队长来喝酒哩。

母亲面无表情地接过猪肉，也不言语，转身去灶间了。

父亲勉强算是工人阶级，因住在生产队里，平时父亲对麻子队长总是小心翼翼、客客气气的，逢年过节总要孝敬队长一点什么。这回父亲请麻子队长来家喝酒又是所为何来呢？屁孩儿搞不懂大人的事。

妈妈真有本事，整出的晚餐很是丰盛，馋得我们兄妹直淌口水儿，但我们只能眼巴巴地远远地看着。

父亲和三爷点头哈腰地陪麻子队长吃饱喝足了，麻子队长直打饱嗝儿，走路像飘在半天云里，大着舌头说，木、木料的事……包、包在我身上……

父亲搀扶着麻子队长，往门外送客，队长，拜托您啦！最好按平价。有情后感！

好、好说……

木材从生产队买回来了，是上等的硬木：黄檀、石楠、皂角树。

父亲又马不停蹄地请来陶木匠——麻子队长的妻舅，囫囵吞枣地赶制了一副板车架子。

眼瞅着过了小年了，父亲从公社开回了返乡探亲的证明，对三爷说，明天出发，回老家过年。

我至今无法忘怀，父亲拉着这辆超大板车出发时的情景。板车的两侧拦板上各钻了一溜洞眼儿，父亲在车厢上支起了一个塑料薄膜棚子，母亲带着我们兄妹几个蜷缩在车厢里，一路顶着老北风开始了“远征”。

这支特殊的“远征军”开拔没多久，焐了好多日子的雪终于落下来了。

雪越下越大，天白了，地白了，路白了，人也白了。老北风像一头被激怒的怪兽，在天地间咆哮着，不停地撕扯着巨型板车上的薄膜棚子，好似惊涛骇浪间的一叶孤舟随时可能被吞噬。

母亲把我们聚拢在一起，相互取暖儿。可父亲和三爷只能任凭风鞭雪打，交替地一个拉，一个推，板车在混沌迷茫间艰难而又坚定地前行着。

风雪还不算什么，到了邻县的广阳木竹检查站，真正的麻烦来了。我们这辆超级板车被拦下了！一个长脖子姓陆的站长决绝地把父亲递过去的东海牌香烟挡了回去，训斥道，你这哪里是板车，简直是巨无霸！这分明是私运木材。没收充公，听候处理！

三爷急得变了脸色，大冷天的热汗滚滚，“扑通”，他竟给“长颈鹿”跪下了。

“长颈鹿”还是一脸公事公办，不依不饶。我们兄妹在车棚里都吓得哭出声来。

这时候，母亲下了车，笑着对“长颈鹿”说，站长，大雪天的，我随你进屋里说话。母亲连搀带拽地把那个人弄进岗亭里。

过了好一阵，母亲出来了，却不见了“长颈鹿”。

母亲的满头秀发被老北风扯乱了，母亲的脸色微红，母亲面无表情地对父亲说，没事啦。走吧。

接下来的一路上，大家都很少说话，但风雪更加肆虐了。

两天两夜，我们这辆超级板车，经石台，过青阳，抵贵池，到达长江边。父亲花了两块钱，央求当地一个渔民用木舢板把我们连人带板车送过了江。

那晚风浪很大，差点翻了船，直到今天想起来仍心有余悸。

又是一整天，终于依稀望见了老家的影子。父亲和三爷一下子像被人抽去了筋骨，软袋子似的瘫坐在了雪地里。

这时，除夕夜的鞭炮声远远近近地响了起来。

正月初八，三爷和三婶如期举行了婚礼。拜天地时，新郎新娘突然给我父母亲跪下了，三爷流着泪说，多亏了二哥二嫂，不然我们结婚连一样家具都没有……

父亲和母亲都红了眼睛，别过脸去。

原载 2020 年第 7 期《海外文摘》

钱　虎

刘怀远

我们的临时办公室刚刚在火神山驻扎下来，一个圆脸汉子挟着风推门而进：“听说这里工程急，我来做临时工的。”

我忙笑着问：“你能干什么？”

“我会水电，会电焊，挖掘机、吊车、推土机也都会开。”

“好，真是个全才！”我望着虎背熊腰的他，赞许地点点头，“那你想干什么？”

他随口答道：“听从安排，只要钱多。”

我皱下眉，递给他一张临时用工表。他写上自己的名字：钱虎。我在心里说，难怪这么看重钱。转念又想，人家凭力气挣钱，也没什么可责怪的。

从没有过的火热场面，从没有过的施工难度。时间紧迫，每一分每一秒都是超负荷的工作量。多个工程队同时进场，四千多名建设者同时施工，几百台挖掘机同场轰鸣，一千多台工程车进出往返，在有限的时间里，在 2.5 万平方米内完成鱼塘清除，旧建筑物拆除，还有落差 10 米的地基平整，再完成基础浇筑，板房吊装，道路铺筑，电网通讯，水管及污水回收，医疗设备安装等系列施工，不但各个施工队要相互协调交叉作业，还要做好每个工人的有效防护，避免新冠肺炎疫情在工地上传染传播。

虽然我对钱虎有点小偏见，但他干起活儿来真是一把好手，什么活儿都能冲在前面，一人能顶两个人。开了一整夜的挖掘机，第二天又参与地面平整铺沙，哪里缺人他都能顶上。

深夜，我从一堆材料旁经过时，看到钱虎正从铺开的一卷橡塑保温板上爬起来。我吃惊地问：“你在这里睡？这天寒地冻的，不冻病了吗？”他嘿嘿一笑：

“打了个盹儿，一冷，刚好醒了。”

我说：“还是回宿舍好好睡一觉吧。”钱虎伸个懒腰，马上生龙活虎起来：“工程这么紧，那么多的病人等着医院建好救治呢，你说我能睡着吗？”

工程建设的进度是惊人的，哪怕走开一会儿，再回来，工地上就变了模样。每个人，每个施工队都在争分夺秒地完成自己的任务。我也五天五夜没有离开过临时办公室了，困了就趴在桌子上睡一下。这天，我刚睡着，就有人来喊，你们的人打架了！我腾一下坐起来，什么时候了，谁还这么精力过剩？

走出去一看，是钱虎带着一群人和另一个工程队的人对峙着，看那架势，像两群红了眼的斗牛。

“怎么回事？”

钱虎说：“咱们的板房还没吊装完，他们就要把路挖断。”

另一队的人说：“我们要挖路铺排水管，他拦着不让。”

钱虎说：“路断了，我们还怎么拉板房进来？”

对方说：“你们磨磨蹭蹭总干不完，难道大伙儿都停下来等着你？”

钱虎说：“我们按指挥部的工期进度走，一点儿也不慢！”

很快，经过双方负责人协调调度，让对方先去另一个作业点施工；我方再同时增加吊装板房的机械和人员，总算化干戈为玉帛。

惊心动魄的十天十夜，每天都在和时间赛跑，每一个建设者都在夜以继日，火神山医院神奇地如期完工，很多人流下了欣喜的眼泪。

我们忙着给离场的临时工核发工资，并以最快的速度让财务人员第一时间把钱打到每个人的银行卡上。轮到钱虎，我都有些认不出他了，原本圆圆的脸庞起码瘦下去一巴掌。他问：“我晚上干的都算成加班了？”我点点头，虽然是应付他的报酬，心里还是掠过一丝不快，他怎么这么斤斤计较。

他仔细看了一眼工资表，口罩上面的两只眼睛露出满意的眼神。

我说：“认可就签字吧，一会儿就让财务打到你银行卡里。”

他签完字，说：“你还在这里待几天吧，能帮我个忙吗？”

我知道很多民工有支取现金的习惯，忙说："现在可没有现金给你，打卡里是一样的，走在路上还更安全。"

他摇摇头："我不要现金，我听说雷神山医院工地也缺人，我想再赶去那里干几天。你帮我把我的工资都捐出去，捐给来这里的医护人员吧，给他们买点营养品什么的。"

"什么？"我望着他眼睛里布满的血丝，以为听错了。

"帮我把钱捐出去，拜托你了！"说完，他流星般地走出去。我追到门外，他已经融进了一群戴着安全帽的邋遢汉子里。回到办公室，我忙着给其他人核算，过了一会儿，钱虎又回来了，不好意思地望着我。我哈哈一笑："你放心吧，我会一分不少地把钱打你卡上的。"

他羞赧地一笑："还是请你捐出去，不会变，只是要少捐点儿。让你笑话了，我身上没带钱，请你支给我 200 元，我们几个要一起拼个出租车，去雷神山医院工地。"

原载 2020 年第 3 期《当代人》

赶 戏

白龙涛

腊八这天，大掌柜任德修赶戏回来了，他直接去了玉池宫。

任老爷是个戏迷，尤迷天兴戏班田茂的戏。这田茂，扮相轩昂，行腔清越，人称“活唐王”。唐王演多了，田茂就戏里戏外都端起了唐王的架儿，昂首方步，睥睨众生，连任老爷都难得他一个正眼儿。任老爷却不怪：唐王嘛，就该是这个派！

田茂登台，任老爷必捧场，外地演出，就套上马车去赶戏。

任老爷钱多朋广，走哪儿食宿到哪儿，顺便到各地分号、煤场转转，盘点生意，会见老友，倒也逍遥快活。今年冬天，任老爷蹿腾着赶了六州十八县，却因缺了田茂的唐王戏，耳朵里寡淡得紧。

前年，田茂因与东盛洋行老板的三姨太暧昧，腿被打断，遭戏班抛弃。任老爷收留了他，还在北大街盘了一处住所，给他娶了妻室。田茂怎能不感念任老爷的恩情，铆足了劲儿，打算腿好了给任老爷唱一辈子的戏哩。

腿愈，田茂就迫不及待扮上了，唱了一出拿手戏《打金枝》。田茂腿虽半残，嗓音依然悠亮婉转，如珠走盘。但，任老爷总觉得哪儿味不对。最后，田茂抖了一个花腰，转身甩袖，立身不稳，一屁股旋坐地上，又慌忙翻身，诺诺磕头。任老爷看了一眼似抽了筋骨蜷缩在地的田茂，皱眉，摆手让他退下了。

田茂成了玉池宫的堂倌，半年后，升任大堂管事。

玉池宫，是任老爷的产业之一，虞城最豪华的浴楼。楼高三层，一楼设大池和木床，二楼设雅座和雅间，三楼设特座和高级厢房。甫一开张，即名震豫东。许多高官巨贾、名绅红伶都慕名而来。就连英、法、比利时等国不少人士也常光临，浴后纷纷交口称赞。

任老爷进了玉池宫。以往，田茂早就躬身相迎了，今儿个却未见他的身影。环顾四周，“玉池宫”三个馆阁体大字上了新漆，呈半月阳嵌在门脸上方；楼梯、走廊、门窗帘均用淡青色绸缎，墙壁及门窗均新刷白洋漆；地面为新铺彩色镶铜色水磨石，四边为蓝色，中为槟榔池花，群蝶花间翩翩起舞；两壁新挂有古铜色木制西洋画两幅，东为日出之景，西为落日之色，提醒浴客时间之意。

任老爷捋须颔首。赶戏之前，他把玉池宫交给五姨太和田茂管置，看来两人用了心。

背手上了三楼。三楼最里一间厢房是他和五姨太“鸳鸯戏水”的地儿，设置更为奢华。有美人榻一张，上铺红缎子缎边狼皮褥子，榻头置一退光漆蛋圆形茶几，上置景德镇产细瓷茶具一套，内置西洋大瓷浴盆，内盆边靠墙设有轨钢精电光活动皂盆，台面上放有香皂、芝兰香水、白美人香水等。厢房里，传来德国西门子木叶电暖机的响声，任老爷心里瞬时暖意烘烘——今儿个，得好好让五姨太伺候着泡泡这一身尘缁。

正欲推门，听到里面有人言语。任老爷凑近门缝往里一瞅，心里钹铙弦梆胡琴笛瑟锣鼓齐响一通。但见田茂和五姨太着翻领真丝睡衣躺在美人榻里。丫头跪地，伺候田茂吸上“炮台烟”，从红木笼屉里端来双荷包蛋清汤鸡丝面一碗、八宝素包子和羊肉包子各两个，又端来五姨太爱吃的蜜饯红果、蜜糖莲子、糖麦冬、麒麟园空沙饼四盘点心。五姨太捏起一块空沙饼，磕掉红豆沙馅，将饼皮放进嘴里细嚼。田茂吃了面，丫头凑身松骨采耳，一时哈欠连连，魂魄舒坦。五姨太搭上东洋留声机，《打金枝》鼓点便响起来。

田茂忽地起身，瘸腿点着步子跳下美人榻，戴上任老爷的海龙皮帽，披上太平貂皮大氅，蹬上双脸虎头鞋。一瞬间，光芒四射，王者雍容之气现于眉宇之间。只见他胯一甩，眼一张，下颌一翘，嘴里便有抑扬脆亮的声音飘了出来——

驸马儿跪在了金銮殿里

听父王与我的儿加封官职

头上封你双啊双展翅

封儿的官职再提三级

天子宝剑赐予给你

代管满朝文武职

你的父汾阳王他欺压了你

封儿个并肩王不分高低

……

唱到最后，田茂连着抖了三个花腰，旋身甩袖，掸须舞翅，稳稳当当，如唐王现世。

任老爷看得入迷，周身通泰，禁不住拍手叫了一声好，推门站到了田茂面前。田茂和五姨太扑通跪地，身子如冷风吹过，瑟瑟发抖。

任老爷看了一眼蜷缩在地的田茂，兴致全无，说道："刚才不唱得挺好吗？"

田茂呜呜哭道："老爷——"

任老爷说道："你这个田茂，唱戏，要分清戏里戏外。戏里，你就是万人之上的唐王，瞅瞅你这个样儿，哪有半点的王气？真枉我赶了你那么多年的戏！"说完，就转身下楼了。

三天后，下了场大雪，任老爷让马夫套上马车，把田茂送到了永城煤场。有人问起田茂，任老爷就抖了一个花腰，学了唐王的念白道："这田茂——瘸了一条腿，花腰仍抖得如此利索，这么大的腰劲儿，不钻煤洞子岂不是亏了——"

原载 2020 年第 8 期《安徽文学》

给我催眠吧

庞 滟

吴小天最近总被噩梦惊醒，一身冷汗后再也无法入眠，梦中有一女子拼命地追赶他。

妻子生气地质问，你又梦到了什么？天天夜里诈尸一样，被鬼附身了，还是做了什么亏心事瞒着我？我闺蜜的朋友在一家心理诊所工作，哪天给你做个催眠术，解解心病。他看到妻子脸上掠过一抹含义深刻的笑。

吴小天“扑通”躺倒下去，幽幽地说，我不需要催眠。梦里是个不认识的人追我，看不到脸。他不敢说，追他的是情人宋晓辞——现在变成了爱他又恨他的女鬼。妻子是十足的醋坛子，他不敢透漏有关其他女人任何一个字，妻子会掘地三尺地折腾，不放过任何细节，天天逼着他招供。

很多个梦里和无眠之夜，吴小天总能见到披头散发的宋晓辞，满是泪水的眼睛恨恨地看着他，伸出苍白的手来抓他，叫着：你爱我吗？我们一起走吧，远走高飞。

宋晓辞临死那天晚上，到办公室来找他，求他一起远走高飞。她拉开衣服，让他看身上的瘀伤，说再也受不住家暴了。热血沸腾的他被兜头泼了一盆冰水——已经过了不惑之年的他，能离开这个城市吗？没有官衔的他，还能光彩地生活下去吗？即使对妻子不再有爱情，孩子怎么办？虽然他遇到宋晓辞后，被美好的爱情催眠了，连梦都是甜蜜的，但现实的选择又如此残酷，难以割舍。

宋晓辞离开时泪流满面，冷冷的话语充满恨意：原来，你对我也全是欺骗，没有一点儿真心，生活真无趣。你给我记住，是你害死了我，做鬼也不放过你！

吴小天经常反省自己，真的爱宋晓辞吗？他的心痛苦回答：确实真心真意爱她，爱得痛彻心扉，只是自己没有胆量面对未知的生活。

妻子是一个说到做到的人，一个周末晚上，竟然把心理医生带到家里，对吴小天做了催眠术。他在一片黑暗中拼命挣扎，拼命地逃着……醒来后，他身旁只有妻子在，给他端来一碗银耳莲子羹，温柔地看着他，没有暴风骤雨地盘问。以后的很多天，妻子依然没有拷问他，反倒是关怀备至。这让他惶惶不可终日，噩梦继续着。

他费了一番周折，找到一家很有名的心理诊所。没想到，接诊的人竟然是妻子带回家的那个心理医生。他尴尬地说，齐医生，麻烦你再给我催眠一次吧，我想录下来，听听自己都说了些什么。

听完催眠录音的回放，他知道了妻子为什么对他越来越好——在被催眠的过程中，他竟然是个撒谎精，说些模糊不清的话，和宋晓辞的事瞒得滴水不漏。

齐医生说，放松身体，说出来吧，我会帮助你解开心结。请放心，保密就诊者的信息是我们医生的职业道德。

吴小天思考之余，还是对齐医生有所保留地讲了他爱上另一个女人的故事，导致对方因他不能一起私奔而自杀了。他希望医生再给他做一次催眠，会放弃心理防御，帮他解除噩梦。

齐医生摇摇头，意味深长地说，催眠对你起不到作用，很难进入一个防御森严的空间，就像无法叫醒一个装睡的人。我遇到过一个女患者，和你一样抵抗催眠，到死也不肯透漏事情的全部。

吴小天终于明白了，自己的世界给宋晓辞留了一个不让外人进入的单独空间，而他永远失去了她的爱。

齐医生很佛系地讲了一番话，鼓励他勇敢地面对恐惧的人和事，真心实意地忏悔和放下，才能除去心中的执念和邪祟。

吴小天多方打听，找到宋晓辞的墓地。惨白的墓碑让他心碎，鲜活的宋晓辞再也见不到了。天空飘来一片乌云，大雨突然而至。他的眼泪和雨水一起落了下来。拔去周围的荒草，他动情地讲了很多忏悔的真心话。

雨过天晴。靠着墓碑醒来的吴小天，宿醉一般站起身。明亮的阳光拥抱着他，像刚刚梦中的晓辞给他的温暖和原谅。他喃喃自语：亲爱的晓辞，谢谢你给我的爱，来生我们在一起，再也不分开了。我会常来看你，永远爱你！

当他转过身时，看到齐医生站在身后，怀里的黄菊花和白玫瑰散落一地，扑上来抓住他的脖领子，送上一记重拳，狰狞地骂道，混蛋，原来晓辞的自杀都是因为你，还有脸来见她，是你害死了她！

吴小天如梦方醒，也抓住对方，大声吼道，原来你就是那个家暴的混蛋，是你害死了晓辞！

两个男人扭打起来，打得头破血流。他们的头一起撞到白色的墓碑上，像风雨中飘来的血红色花瓣，粘到了宋晓辞的碑文上。

原载 2020 年第 7 期《小说月刊》

很想回日本

陈力娇

大皮箱是拎不动了，只有藏在树林中；小皮箱里有项链和戒指，还有一些吃的，不能扔。

野百合怀里抱着三岁的孩子，身旁领着七岁和五岁的儿子，穿行在崇山峻岭中。杂树刮伤了她的前胸，一只乳房露了出来，湿漉漉的森林一眼望不到边。久岛子比她好一些，她刚扔了一个两岁的女儿，现在只剩下个六岁的儿子。

丈夫浅川走时对她说，不管遇到什么情况，儿子一定要养大。他没说女儿，大约女儿没有儿子重要。而现在不是谁重要不重要的问题了，是她没有办法把他带回日本。满洲的大路已经不能走了，苏联红军封锁了公路，谁都别想从此通过。

日本战败的消息是昨天听说的，关东军要比他们早知道一些。知道就逃了，把三十万开拓民都丢在了满洲。

中野姗子比她俩年轻，她会爬树，这会儿她爬到一棵较高的树上，瞭望四周的情况。忽而她报喜，向西一公里，有一条小路，两个中国人赶着马车过来了。野百合和久岛子高兴得差点跳起来，她们像遇到了救命稻草，忙用身体校准方向。姗子说，再往左转二十度角，从树丛直穿过去，刚好就是他们路经的山下。

哪有什么路啊，穿行就更难了，姗子背着女儿在前，她们开始披荆斩棘。

大约半小时后，她们准确地与马车会合了。

马车上是两个青壮农民，他们是去给逃跑的关东军送物资，地点哈尔滨，现在好不容易交了差从小路返回。见三个日本女人领着五个孩子拦住了去路，就停下车，问有什么事。姗子比画着说，想请你们送我们去间岛，我们要从那里回日本，酬劳大大的有。

青年百般不干。其中瘦一点的说，给多少钱也不能去啊，兵荒马乱的，丢了命都说不定。听了他的话，三个女人齐刷刷跪在他们面前，请他们无论如何要帮这个忙，不然她们就会饿死在这荒郊野外，不能见死不救啊。

两位农民见他们孤儿寡母的确实很难，商量一下，答应只送他们到哈尔滨。

三个女人连声道谢，到不了间岛到哈尔滨也行啊，她们感激涕零地上了车。五个孩子坐中间，大人坐外围，小皮箱抱在怀中。青年几声吆喝，马听话地调头并窜出好远。车一颠老高，落下时，屁股蹾得生疼。那她们也很满足，她们已经没有体力对付下面的路了。

车走出五里远，马梗着脖子慢了下来。不一会儿，前面的密林里奔出一伙人，个个手持木棒，歪戴着帽子，站在道路中央。这是一伙溃逃的关东军，被苏联兵打散，扔了枪，摘掉领章帽徽，扮成开拓民，想混在他们中间回日本。

他们的出现，两位农民立即慌了，虽说日本投降他们已是战俘，但在这没有人烟的山里，保不准他们会做出什么事来。女人们的态度和他俩相反，她们一眼就认出是自己人，兴奋地问他们从哪里来，问哈尔滨有船可去间岛吗。

为首的日本兵年岁不大，他告诉女人们，间岛远着呢，三天三夜也走不到，从间岛去朝鲜也很难，你们还是跟我们走吧，一路我们还可以保护你们。

女人们大喜过望，一起往车下跳。两位农民暗喜，噤若寒蝉的车费都没敢要，赶紧脱身。

兵们对她们很热情，帮她们抱孩子，提东西，把水壶里的水送给她们喝。口里说的全是叽里哇啦的日本话，一时间，笑语欢声，亲如一家。

两位农民快马加鞭，一口气跑出三里远，回头再也看不到他们身影时，才松了口气。瘦一点的青年抹着脑门上的汗说，多亏他们投降了，不然非要咱俩的命不可。

年岁稍长的青年说，谁说不是呀，太险了，都怪咱俩没头脑，忘了他们是禽兽。当初他们来时，把咱坑成啥样，地和房子全占了不说，还给咱种牛痘，不让生育。二道沟的瘟疫，一下就死一百多人，现在想想，保不齐就是他们做的手脚。

瘦青年说，是呀是呀，他们不来，我爹和你爹都不能死。东院的周老头更冤，坐在屋顶不下来，以为能护住房子，结果被一枪打个狗呛屎，站在房下的几个日本娘们儿还捂嘴笑呢。可这工夫，咱俩居然还要送她们去哈尔滨。

年长的不语了，他在想另一件事，他总觉得那些残兵败将不像好人，担心他们会不会做出别的事情来。就把这想法和伙伴说了。

瘦青年抢白道，说啥呢，别杞人忧天了，人家可是一家人，当初合起伙来欺负咱们，一心一意的，一个比一个狠。

年长的就不再说什么了。

光复后的第二年，也是他俩，去哈尔滨拉脚，在道外的一家小吃店门前，他们意外地看到了姗子。姗子系着围巾，正卖包子，她也认出了两位青年。瘦青年惊讶地问，怎么你没回日本啊？姗子的神态极其悲凉，说，回不去了，她们两个，被那几个日本兵祸害死了，抢劫、轮奸，我是命好，逃出来了。

两个青年愕然，急切地问，孩子呢？孩子总不至于……

姗子就哭了，慢慢地蹲下去，捂住脸，她已无力回答。

原载 2020 年第 5 期《小说月刊》

空中菜园

黄大刚

老李头打心底就瞧不起老张头。皮肤黑得像铁屎，腰老弓着，瘦得干巴巴的，跟一只黑虾米差不了多少，偏偏老张头又喜欢穿大号的衣服，风一吹，旗帜般飘来摆去。老李头虽也是从农村进城的，但相比，老张头地瓜屎还没拉干净呢。

初次见面，老李头以为老张头是捡垃圾的，他警惕地看着老张头，临下楼时，他不放心地冲老张头喊："喂，菜地旁的塑料桶，还有泡沫箱我还要用，别拿走了。"

老李头的儿子买的是顶楼，九层高，没有电梯，买的时候，主要图便宜。老李头爬到儿子家门口，气喘如牛，没有什么事，老李头不愿意爬这楼梯。孙子出生，老李头没了选择，当起了"保公"。习惯后，老李头发现了顶楼的好处，顶楼有篮球场那么大，老李头燕子筑窝般，用编织袋运泥土，很快，一块客厅那么大的菜地就铺出来了。老李头哼着海南戏，很悠然地种起菜来。老李头在乡下的房子，还有小孩的学费，都是种菜挣来的。多年的经验，很快就在菜的长势上见了效果，菜苗虽还带着胎叶，但叶肥茎粗，势不可挡的样子。苦瓜、长豆则比赛似的攀爬，争先恐后地占地盘。

老李头每天把孙子的尿攒起来，倒进矿泉水瓶里，沤两三天后再去浇菜。童子尿肥力大，老李头像得了宝贝。浇好水，施好肥，老李头一棵棵菜检查，发现虫子了，就用手去捉。或把苦瓜乱爬的触须牵到铁丝上。

自从老张头出现在楼顶，一到傍晚，老张头就如定了时来报到，还自来熟地凑到老李头跟前问东问西，捉捉虫，拔拔草，一来二去，老李头弄清楚了，老张头住在五楼，还是大房，儿子有钱，让他洗脚上田，到城里享福。

“哪里是享福，简直就是受罪。”老张头强调道。

老张头要是单单看还好，有时还自作主张地说着种菜的意见，就栽空心菜还是种韭菜，老张头和老李头在嘴上较上了劲，老张头坚持栽空心菜，现在是夏季，栽空心菜正当时，韭菜则春天种最好，又嫩又脆，没有渣，好像那块地是他的。这让老李头很反感，便有意冷落老张头。

老张头知趣地站到一边。

老李头以为这下可以安心种菜了，可这老张头竟也像他那样用编织袋往楼上背泥土。

一股急血拱上了脑门，老李头冲过去，伸手夺袋子。

“干吗，你想干吗？”老张头紧抓袋子不放，大声喝问。

“谁让你占地方了？”

“这楼顶是大家的，干吗你种得了，我就种不了？”

“你五楼的，楼顶关你什么事。”

“你住顶楼，这楼顶也不是你的。”

两个人边推搡，边在嘴上较量，吵来闹去，就到了物业办公室。

物业下结论：顶楼是公共区域，谁也不准种菜。

老张头和老李头没想到竟是这样的结果。

他们不吵了，物业似乎也忘记了他们在楼顶种菜的事。老李头继续浇水施肥除草捉虫，老张头也尽量离老李头的菜地远些，往东北角背土。

老张头的菜地也冒出了油绿，青瓜爬上了架子，老张头又是捉虫，又是授粉，忙得不亦乐乎。经常夜色上来了，还在菜地里弯腰弓背。

老张头的青瓜收获了，老张头把第一个青瓜送给了老李头：“老哥，你尝尝鲜。”

老李头犹豫一下，还是接了。

“老哥，你试试。”老张头眼巴巴地催促道。

老李头咬了一口，边嚼边说：“嗯，又脆又甜，关键是纯绿色，比市场的好多了。”

老张头露出开心的笑容，似乎那瓜吃到了他的嘴里。他如释重负地对老李头说：“老哥，前次那事对不住了。”

“都过去了，还提干吗。”老张头的让步，让老李头大度了起来。

“唉，我这命就是贱，以前累得半死的时候，天天盼着什么时候可以歇一歇。可一离这地气，浑身就不舒服。”老张头抽着烟，感慨道。

“这城里，到处都是水泥地板，找一点泥土，要寻宝般。泥土是好东西，以前，我们农村，把鸡打晕了，拿盆子盖在泥地上，哟，就自己起来了，没事一样。”

灯不点不亮，老李头和老张头心里没了疙瘩，干活之余，常凑到一块，抽棵烟，说说以前村里的日子。菜收获了，相互送些尝尝鲜。

菜地最终还是被物业清理了，听说有人投诉菜地浇的尿太臭，还有担心种菜会让房子漏水。

老张头和老李头天一暗，心就空得发慌，不约而同地走到楼顶一起抽棵烟，常常一句话不说，目光极力往远方眺望，他们知道，在他们看不到的地方，有他们种过的田地，只是现在，正疯长着荒草。

原载 2020 年第 2 期《小小说大世界》

雨在下

刘江波

天边的一串闷雷，将最后一点星光震碎。

一切都彻彻底底黑了下来，黑到并肩同行的大脚和冬来没了影像，只能听到彼此带着兴奋和紧张的呼吸声。

1990 年的校园，还没有正规的大门，更不用说明亮的路灯了。我们停在教学楼和办公楼中间，周遭全部被笼罩在黑暗中，包括我们几个高一男生的身和心。

“老规矩……”大脚的声音在暗夜中冒出来，极像一个积年的贼在给同伙发暗号。早已准备好的——冬来从裤兜里摸出三根松树枝，触手光滑，那是用小刀削过又用砂纸打磨好的“道具”。

两长一短，我把树枝倒过来对齐，攥在手心里，抽吧。

轻车熟路，两只手在黑暗中摸了过来：手指粗糙如树皮一般的是大脚，他经常帮家里干农活；胖乎乎的手是冬来的，独生子的伙食总要比我们好一些。

树枝被抽走了两只，剩下的我已经知道了，短的那只——我“中彩”了。低低咒骂一声，摸黑向左前方蹭去。那里是老师们的办公楼楼下。楼里还有几盏灯光，临近的时候已经影影绰绰能看到些影子——不用细细辨认，我们也知道那里并排摆着五辆自行车，最左边的“大金鹿”是高良玉的。这些都在白天做了详细的“侦察”，高良玉的车子气必然会被放光，这个结果已然提前预定，只不过是由谁来操作罢了！

就像演练好的那样——冬来落在后面，实际上是在观望有没有下晚自习的学生过来；大脚则轻手轻脚地迈上了台阶，在办公楼的门口踅摸着，其实他是在提防哪个老师会突然出来。当然，我们最主要是防备高良玉，他可是经常要到班级里巡视的。

看着大脚有点紧张的样子，我尽量做出平静的姿态，挨到左边第一辆车子前，摸了摸后车座，往下摸到了挡泥板，再往下，手指顺着车圈滑动着。我明显感觉到了指尖被灰尘和淤泥包裹住了，高良玉——这个有洁癖的数学老师，平时的车圈都是锃光瓦亮的，现在也像它的主人一样，要“堕落”了吗？

但是我一点也不感到奇怪。几个早恋的小男生个个都是重色轻友的，高良玉这个大男人也不过未能免俗罢了，英雄难过美人关，更何况高某人还不是英雄。

我摸到一个凸起的部位，是它了。我轻轻地左旋，逆时针方向，“吱——”的一声轻响，细微而悠长，几米外的大脚都不一定能听到气门芯在撒气。我的耳朵享受着报复的快感——却不知道是在向高良玉报复还是在向他的女友报复。

我们都知道，高老师那位“文艺范儿”的女友从省城来看他了，目光对视时含情脉脉的。

我们都知道，那个漂亮的女人已经帮他开好调令了，两个人争论了几回，哭天抹泪的。

我们都知道，待我们最好的班主任老师，要离开这个小地方了。

我们都知道，今晚高良玉要站好最后一班岗：十点钟下了晚自习，他将骑着自行车去火车站，那里有送行的人，也有等他一起远走高飞的人。

雨点落了下来，我们都在等着下课的钟声。雨在下，有同学提前离校了，有老师到点下班了，那四辆车的主人都冒着雨骑着车走了。而高良玉，一如既往地来到了班级，习惯性地要问问同学们还有什么问题。五十多双眼睛默默地和他对视，高良玉张了几回嘴，却一个字也没吐出来。班长站起来颤颤说了声：“下课！”

班级里稀稀落落响起了几句“老师……”，而再熟悉不过的“老师，再见”却没有一个人能喊出后半句来。

雨在下，高良玉冒着雨往外走，走得很慢很慢，身后洒下一片细碎的啜泣声，我们几个男生走在前面，在办公楼微弱的灯光下看着他笨手笨脚打开车锁，骑上去时顿了一顿，动作很吃力，很滑稽，但还是骑着走了……

“你到底放没放光？”大脚小声问。

我低骂了一句：“滚！”

后来，后来听说了很多版本。有人说高良玉发现车胎没气了，他又不舍得扔掉车子，结果一路推着去车站，误了火车；也有人说高良玉骑着没气的车子半路上摔了跟头，所以第二天给我们上课时，脸上抢掉了一块皮——传说不重要，重要的是他依然是我们的老师，而那个女友，就此劳燕分飞。

两年以后的高考，我们班的升学率破了学校的纪录。很多年我们三个一直以那个夜晚自得，经常在同学聚会的时候跟大家邀功：“要没我们，高老师早就走了，你们得有一半考不上大学的！”

我们每次这么说时，都会掀起聚会的高潮，有时连高老师也会跟着嘿嘿地笑。今年聚会，也是计划着要给高老师庆祝 66 大寿的。有同学在微信群里转发了一个女作家的文章，讲了 40 年前的一个雨夜，她的第一任男友赶到了火车站，只跟她说了一句话：他受不了那些孩子含泪的目光，他离不开这些爱他的孩子。

在文章下面，她晒了两个人当年的合影。我的眼泪哗哗地就流下来，也像是下了一阵雨。

原载 2020 年第 1 期《小说月刊》

筱薇的嫁妆

李仁学

初见筱薇，张小驴佝偻着头，卑微得像棵狗尾巴草。筱薇跟他握手，可他刚碰到她指尖便缩回去了。筱薇抿嘴一笑，偏就将他那只手握住了，说，以后有啥困难就找我，我会帮你的！

筱薇走后，张小驴瞅着自己那只幸福的手，愣怔了半天也没回过神来。

筱薇是从城里下来跟张小驴“结对子”的扶贫干部。都说筱薇没“官相”，见了谁都笑吟吟的，而且模样也是啧啧啧，好漂亮！

筱薇来了，张小驴变了。以前若非日上三竿、鹊劝五遍，他绝不会挪窝；现在天未亮他就睡不着了，心里总觉得有只美丽的手拽着他，催他赶紧起床。起床之后，他便大步流星地朝垄上走去，活像急赶着去相亲似的。

春天的田野，油菜花开得异常热烈，筱薇顺手采一朵戴在发间。张小驴痴痴地望她，有些恍惚，觉得那花儿就是筱薇，筱薇就是花儿。

筱薇说，现在小龙虾在城里可吃香啦！种田得跟市场走，你这几亩薄地以后干脆就搞生态养殖——稻田养虾，虾稻共生，收益要翻好几番呢！

张小驴尴尬地说，没钱买虾苗呢。

筱薇沉吟了一下说，你只管把地整好，钱的事我来想办法。

没几天，筱薇果真将虾苗买回来了，可张小驴一瞅购苗合同就傻眼了：妈呀，十万呢！要是亏了，就算把我宰了当驴肉卖也赔不起呀！

筱薇见他哭丧着脸，生怕他退却，于是生气地说，亏了不找你赔，就当我把嫁妆贴进去了，以后咱裸嫁算了！

张小驴一听这话，更是傻了。

恰巧此时有人打这边路过，筱薇这番话也让那人听见了，那人一听也傻了：

哟呵，这女子咋回事呢，扶贫竟然把自己和嫁妆都搭给他了？

这话一经传开，大家简直不敢相信自己的耳朵，可一见张小驴果然风生水起地搞起了小龙虾养殖，而且搞养殖的钱全是筱薇替他出的；再看那“懒驴”居然变勤快了，整天忙活得就像一条推磨的驴，而且筱薇总是跟他形影不离、有说有笑的，于是不得不信了。大家对张小驴直竖大拇指，夸他走狗屎运，一朵鲜花终于插在驴粪上了！

张小驴心里美滋滋的，一个劲地呵呵傻笑……

这事传到市长耳里，市长禁不住拍案叫好，说，啥叫打通“扶贫攻坚最后一公里”？这就是好典型嘛！

兴奋之余，市长携虾苗公司负责人一行赶过来了，后面还屁颠颠跟了一帮记者。见了筱薇，市长紧握着她的手说，今天我是特地向你道喜，给你送“嫁妆”来了——你扶贫敢于动真感情，精神可嘉，理当大力弘扬，大张旗鼓地宣传呢！

虾苗公司负责人接茬道，是啊，我们要向你学习呢！扶贫攻坚我们企业也不能缺席，因此公司决定把“嫁妆”还给你——那批虾苗全都免费赠送了。不过，到时我可要讨你们一杯喜酒哦！说罢，双手将一张现金支票递到了筱薇面前。

此时，记者们蜂拥而上，长枪短炮齐刷刷瞄准过来。

筱薇这才发现，那天原本一句不经意的气话，经人一发酵，竟膨胀出这么大个误会！市长一走，筱薇便跺脚嚷道，完蛋了，这下跳进黄河也说不清了！

张小驴失恋了一般，沮丧地问，那，咋办呢？

筱薇急得要哭，没理他。

张小驴说，那你踹我吧，就说我俩闹掰了。

筱薇看他一眼说，我是来扶你的，咋能踹你呢？还是你踹我吧！

张小驴叹气道，是啊，你是来扶我的，我张小驴哪能尥你一蹶子呢？俗话说，男踹女，踹进河——以后你这干部还咋当？还是你踹我吧！

筱薇心想，这张小驴还挺爷们呢，于是执着地说不，还是你踹我吧！如果我踹你，别人都把你当笑料，以后你还咋找对象？

张小驴沉默了半天，问，如果我踹你，那你以后还扶我吗？

筱薇认真地说，当然扶啊——不单扶你，我还想给你扶个媳妇呢，将来给你媳妇做个伴娘好不好啊？

张小驴连声说好，感觉一缕春风拂过心头，暖暖的。见有人朝这边走来，他赶紧进入“角色”，扯开嗓门吼道，把支票给我！给不给？

筱薇见他一本正经，心想这驴还挺会演戏呢，于是往脸上抹一把水，抿着笑呜呜地哭起来了。

不给拉倒——我俩掰了，拜拜啦！张小驴扔下她气冲冲地走了。

这一幕，来人看在眼里，顿时蒙了。

这事很快传开，大家都觉得奇怪：咦，这驴咋变“牛”了，居然一蹶子把人家扶贫女干部给踹了；又觉得这筱薇真傻，都给驴踢了，可还那么不离不弃地扶他！

原载 2020 年第 5 期《上海故事》

相　亲

刘国芳

陈村去相亲，见到一个叫李芳的女孩，是媒人带来的，媒人跟陈村说：“李芳长得好。”

陈村说：“是好看。”

媒人说：“一家有女百家求，上她家求亲的人好多。”

陈村说：“肯定。”

媒人说：“你要珍惜。”

陈村点头。

把头点过，陈村也不说话，呆坐在那儿。

看见陈村不说话，媒人有些急，跟陈村说：“你说话呀。”

陈村就看着李芳，问她：“你是哪个村的？”

媒人插嘴：“你这不是废话吗，告诉过你人家李芳是下李的。”

陈村又不知说什么了，但李芳这时说话了，李芳说：“你到过我们下李吗？”

陈村说：“到过。”

李芳说：“我们村好多老房子。”

陈村说：“不错，有一堵老房子的墙上，长满了薜荔，我每次看到那堵墙，都会想起柳宗元‘密雨斜浸薜荔墙’这句诗。”

李芳说：“薜荔墙下面是荷塘，你夏天来，还可以见到‘惊风乱飐芙蓉水’。”

陈村说：“我见过这口荷塘，但每次看到那口塘，荷花没开的时候，我想到‘唯有门前镜湖水，春风不改旧时波’这句诗。”

李芳说：“我会想到‘半亩方塘一鉴开’这句。”

陈村说：“不错，云在水里，便是‘天光云影共徘徊’的景致。”

媒人这时插不上嘴，便说：“你们聊。我去地里拔点菜来。”

陈村和李芳没接媒人的嘴，李芳只跟陈村说：“听你说话，你蛮有文化的。”

陈村说：“你也一样。”

李芳说：“我读了高中，没考取大学。”

陈村说：“我也一样。”

李芳说：“听说你一直在村里作田？”

陈村说：“一直作田。”

李芳说：“别人都出去打工，你为什么不出去？”

陈村说：“我喜欢作田。”

李芳说：“你怎么会喜欢作田呢？”

陈村说：“‘春种一粒粟，秋收万颗子’，看到作物由小变大，由少变多，心里欢喜。”

李芳说：“现在喜欢作田的人真的很少，向你致敬。”

陈村笑了。

分开后，媒人打陈村的电话，问他：“你对李芳满意吗？”

陈村说：“她满意我吗？”

媒人说：“她满意你。”

陈村说：“我也满意。”

媒人说：“既然你满意，那就过彩礼吧。”

陈村问：“多少？”

媒人说：“彩礼二十二万八，金手镯、金戒指、金项链二万八。”

陈村说：“这么多？”

媒人说：“这还多，上次有个人看中李芳，给二十八万八，人家李芳还不同意。”

陈村说：“我一直在家种田，没赚到什么钱，拿不出这么多彩礼。”

媒人说：“拿不出彩礼还找什么老婆。”

陈村不作声了。

因为拿不出彩礼，陈村和李芳的故事中断了。

但后来好长一段时间，陈村还会惦记着李芳。其实，媒人已经告诉过陈村，说李芳已经嫁人了，但陈村依然惦记着李芳。因为惦记，陈村这天去了一次下李村。陈村当然没见到李芳，他见到的，是那口荷塘，是六月天，荷塘花开，面对荷花，陈村咏哦起来："'人面不知何处去，"荷花"依旧笑春风'。"

一个女子，傻傻的样子，听了，问陈村："你说什么？"

陈村说："我念唐诗。"

女子问："唐诗是什么？"

阿村没睬她。

这个陈村不睬的女子，后来做了陈村的老婆。还是那媒人介绍的。

原载 2020 年第 3 期《天池小小说》

天　良

顾文显

穿过这条小胡同，小楼内住着他一位老友，很义气的，警方不会掌握他们的交往，报完仇万一能全身而退，他必须跟朋友借点钱，然后远走高飞。走到胡同中间，迎面一个小男孩，六七岁的样子，一头乱发，小脸脏得很，见了赵武军，怯怯地叫了声："叔叔。"赵武军一愣："我不认识你呀，孩子。"那脏小孩说："我也不认识你。可我想洗澡。"

"洗澡？"赵武军警惕地四处看了看，没有可疑的跟踪者。他冲脏小孩摇摇头："想洗澡洗去呗，这不就是浴池嘛。"他们的左侧就有一家浴池。说完，赵武军就想继续往前走，可是脏小孩一把拉住了他："叔叔，求求您啦，我身上特痒，想洗澡。我没有爸爸……"

咦？赵武军站住了，问："你爸爸呢？"

"开车把自己撞死啦。"脏小孩很忧伤地说，"叔叔，我想洗澡，可是没钱人家不让进。你是大人，带我进去，小孩子一块钱就行。"

细看这脏小孩儿，这孩子跟他儿子小刚真有些相似呢。赵武军骂自己，你心里乱想什么呢？可不能让这小孩子坏了大事。"那你不会让你妈另外找个熟人带你洗吗？"

"我妈跟人家跑了。"孩子说，"小朋友都烦我臭，我洗了澡就好了，是不是叔叔？"脏小孩的一双亮晶晶的眼睛里充满渴望地看着赵武军。

赵武军心里一哆嗦，突然想起了自己的儿子小刚，小刚也是七岁，他也将失去爸爸！他妈妈也会跟上别人跑了，把我的儿子扔在大街上，连洗个澡都不能吗？赵武军又机警地四处察看，没情况。他鼻子一酸，心里说，但愿以后有人像我这样帮助我的儿子。他轻轻地抚摩了一下孩子的乱发，说："看你这头发乱的，生虱子了。叔叔带你理理发，再洗澡行吗？”

那个刘胖子死有余辜，仗着有钱有势，不但把赵武军的妻子弄上了床，还给她搞得神魂颠倒，家也不顾了，长年跟他冷战，这回好，赵武军让她断了念想，他把刘胖子打发了。现在他自己身上绑好炸药，伺机逃到这座城市。他恨世事不公，当初告到派出所，刘胖子有保护伞罩着呢，警察迟迟不立案；如今老子杀了恶人，瞧他们那股敬业劲儿，所谓的天罗地网。不会追到这儿来吧，今天哪个敢凑上来，老子就抓哪个陪葬！

见到赵武军点了头，孩子高兴得雀跃起来，赵武军却只想哭。他心里说，倒霉。怎么遇上这个小倒霉蛋。如果这时候有警察靠近，那就对不住了，他马上弄响炸药！

带脏小孩拐进一家小理发店，顾客多，赵武军不能等，他付钱要了把推子，亲手给孩子理了个光头。嘿，小家伙这小脑袋滴溜圆，跟西瓜似的，儿子小刚也是这路脑袋呀……小刚。理完发，又带脏小孩去了浴池。孩子亲热地拉着赵武军的手，那小手柔软而亲切，往常夜里小刚睡觉就是用这样的小手搂住他的脖子……赵武军眼睛模糊了，这孩子可能实在没个人疼啦。他觉得不但要带这孩子洗澡，而且应当给他搓得干干净净。唉，明天他亡命天涯或者被炸成肉酱，这孩子，还有他的小刚，谁去管啊。

澡堂子里出奇的静，只有三四个浴客。赵武军绷紧的心情松弛下来，他决定陪这可怜的脏小孩洗最后一次澡，以后的事，他就管不着了。他小心翼翼地将衣服脱下来，连同炸药包好，锁进衣柜里，然后牵着脏小孩的手，先试试水温，并鼓励孩子：“小男子汉，勇敢点儿，泡泡好搓灰……”

可就在这一瞬间，情况发生了变化，原先那几位浴客不约而同扑过来将赵武军“叭唧”撂倒在地，那脏小孩刚入水中，被吓得“哇”地哭出声来，扑上来抱住一个浴客疯狂地咬！

“你们干什么？”赵武军挣扎道，“吓着孩子！放开我，我要跟这可怜的孩子说句话。”

那几个“浴客”是警察，他们监视到疑犯带那脏小孩理发，估计到接下来的事情，便特意将浴客们疏散开……为首的是徐探长，他吩咐大家松开猎物。

赵武军被松开了，他走到水池边，慈爱地帮孩子擦干眼泪：“怕吗？叔叔是坏蛋。”

脏小孩坚决地摇头：“叔叔是好人。”

赵武军向警察们摊开双手，示意他没任何凶器，不会挟持人质：“我给这孩子搓搓澡，完了，跟你们走就是。”

赵武军认真地给脏小孩搓澡，孩子乖顺得像只猫儿。赵武军边搓边说：“瞧你这小埋汰孩儿，要是称一下，灰比孩子都重！孩子，你记住了，叔叔叫赵武军。叔叔再也看不到你啦，可是叔叔喜欢你。”他的眼泪吧嗒嗒溅在孩子的身上……

徐探长让一位警察把孩子带离，他不想让孩子看到接下来的一幕。给赵武军戴手铐时，探长说话的声音也哽咽了：“老赵，刘胖子被救活了。记住，你这是自首，你是看到脏小孩，想到了自己的孩子，就主动自首了，是这样吧？”他扭头看了看三个同样泪眼婆娑的同事：“你几个？”

同事们咬牙切齿：“谁若是嘴贱，让他出门挨黑枪，让他的儿子没爹！”

原载2020年第3期《小说月刊》

加　分

赵光志

早上我遛鸟回来，妻说，小娄来了个电话！

我一怔，哪个小娄？

妻目光凄凄地看着我，我就知道是她了，原来16年的时间跨度，一个电话就拉近了。

她说她孩子大了，今年参加了当地的高考，考试成绩离理想的学校差1分！她说当时是你答应的，孩子一生享受烈士子女待遇！按规定烈士子女可以加20分！因为她们拿不出来烈士证明，这分加不上，加不上就没法上自己想上的理想学校……

我听明白了，我的头也大了……

16年前我还在部队上服役，任政治部干部科干事，临时抽调到当时师里成立的善后办公室工作，就是处理协调战友们牺牲的善后。因为当时的抚恤条例不是很完善，没有明确规定烈士标准，这帮战友因原因复杂并没有评上烈士。师里当时就跟上级请示，要求这帮军人遗属的抚恤金全按照烈士的标准发放，一切待遇都按照烈士的标准办！上级也批准了，与地方政府也协调好了，所有的遗属都拿到了烈士遗属一样数额的抚恤金了！

可部队就是没有给她们这些遗属发烈士证书！

妻说，小娄说这事挺急的，她没有存下善后办的电话，16年了，也没有跟部队联系过，只因为当初组织上安排你负责她们一家，她只有你一人的电话，所以就给你打来了。

我看看笼中的小鸟，喃喃地说，我知道了……

几分钟后，我目光从小鸟身上收回，起身去找我个人的一些东西。

妻递给我一个小包，说，全在里面了！我顺手打开一看，身份证、复员证、银行卡全在里面了，还有小娄的孩子的考号、成绩单等等所有的信息。

妻说，我知道我是拦不住你的，也知道你这么多年一直没有忘记他们的。可你已经复员十几年了，你已经是个老百姓了，再说那个善后办早已经不存在了！师里的领导已经换了好几茬了，你去找谁去呀？

我摇摇头说，我也不知道该去找谁，但是我答应她们的，这一生享受烈士家属待遇的，孩子爸爸的命难道不值这 1 分，我得让这孩子上这个学校！你在家帮我照看好小鸟，等我回来再去遛它吧。

我第一站去了老部队，部队还在一个远离大陆的小孤岛上，来去还得坐着交通艇，一别十几年，犹在昨天，岛上环境虽然变化很大，我却无心怀旧，直奔支队值班室。

现任的政治部主任听说我来的目的也是大吃一惊，说，这事太特殊了，我还没有听说过。师长与政委今天出海了，联系不上。你需要部队做什么，我们一定尽全力帮助协调。

然后他把我领进保密室，查到当年的善后办所有的资料的编号与存放地，说，老同志，我们都没有参与善后，不了解当初的决议，你先自己查吧。查到了就复印好，原件你不能带走的。如果需要原件，我会派专人坐飞机给你送去的。肯定不会耽误事的。

我复印好当初开会的记录，就离开了老部队，站在交通艇的甲板上，吹着梦中的海风，才有心再过了一遍自己留在海上的青春岁月……

艇上的一名中尉这时向我走来，我看军衔应该是艇长。他向我敬礼后，请我去指挥台，说，师长、政委出海回来，正好经过这里，要跟您打个招呼。

我无奈只好从命，上了指挥台。我看到远处一艘潜艇破浪驶来，艇上的五星红旗红得耀眼。在我认为副连级别交通艇应该向正团级别的潜艇先行敬礼时，这时出现了一幕令我终生难忘的奇迹，居然是级别更高的潜艇向级别低的交通艇鸣笛敬礼，交通艇然后回了礼，我热泪盈眶，因为我是知道的，潜艇给我的是最高规格的礼节!

信号兵上来汇报说，潜艇上敬辞：全师官兵向老兵敬礼!

第二站我来到了小娄丈夫的故乡，也就是小娄与孩子生活的城市。

我先去当地的劳保超市里，购了件部队训练穿的迷彩服，虽然不是真品，但不是当过兵的眼睛是分不出来的。又去一家广告店里打印了一张红底黑字的牌子挂在右胸前。

我从妻给我早已准备好的小包里拿出军旅生涯所有的奖章挂在左胸前，然后我就坐在当地市政府大楼的前门台阶上。

很快门卫就报告上去了，很快四个特警就站在我旁边，其中看来是个小头头的在用对讲机汇报：队长，是一个人，没有发现其他的同伙，胸前挂的牌子写着：见市委书记!

对讲机里队长的声音：一个人好办！赶紧抬走!

小头头小声地说：队长，这个人胸前除了那个牌子，剩下的全是军功章，跟咱一样都是当过兵的人，不好抬!

几分钟后，那个叫队长的就气喘吁吁地站在我面前了，我用眼睛轻蔑地瞄了他一眼，他就蹲下来了，说，老前辈，这地方不能待，我给你找个地方，咱好好聊聊?

我不理他，他接着说，你要见市委书记得预约的，我已经报办公室了，办公室说你是老兵，让你按程序先去退役军人事务局反映情况的。

我这才说，小伙子，我不是为难你，我这事，退役军人事务局解决不了的，所以我才来这里的。如果你不信你把局长叫来，他如果能解决我就去他那里说！他不来，我是不会走的!

十几分钟后退役军人事务局的局长也来了，我拿出复印件来，他看得很仔细，知道我的意图后，说，老同志，这事很不好办，这是你们部队做出的承诺，我们地方是按国家政策来落实待遇的。再说我们这个退役军人事务局才成立一年，16 年前的事，一时是调查不清的。这孩子的考学加分这事就在这几天的。

太仓促了。我领你去民政局吧，先查一下当年遗属抚恤金发放的会议记录吧。

对！我一听这话，就跳了起来，对！先查记录吧，这是最直接的证据！

在退役军人事务局局长的陪同下，事情是一路绿灯。

虽然时间过去很长，但当年部队向地方省军分区都指示过，省军分区也跟省民政厅协调过，省民政厅也跟各市县的民政局指示过了，所以这些战友的遗属待遇一直按照烈士的标准发放的。这样事情就明晰了，市民政局马上就开出烈士待遇证明书来。

我是一个早晨回到家里，妻仍在睡梦中，我没有打扰她，径直挎上鸟笼哼着《打靶归来》又出去遛鸟了！

原载2020年第8期《百花园》

玉皇弟子

汪建波

千石坝来了一个怪人，高个，圆脸，身穿纹龙戏服，脚踩川剧靴子，头戴垂珠皇冠。起初，村民们以为来了个戏班子，近了才发现仅此一人，穿戴不但怪异，且全身污垢，大热天捂出的汗臭扑鼻而来。

你是谁？从哪里来？

我是天将下凡，斩妖除魔，保卫地球，江湖人称玉皇弟子。这个叫玉皇弟子的人，嘻哈哈作答，黑乎乎的手掌抹一把脸上的汗水，留下一道道污痕，嘴角滴出的口水逼得围观人群赶紧后退。

原来是个癫子。癫子，在千石坝的方言里，指的是精神病人。玉皇弟子也不知吃的什么喝的什么，似乎不知疲倦，到了夜深人静时，仍在四处乱窜，絮絮叨叨：我是天将下凡，斩妖除魔……不过，对于富硒稻田里值夜的村民，倒也多了几分生趣。

千石坝四周群山跌宕，苍绿翠滴，得天独厚的地理条件孕育出一种神奇的富硒大米，营养罕见，单价最高能卖到四五十元一斤。千石坝民风淳朴，意外发生在一年前，不知哪里来的一群歹人，趁夜盗收了两千多斤，村民们心疼得捶胸顿足。

连着几天，村民都在抢收稻子。这富硒大米有一个特点，收早了尚未熟透，收晚了营养流失。村里搞的是农业合作社，收回的稻子，全都储在村委会旁的几个大粮仓里。

玉皇弟子踉踉跄跄地到了粮仓前的坝子，状似醉酒，嘴里仍在念叨：我是玉皇大弟子……

玉皇大弟子，表演一个节目，给你好吃的。守仓村民故意戏弄，玉皇弟子顺手捡起一根竹棍，嘻哈哈说是方天画戟，举棍一阵狂舞，毫无章法，却也虎虎生风。玉皇大弟子一直舞到精疲力竭，才四仰八叉地躺在地上喘着粗气。守仓村民并无坏心眼，果真扔过去一根大黄瓜，玉皇弟子居然凌空接住，往嘴里狂塞，边吃边道，谢谢王母蟠桃，小将谢过。

夜更深了，玉皇弟子手里握着黄瓜蒂，仰躺在地呼呼大睡。两个守仓村民不敢瞌睡，喝着浓茶，一支接一支地抽着烟，闲扯着一年的收成。一人说千石坝能产一千石稻子，加工成米也能有七百来石，坝子里的稻子可比摇钱树。另一人算得更细，五十元一斤，能卖两百来万，坝里老老少少三百多口，每人能分六七千元。二人盘算出一脸的幸福。

天放亮时，村民又奔到田里收割。本来可以用机收的，两三天就能完成，可收购商非要人工操作，说是注重品质，保证原汁原味。玉皇弟子听到搭谷子的响动，起身在田间溜达：玉皇弟子斩妖除魔，保卫地球……到了饭点，村民们和他熟了，也记得给他准备一点吃食。

傍晚时分，忙碌一天的村民纷纷回家歇息。一辆大货车开至粮仓，车上下来两个外地口音自称夫妻的男女。村支书闻讯赶来，一问，得知是收购大米的客商，热情相迎，一番询价，收下定金。

夜里，外地夫妻依偎在驾驶室休息。村支书心里隐隐不安，增加了两个村民守仓。玉皇弟子继续以四仰八叉的姿势，很快打起了呼噜。

一夜无事。村民们迎着东山的红日出门收稻时，外地夫妻一前一后在田坎上晃悠，有一句没一句和村民们说着大米，拉着家常。大米加工需要一两天，他们就在坝子里等着装车。

入夜，外地夫妻变戏法般拿出一包酒肉，邀守仓村民共饮。守仓村民警惕性很高，拒绝喝酒，但架不住客人的盛情，吃了一些卤肉。外地女人朝男人使了一个眼色，男人分了一些东西朝玉皇弟子扔过去。玉皇弟子兴许是饿极了，捡起来一阵狼吞虎咽，边吃边道，谢谢玉帝恩赐，小将谢过。

十来分钟后，外地女人瞟了一眼守仓村民和玉皇弟子，见全部沉沉睡去，说，行动。外地男人走过去使劲摇晃，几人毫无知觉，才放心地学了几声猫叫。一会儿工夫，密林里蹿出来五个青壮汉子，直奔粮仓，扛着米袋往车上搬。车厢终于装满，外地夫妻一伙人启动车子朝村外而去。

村口，一块巨石挡路。车上的人合力搬移障碍，玉皇弟子突然从货车底部爬出，拿着嵌在垂珠皇冠里的微型摄像头，威严地说，我是警察，铁证如山，你们被捕了。

正在搬石头的七个外地人先是一愣，回神见玉皇弟子孤身一人，仗着人多朝他围攻过来。玉皇弟子手握竹棍，说瞧我方天画戟，虎虎生风的棍法打得一群人鬼哭狼嚎。与此同时，几辆闪着警灯的越野车从村外飞奔而来。

盗窃团伙一网打尽，被迷药迷倒的守仓村民有两个疑问，玉皇弟子吃了同样的东西为何未被迷倒，他化装侦查为何口称玉皇弟子。玉皇弟子笑而不语，这事在村民心里成了一个谜。

原载 2020 年第 7 期《微型小说选刊》

猴　哥

孟宪岐

猴哥在热河一带有点名气。他是耍猴的，走街串巷，认识他的人很多，但知道他的名字的人却很少。他身材矮小，极瘦，像个猴。

大家都管他叫猴哥。

猴哥朋友少，一个耍猴的，能有什么朋友。猴哥除了玩狗的狗弟，玩秃鹫的鹫叔，就再没有别的朋友了。

猴哥在热河，还有一个干娘。

猴哥和他的猴，就住在干娘家。

那年，猴哥来到热河，口干舌燥，去一处草房找水喝，喊了几声，屋里无人答应，猴哥进屋一看，一老妇卧病在床。

一问才知，老妇没有子嗣，老夫早去，亲戚又避之不及，躺在炕上已经气息奄奄了。

猴哥连忙去请郎中。郎中看罢，给开了几服中药，猴哥为老妇人熬药喂服。

半月后，老妇人康复，认下猴哥为干儿，猴哥在热河就有了家。

每天，猴哥跟他的猴子就在附近摆摊表演，挣俩零钱维持生活。

干娘喜欢吃热河豆腐，猴哥回家的第一件事，就是买一块热浆豆腐带回来。

有了娘，猴哥的日子就过得有滋有味了。

干娘喜欢猴哥，也喜欢他的猴子。

每回从外面表演回来，干娘都要抚摩着猴子的脑袋说："小崽啊，老娘谢谢你！老娘吃的穿的，都是你挣来的！你就是老娘的小崽儿啊！"

猴子实在乖，猴哥让它干啥就干啥。

猴哥说："翻！"

猴子就在原地翻跟斗。

猴哥说："敬礼！"

猴子就转着圈儿给观众敬礼。那模样滑稽可爱。

猴哥说："作揖！"

猴子就挨个给观众作揖。

平时，猴哥就领着猴子单独表演。遇到重大喜庆日子，有人花钱请猴哥，请狗弟，请鹫叔一同献艺。狗弟的狗十分了得，会数数，会唱歌，还会学人语。鹫叔的秃鹫十分凶猛，它捉鸽子的绝技令人惊叹不已。他们三个人同台演出，一般都是猴哥开场，狗弟中间，鹫叔收场，挣到的钱平分。

三个人经常在猴哥干娘家里喝酒。

干娘一见三个人来家，就乐得合不拢嘴，招呼："苦命的孩子们，娘给你们做好吃的。"招呼完便马不停蹄出去准备菜。

猴哥爱吃干炸鲫鱼。狗弟爱吃油炸花生米。鹫叔爱吃熘豆腐。

三个人喝多了，就住在干娘家。

别看他们是玩杂耍的，都是雕虫小技，但他们曾经救过附近的老百姓。

这天夜里，猴哥和狗弟鹫叔喝得酩酊大醉。

突然，一伙贼人明火执仗，呐喊着冲过来，他们要将老百姓家洗劫一空。这伙贼人便是月牙山上的土匪。

大家从睡梦中被惊醒，个个惊慌失措。

正当贼人动手时，只听猴哥一声呼哨，便有黑影蹿过来，径直朝贼首的脸上扑去，贼首猝不及防，双眼被黑影抓伤，疼痛难忍，众贼人看去，分明就是一只猴子东窜西跳，勇不可当。

与此同时，狗弟呜呜呜连着叫了三声，那黑狗就像猛虎一样，把贼人咬得哭爹叫娘；鹫叔嗷嗷嗷吼了三声，那只秃鹫腾空而起，那刚劲的翅膀，把贼人砍得东躲西藏，恨爹妈少生两条腿，纷纷逃命。

从此，这里再不闹贼。

热河有个泼皮，叫赖二，这家伙强取豪夺，欺压百姓，是个亡命徒。官府奈何不了他，百姓不敢招惹他。赖二手下还有两个打手，到处祸害人。

一日，猴哥刚刚打完场子，收拾东西，赖二来了。

赖二手里握着鬼头刀，一眼就盯上了放在地上的铜锣。

铜锣里装满了刚刚大家给的赏钱。

赖二说："耍猴的，这钱，归我了！"

猴哥问："凭啥归你？"

赖二一拍圆滚滚的肚子："就凭这，走到哪，吃到哪。"

猴哥说："别处，你可以吃，我这，你一点也吃不到！"

赖二骂一句："你八成是想找死！"

猴哥说："谁找死还说不定呢！"

赖二对两个打手说："给我收拾收拾他！"

猴哥看一眼两个粗壮的打手，嘿嘿冷笑："好小子，今儿我要动手都不算好汉！小崽儿，此时不动手，更待何时？"

猴哥言罢一声呼哨，说时迟，那时快，那猴儿猛然跃起，双爪直奔其中一个打手眼睛抓去，只听一声惨叫，这个打手的双眼便血淋淋的。那个打手一愣神，猴子的双爪又抓过来，也被猴儿抓瞎了眼睛。两个打手躺地打滚的时候，猴儿已经蹿到赖二面前，赖二大吃一惊，慌忙用手中的鬼头刀来挡。猴儿虚晃一招，就跳在了赖二头上，上肢便在赖二的脸上乱动，赖二鬼哭狼嚎。猴儿咬住赖二的喉咙不撒嘴，一直到赖二气绝身亡。

猴哥的猴儿除掉了赖二。

老百姓拍手叫好。

虽然出了人命，官府对赖二也是恨之入骨，死了就死了，睁一只眼闭一只眼就了结了此事。

从此，猴哥再不摆摊耍猴。猴哥力气小，干不了农活，就学做豆腐。干娘有豆腐吃，还能顾生活。猴哥每天沿街串户卖豆腐，他的猴儿就拿着钱袋跟在他后面，走起路来一扭一扭的，成为热河街的一道风景。

原载 2020 年第 2 期《地火》

大 师

邵远庆

土壤过于肥沃，自然会多生出几株小草的。对于历史悠久、文化底蕴丰厚的箕城来说，多出几位大师，原本也是无可厚非的事。

汪伦即为其中之一。

跟其他大师相比，汪伦属于多面手，他既精通古玩收藏之门道，又在美术方面有着很深的造诣。汪伦尤其擅长画鲶鱼，他采用大写意的手法，只需寥寥数笔，一条栩栩如生的鲶鱼瞬间跃然纸上。就跟白石老人的虾、徐悲鸿的马、黄胄先生的驴一样，鲶鱼也成为大师汪伦的代表作。

箕城最为繁华的广场一角，有汪伦开的一家古玩店，名曰“汲古斋”。店内除了博古架上各式各样的藏品，还设有一个茶桌和一张硕大的画案，汪伦的大作，多是在这里完成的。平素，箕城但凡有身份或雅致之人，都爱到汲古斋闲坐，品茶论道之余，乘兴拎起笔小试一下身手；也有爱好收藏的朋友，揣着自己的藏品来店里，转让也好鉴赏也罢，图个心安理得……聊得高兴了，汪伦往往会慷慨解囊，拿些香茗、画作之类的物件，当作赠品送给大家。

汪伦唯一不肯免费赠送的，却是自己的《鲶鱼图》。

圈内人都知道，汪伦的《鲶鱼图》，多是以条数来计润格的。因此，箕城人每每谈及收藏，总爱问对方有没有汪伦的《鲶鱼图》。如果说有，还会再问，汪老给你画了几条（鲶鱼）？又感慨说，汪老笔下的一条鲶鱼，比半车活蹦乱跳的鲶鱼还值钱！

有个叫方格子的年轻人，曾经做过几年地产生意，有钱。富人都有个共同爱好：弄些老物件来装点门面。有了相同的爱好和兴趣，方格子索性拜汪伦为师，开始跟他研习古玩收藏这门行当。

有一天，方格子抱了件商代青铜簋，兴致勃勃地来到汲古斋，请汪伦帮忙掌眼。这款青铜簋形若痰盂，双面带耳，通身绘有龙纹状图案，为商周时期的重器之一。其形体古朴大方、雕工精细、包浆完美，像这种通身带有铭文的重器，在商代常用作礼器赠予贵宾。倘若是真品的话，不说价值连城吧，其品位绝非一般藏品所能比拟。

说来也巧，就在数月前，已经有位叫韩宇的藏友，带着这件青铜簋来找过汪伦，经鉴定为现代工艺复制的高仿品。

当着方格子的面，汪伦没有立即表态，而是悄悄将电话打给韩宇一探究竟。心怀鬼胎的韩宇当场许诺，如果汪伦能够促成此事的话，他愿意奉上五万元作为报酬。

从卫生间出来，汪伦郑重其事地告诉方格子，此物乃真品，且升值潜力巨大。

方格子自然很高兴，不但拿出两瓶陈年茅台宴请了汪伦，临结束又给了老师两万块钱作为鉴定费。

不费吹灰之力就拿到七万元的好处费，汪伦禁不住暗自得意。

不久麻烦就来了。方格子带着青铜簋去参加省电视台主办的鉴宝活动，经专家鉴定，青铜簋乃赝品。方格子带着愤怒，把冒牌货退还给韩宇时，韩宇却少给了他五万块钱。方格子问为什么，韩宇意味深长地说，你去找汪大师索要吧。

方格子越想越气，遂以汪伦涉嫌诈骗为由，报了案。

大师汪伦做梦也没想到，自己会在“知天命”之年、小河沟里翻了船——他被判处三年有期徒刑。

汪伦被羁押期间，看守所民警专门提供一间画室供他作画。为表达内心感激之情，汪伦比平时越发勤奋，艺术手法也更加精湛，他马不停蹄，从早上画到黑夜，再从黑夜画到黎明，终日废寝忘食、笔耕不辍。一幅幅《鲶鱼图》像是从印刷机里吐出来似的，漫天飞舞。

箕城从此再没人争炒汪伦大师的画作。

原载 2020 年第 6 期《小小说大世界》

一双红鞋子

秦兴江

发现对门放了一双红色高跟鞋，是在小区实行封闭管理的第五天，也就是正月初六。

那天中午，王神山实在是憋急了，就想敞开门看一眼，这一看不打紧，吓得他连忙缩回了身子。“大过年的，你见鬼了吗？”老婆打着饱嗝说他。因为睡懒觉起得晚，全家人刚刚吃完说不出是早餐还是午餐的饭，被他这怪里怪气的神情一吓，顿时饱意全消。

“你说怪不怪呀？陈浩他老婆不是去支援武汉了吗？门口怎么放了一双红色高跟鞋呢！”

“这有啥奇怪的，你就不让人家来亲戚吗？”

“你有点常识行不？小区都封了，哪里来的亲戚？”王神山一脸不屑，“难不成陈浩趁他老婆不在，金屋藏娇了？”

老婆拿眼狠狠地剜了他一下，骂他一句神经。老婆有打麻将的习惯，本来想趁着过年，好好和邻居们玩一玩，可小区封闭之后，没有人敢出门，她正生着闷气呢。

王神山也是。年前刚听到武汉封城的消息时，就已经把他过新年的高兴劲一下子打入冰点。怎么会这么严重呢！凭着他多年的人生经验和聪明头脑，他知道今年这个年已大事不好。

“这次病毒很严重，咱们千万不可大意！不信等着看，我们这里也马上要封了！”王神山一本正经地对家人说。

果不其然，第二天，县城到处挂起标语，响起喇叭。政府规定所有人，没有重要事情，不要出门，不要出门！

“千万不要出门啊。”他嘱咐完了父母，嘱咐小孩，之后看着老婆，“还有你！把你那个麻将戒掉，在家安安稳稳待着。”

老婆是在家待着了，可是一家人生着闷气就像互不认识。这是过的什么年啊！现在对门的陈浩，竟然瞒着他老婆做出这种事情，这个猜测一下子把王神山家里的闷气冲跑了。两个人像一对老侦探，在那里叽叽喳喳猜测着。

到了下午，王神山又放开门看了一眼，结果那双红色的高跟鞋还在那里。

第二天吃完早饭。王神山忍不住又开门看了一眼，那双红色的高跟鞋还在那里。

第三天，他还是没能忍住，又偷偷放开门看了一眼。那双红色的高跟鞋，依旧在那里。

后来他还特别留意到，那双红色高跟鞋，白天在门旁，晚上就不见了。

“陈浩这小子搞什么鬼，难道他真的趁老婆不在……也不对呀，听说他们报社记者大年初二就去上班了，天天要去一线采访那些白衣天使和病毒作战的消息呢！”

可是这门口放着一双红色高跟鞋，到底是谁的呢？如果是客人的，不可能天天来呀。如果是陈浩这小子有了情人的话，这小子太不是东西了！老婆去支援前线，他竟然……王神山呸了一声。

说起对门的陈浩一家，王神山和他们并不是很熟。搬到这个新建小区两年了，但两家真正碰到一起的时候实在很少。虽打过几次照面，相互也没有太多的话题。只是间接地了解到，陈浩在市报社当记者，他老婆在市医院当医生，没有孩子。武汉封城的第二天，听说他老婆连夜报名去支援武汉了……

一连几天过去了，夫妻俩却没猜出半点门道。有时候透过小孔，使劲往外面看，可既听不见对面屋里任何动静，也看不见有人进出的身影。

“你不是有陈浩的微信吗？看他朋友圈有没有什么蛛丝马迹。”

对呀，我怎么没想到？王神山一拍大脑袋，立马打开手机去搜寻。结果陈浩的朋友圈只展示三天，且只有一条内容，共12个字：武汉加油！中国加油！

老婆加油！

但是他门口那双红色高跟鞋，到底怎么回事呢？

王神山心里总是有个影子，痒得难受。

又过两天。这天早上，王神山不再睡懒觉，专门起得很早。接近7点半的时候，他竖起的耳朵听到了一丝轻微的动静，马上趿拉着拖鞋，跑去打开了房门。这时候，他正好看见陈浩手里提着那双红色的高跟鞋。

“早啊兄弟，你这是？”王神山盯着陈浩手里的那双红色高跟鞋，就好像民警抓住了小偷一样，终于人赃俱获。

“哦，我去上班呢！”

陈浩一边答应着，一边把那双高跟鞋放到门旁，有些不好意思地笑了一下。

“弟妹不是去支援大武汉了吗，你把鞋子放门口干吗？”

“没干吗，没干吗。”

陈浩整理一下口罩，匆匆地走了，把王神山一个人晾在那里。

到了晚上12点，王神山睡不着，突然在朋友圈看到陈浩刚发出一条消息：“老婆，正月初六是你的生日，我偷偷买给你的生日礼物是你喜欢的红色高跟鞋，可是你没来得及看到就去支援大武汉了。我现在每天早上都把那双红鞋子放到门口，希望你回来的时候第一眼就能看到它。我每天晚上下班回来的时候，第一眼也能看到它。看到它，我就像看到你，就好像你每天还在家一样！期盼你早日凯旋！”

原来如此！王神山看完陈浩的朋友圈，来不及和老婆说，先立马点了一个赞。在转过身的时候，他的眼角闪耀着晶莹的泪光。

原载2020年3月15日《宝安日报》

鸡　蛋

韦如辉

咱们还有鸡蛋吗？彭雪枫风一样刮进屋里，冲着勤务员小马说。

小马正在忙，没想到师长已经到了跟前，头脸恣意的汗水，像从河里刚上来似的。

刚下过一场暴雨，太阳却明晃晃地挂在南面，天上像下了火。

部队从商丘撤下来时，一个老乡送过来十个鸡蛋，师长说什么也不要，老乡说什么也不干。僵持中，小马把自己的一双鞋留下来，才算平息了一场不算争吵的争吵。回到驻地，师长把自己的一双鞋送给了小马。小马挠着头红着脸说，大，不能穿。师长告诉他，你还在长个子，留着明年穿吧。

师长火气大，上下嘴唇都起了一层皮。鸡蛋打在碗里，蛋清和蛋黄搅碎，生喝下去，可以消热去火。师长喝了八个，小马打算部队转移之前，再让师长将剩下的两个喝下去。下一场的战斗将更加惨烈。

小马刚想回答，还剩下两个，却多了一个心眼，他用怀疑的目光问师长，干啥用？

师长命令道，拿着，跟我上炊事班一趟。之后，出了屋，头也不回地融进炽热的阳光里。

小马心里明白，师长在打鸡蛋的主意，他在师长的身后，将手里的两个鸡蛋，悄悄塞到口袋里一个。

一口大铁锅，立在一个凉棚下，水在锅里沸腾着，锅边码着一筐红芋叶子。玉米才挂须，红芋也在长个，这个午饭，战士们只能用红芋叶子充饥了。

师长凑到炊事员跟前，压低声音说，把两个鸡蛋煮了，那个受伤的小战士只想吃一口鸡蛋。

小战士蒙城人，在商丘之战中负了重伤，看情况活不了几天了。

炊事员两腿并立，抬手敬个军礼，响亮地回答，是！首长。

大铁锅里的沸水，在咕嘟咕嘟地冒着热气。

小马噘着嘴，慢慢递给炊事员一个鸡蛋。

彭雪枫盯住小马，眼睛里似乎要喷出来两条火蛇，声色俱厉地问道：还有一个鸡蛋呢？

小马从口袋里掏出来，蹲在地上哭了。

彭雪枫师长笑了。好你个小鬼，打马虎眼啊。说着，转身离开了凉棚。

小马边哭泣边诉说，两个鸡蛋是给师长留的。

炊事员的眼睛也红红的，好像灶膛里的火苗蹿到他的眼睛里。

水太开，鸡蛋煮爆了，张着嘴，一溜溜蛋白漏出来，将一锅红芋叶汤染鲜了。

炊事员把鸡蛋端到彭雪枫面前，好像犯了错误，他哭丧着脸，等待着首长的批评。

彭雪枫脸庞阴沉着，告诉炊事员，千万不要告诉小战士鸡蛋的来历，让他安心吃下这两个鸡蛋。

炊事员退出屋子，把蛋壳小心地剥下来，再将那一溜溜的蛋白剔除干净，还原了它们椭圆的模样。

当天晚上，小战士牺牲了。

安葬小战士时，战友们发现，小战士两眼半闭着，嘴角溢出不经意的笑意。两片失血过多的脸蛋，白白的，好像剥了壳的鸡蛋。

部队奉命东进，准备在涡河中下游一带，对鬼子发起秋季攻击。

彭雪枫要求战士们，必须在秋收之前，给鬼子致命一击。一来挫伤鬼子的嚣张气焰，二来保护老百姓的粮食能够顺利颗粒归仓。

小马掉了队。

这可不是一件小事。勤务员怎么可以掉队呢？他应该伴随首长左右，时刻保护首长啊。部队只有停下前进的步伐，兵分三路去找。玉米棵、红芋地、水塘、瓜棚、羊肠小道，该找的地方都找了，就是见不到小马的影子。

彭雪枫急火攻心，嘴唇上起了一层燎泡。但他相信，小马不会当逃兵，也绝不会叛变。

月光照到小路上，露水湿透了战士们的鞋子。一些不知名的秋虫，在夜色里弹奏着田野大合唱。

小马抄小道赶上部队，彭雪枫命令把他捆起来。

小马边挣脱，边护住胸口，焦急地说，别弄坏鸡蛋。

原来，小马偷偷跑到老乡家，用师长送给他的那双鞋，换来了十个鸡蛋。老乡凑不够数，一只鸡正在窝里下蛋，小马足足等了一个时辰，延误了归队。

挣扎中，小马怀中的鸡蛋挤碎了两个，小马蹲下来，嘤嘤的哭泣声在夜风中游走。

彭雪枫眼中的月光如银，他大手一挥，命令道：出发！

原载 2020 年第 7 期《小说月刊》

假背真

夏太峰

荆都古城流传着一种民间表演艺术：假背真。其实是真背假，真男背假女，时唱男声，时哼女腔，且歌且舞，亦庄亦谐，妙趣横生。

演员名贾诚斋。七岁那年，他随父逃荒到荆都，耳听盘古庙锣鼓铿锵，两人挤了进去。舞台上正演祁剧《打侄上坟》，看着看着，贾诚斋头昏眼花，饿昏在地。散戏后，父亲找到祁剧宝河派班主甄福杰，苦苦乞求他收儿子为徒，有口饭吃。甄福杰瞧了瞧，贾诚斋眉清目秀，鼻正口圆，遂留在身边学戏。

贾诚斋先跟师傅学螟蛔腔，后又学海豚腔，每天清早对着水缸吊嗓子，练发声，又苦又累。有一次，贾诚斋忽然昏倒，师傅用手摸摸鼻孔，以为他气绝命亡，用木板割了一个盒子，两个师兄抬着他来到荒山野岭，挖坑埋人。恰逢大雨滂沱，师兄溜回家避雨。

大雨下个不停。当夜，贾诚斋被炸雷惊醒，拼命踢开木盒爬出来，跌跌撞撞爬回家叫门。师傅忐忑不安，害怕是鬼魂，不敢开。贾诚斋哭着请求师傅开窗，伸进一只手，抽泣着要师傅摸。师傅一摸是人手，急忙打开门。恰逢闪电亮起，师傅一看是贾诚斋，两人抱头痛哭。天亮后，甄福杰吩咐女儿甄虹云熬药备汤，端茶送饭。在甄虹云精心照料下，贾诚斋慢慢恢复了元气。

苦练数年，贾诚斋能唱螟蛔腔，又能唱海豚腔。螟蛔腔低沉浑厚，恰似男声。海豚腔清脆圆润，宛若女腔。

十八岁那年，甄虹云和贾诚斋成了亲，以后两人搭手唱戏，台上眉目传情，台下恩爱有加。

在荆都古城，庙宇设有戏台。时令节日、儿女拜堂成亲、老人大寿，都要邀请戏班唱大戏，演得最多的是甄福杰戏班。戏台设在盘古庙，两边的木柱上挂着对联：满场都是闲人，袖手旁观，听戏不如做戏苦；凡事终须结局，从头演起，上台容易下台难。正中悬一横批：人生如戏。

六月六尝新节这天，盘古庙唱大戏。拿手好戏是贾诚斋和甄虹云演的宝河派祁剧唱段。两人在后台抹彩，吊眉，贴片，穿好戏装，踩着锣鼓点登台。

贾诚斋唱：郎有心来妹有心，哪怕山高水又深。山高也有人行路，水深也有渡船撑。

甄虹云唱：清水池塘洗手巾，手巾洗得白生生。别人问我送给谁，妹送郎君满巾情。

戏台上，贾诚斋挪动船桨，甄虹云曼舞巾帕，唱腔婉转缠绵，清丽动听，引得荆都庶民纷纷前来观看。

消息传到驻军团长何大瑜耳朵，立刻骑马来到盘古庙，一见甄虹云，眼睛睁得铜铃大，大声喝彩，还送上一块光洋做赏钱。甄虹云知道，何大瑜是为自己来的。

几天后，贾诚斋被抓了壮丁，关进牢房，过几天就要开拔。

甄虹云怕被何大瑜凌辱，不敢去见丈夫，又怕落入魔掌，找来一束白绫，悬梁自尽。死前托人给丈夫送了一信，是时儿子贾静波未满两岁。

甄虹云死后，何大瑜悻悻放了贾诚斋。

贾诚斋含泪剪下妻子长发，整理好戏装，锁进箱子。甄虹云在信里说，只有来世相见了，想她时就摸摸头发，看看戏装。

后来，甄福杰戏班成了荆都祁剧团，贾诚斋成了祁剧团的台柱子。贾诚斋没有再婚，一边演戏一边抚养儿子，他知道甄虹云是为自己死的，想妻时就打开箱子，摸摸头发，看看戏装。他的心已随甄虹云而去，这颗心只属于甄虹云。

贾诚斋在思念中过着日子。一天，他请工匠做了一个假人，披上甄虹云留下的长发，穿上她留下的戏装，取名“甄虹云”，他觉得妻子没有死，一直陪伴着自己。不久，贾诚斋创演了节目“贾背甄”。

贾诚斋每次演出，肩背“甄虹云”，且歌且舞。用蟆蝈腔唱一句：郎有心来妹有心……又用海豚腔唱一句：清水池塘洗手巾……戏曲中多了思念、牵挂。

再后来，贾诚斋退休了，成立了“夕阳红”剧团，一群大叔大妈跟他学演“贾背甄”。在公园广场，时不时能看到他们排练演出的身影。

不知何时何地，“贾背甄”演绎成了“假背真”，入乡随俗，也无人追究了。

又过了几年，荆都广场竣工了，开发商举行了一场庆典演出。音乐响起，锣鼓阵阵，“假背真”开演了。演员身上饰了荧光棒，闪闪烁烁，流光溢彩，变幻出人影轮廓，舞台变成了童话。

郎有心来妹有心……清水池塘洗手巾……掌声、喝彩声此起彼伏，在夜空回荡。

节目是贾静波的创意。贾静波大学毕业后，在荆都县文化馆负责群众文化工作。

八十二岁那年，贾诚斋怀抱着“甄红云”安详去世，贾静波把“甄红云”放进父亲棺木，两人安葬在一起。

“假背真”成了荆都市民眼中最炫目的表演，成了上报国家的申遗项目。

原载2020年第8期《天池小小说》

水蛇腰

田诗范

抗战时期，重庆临江门丁字口我家旁边有一家水烟铺，我小时经常坐在作坊门槛看制作水烟，常见两个伙计打着光胴胴，将烟叶铺在一大木框里，再一层层喷水，然后再铺一层烟叶，如此重复，待有半尺高就盖上木板，再在框边打楔子压紧到只有两三寸厚再吊起，过一段时间待发出酒香时打开竖起，用木工样的小推刨在侧面刨，刨子兜里就刨出一簇簇金黄的烟丝。

女老板穿着叉开到大腿的旗袍，露出小腿上半透明的丝袜子，风姿万千地坐在铺子前，慢条斯理端着铜水烟壶，忽而“噗”的一声吹燃纸捻，点燃烟壶嘴里的烟丝，吐出一串一串烟圈，而且能够把后面的小烟圈从前面的小烟圈里穿过，那神情悠闲自得，把个烟铺烧得香烟缭绕。有人来买烟就拿出中药铺那样的象牙杆小秤几钱几两地称，然后倒在黄毛边纸上，再竖着兰指在麻绳上一绕就扎成捆，动作娴熟而又优雅。只要她在，门前总站着一堆男人，她不时地递出她的铜水烟壶交给那些男人吸上几口，还伸出玉指点击男人的手背，令男人丢魂失魄的，生意做得十分红火。

女老板我们不知她的真名，因为她腰很细，走起路来像蛇在扭，大家叫她水蛇腰，有些大人说她是妖精，但我们小孩不知妖精是好是坏，总之很喜欢她，因为只要我们在她门口一站，她都要发饼干和糖果，闲时还领着我们做排排坐吃果果的游戏。

我们不知她是否有男人，一次，一个军人进去说了什么就走了，她立刻辞退两个伙计关在铺子里大哭，渐渐地没有了声音，几天都不见她开门，我妈慌忙砸开门，见她已奄奄一息，我妈给她喂了米汤救活过来，才知道她男人是军统，被秘密派往敌占区执行任务，受伤后被敌人抓住拷打，但他始终没透露组织的半点秘密，最后被敌人喂了狼狗。从此，我们对她逐渐尊敬起来！

1948 年的时候物价飞涨，背一口袋钱出去买不到一口袋米，在这时候我得了猩红热，三天三夜不退烧，眼看我要死了，水蛇腰焦急万分，脱下她的金箍子、金耳环和玉镯子拿到街上的德国医生那里换了几针盘尼西林，我活过来了。

到 1949 年 11 月下旬，时局紧张起来，一个被她男人掩护活下来的战友穿着军装来到水烟铺，他给她买了飞机票送来要带她走，她先坚决不走，那男人说：“为了我那死去的弟兄，我一定要带你走，因为我们走后这座城市将不复存在！”

她打了一个战栗，不再坚持，但坚决要到我家来告别，她见我弟弟很乖，她因没生育，考虑到了台湾没依靠，央求我妈把我弟弟抱给她，我妈有些舍不得，水蛇腰说：“过几年就会回来的，只是帮你养。”我妈犹豫中，她说：“我给你照个相留念吧。”接着就把我弟抱到精神堡（当时已改名为“抗战胜利纪功碑”）照了相，照相时我弟弟在水蛇腰怀中，侧向着相机，脸向下，手向前下方伸展，像要挣扎出她怀中，扑向精神堡梯坎下的母亲，可能正是这个动作，挽救了我的这个弟弟，当时我妈说：“让我再抱一下他。”不想我妈接过我弟就走，一边对水蛇腰说：“反正你还年轻，二天你自己生一个可靠些。”接着，她抱着我九弟再也不回头了，那军人不时地催她上飞机，她才悻悻然赶往机场。

那年 12 月初，早晨临江门有雾，我第一个跑到街上，见街上竟然没有几个人，再一看街两旁三步一岗五步一哨站满了穿黄衣服的军人，从码头一直站到魁星楼，不久就见一串被解放军押着的旧政权没跑脱的那些人，听说里面还有特务，这时，一个熟悉的身影一闪，我认出那是送水蛇腰走的那个男人。

那串人走完就见一群手拿小彩纸旗的学生从桥洞口下来，口里喊着口号，我也跟他们喊：“解放了，解放了！”

一段时间后，住在桥洞里的叫花子都被清理干净了，街上也显得清洁起来，街上天天都有人跳秧歌、莲花落、金钱杆的，还有划旱船、走高脚跷的，热闹得很，我们觉得硬是换了个天地，天天像在过节一样！

一个穿着红绸衣裤扭秧歌的女人抱起我，她正是水蛇腰，原来她也没走成。之后经过一些运动，她总说："我不是坏人！"

我妈那时是居民委员，总是安慰她："人民政府对没参加内战的抗战人员有政策，况你只是家属。"虽说她也受了一些委屈，经过几十年的风风雨雨，但总算过来了，她去世前眼睛一直盯着阁楼上一个箱子，我妈叫我把箱子拿下来，从中找出一张盖着人民政府大印的奖状，上书"奖给人民卫士曹淑敏"，她看了抱着那奖状才瞑了目。

我妈猛想起解放初期一个风雨之夜，水蛇腰硬拉着她连夜上了公安局，第二天，公安部队就从全城的下水道取出几十车炸药。

我妈猛叫了一声："没有她就没有了我们！……"

原来正是她挽救了这座城市——她检举劝说了她那个男人的战友特务，交出他们在下水道埋下的爆炸装置，为这座山城平安完整回到人民手中立下了大功！

我妈含泪说："只要亮出这本证书，什么事也没得！"

原载《青年文学家》2020年4月上旬刊

蟹之美

朱闻麟

“妈，你看你看，我这不是可以吃蟹了吗？”芳芳放下手中的筷子，直接用手抓起一只蟹螯，津津有味地啃了起来。

听着女儿“咯吱咯吱”咬碎硬壳的声音，看着她那份享受美食的模样，母亲紧皱的眉头开始松了下来：“芳芳，这样吃当真不会有事吧？”

“妈，你就放心地吃吧，我在外面朋友宴会上已试过几次了，真没事了，只是不能多吃，一点点地慢慢适应后，我可是要跟你抢着吃的，谁让我遗传了你的基因，对海蟹情有独钟。”说罢，芳芳不失时机地把那盆蟹推到了母亲的前面，自己也挪了下座位，与母亲更加靠近了。随后用手把蟹肉一块块剥出来，蘸上调料后送到母亲的嘴里，看着母亲一点点把它们消灭掉，心里那个美无法言表。

吃着女儿送上来的蟹肉，母亲的眼睛却一直盯着芳芳的手臂，很不放心地又在问：“芳芳，真没事吧，别为了我犯傻，妈不吃蟹不会死的，你要是过敏了我也帮不上忙。”

说起过敏，芳芳浑身惊起鸡皮疙瘩，脑海中闪现出两年前那次自助餐上出现的险情。那天，几个要好姐妹相约去吃自助餐。本着要吃出本的心态，也怪自己太贪嘴，走马观花了一遍后，发现所有的食材中就那海蟹比较贵，于是跟着姐妹一起拿了两只。正当愉快地掰起蟹脚吃掉一只，准备向第二只冲击时，突然感觉嘴唇有点不对劲，跟对座的姐妹一说，姐妹吓了一跳，说你的嘴唇怎么肿了，这蟹不辣啊。

听到嘴唇肿，芳芳就知道要坏事了，八成是过敏了。以前每次过敏时的预兆都不相同，嘴唇红肿还是头一回，应该是海蟹的杀伤力比较强大，看来得立马停手。

随后的情景让人预料不到，很快手臂脖子乃至全身都出现了红疹。怕发生意外，姐妹们连忙放下餐盘，陪着一起打的到医院，看起了急症，挂了两瓶药水才算是过了关，留下了一顿没能吃尽兴的自助餐，也多了个馋嘴猫的昵称。

芳芳生在娄江河边的南星渎，打小就随父母，经常会划着一条小木船，到北边的傀儡湖里去捕鱼捉蟹。

每天把捕到的湖鲜送到集市上销售后，总会留一点上了自己的餐桌。清澈的湖水养育上好的湖鲜，可以说是百吃不厌。然而，结婚生了孩子后，芳芳开始感觉不对劲，自己吃了湖里的螺蛳怎么会肚子疼。

“清明螺赛过鹅”，螺蛳看似不起眼，却是餐桌上的常菜，河边的孩子大凡都是一颗螺肉一口饭长大的。开始还不相信是螺蛳在作怪，连着尝试了好多次后，芳芳才明白过来，自己还真的螺蛳过敏了，而后清水虾也加入到了这个行列里。

父母就生了芳芳一个，自然成了招女婿的坐家女。平日里，知道芳芳这个吃货会忍不住，家里的餐桌很少再有这两个菜的影子，偶尔芳芳不在家吃饭，父母他们才会像是开荤似的，特地烧上两大盆螺蛳和清水虾过过瘾。

年前，一向健步如飞的母亲，突然走不动道了，到医院一检查，说是长年受寒引发的，今后怕是只能在轮椅和床上度余生。

以捕鱼为生不是件容易的事，想着母亲当年不论严寒酷暑，总是光着脚板站在船头上捉鱼捕蟹，最终落下这个毛病，芳芳自然心疼，平日里除了上班外，大多时间都留在母亲身边，照顾一日三餐和起居，陪着母亲聊聊天打发时间。

吃螺蛳和清水虾过敏母亲是知道了，吃海蟹过敏的事还是在邻居家，吃他们孙子百日宴时才听说的。

与湖鲜一样，看到年糕炒海蟹上来后，坐在轮椅上的母亲很是兴奋，边吃边夸海蟹的味道鲜美，还一个劲地劝芳芳也品尝品尝。芳芳不敢告诉母亲，怕扫她的兴。偏偏同坐的一个小姐妹，像讲笑话般把那次自助餐的经历给道了出来。

随后的日子里，芳芳每次征求母亲想吃什么菜时，母亲总是说随意。想着母亲那么喜欢吃海蟹，芳芳提出买几只试试，不想母亲一口回绝了，说那天是照顾邻居的感受，才说海蟹好吃的，天下哪有比大闸蟹更好吃的。

看母亲说话间在吞口水的模样，芳芳明白母亲在说违心话。自己吃不得海蟹，怎么能连累母亲也不能吃了，于是就想起了法子来破这个局。终于有一天，芳芳听说吃了抗过敏药后，短时间不会产生过敏反应。

于是，瞒着母亲买来了海蟹，按照网上百度来的烧制方法，做出了一盆自己很是满意的年糕炒海蟹。在上这道菜之前，特地服用了一颗氯雷他定，这才当着母亲的面，夸张地吃下了一只蟹螯，就是想向母亲证明，自己已不再对它过敏了。

到底有没有过敏，母亲还真的不知道，芳芳是在照顾好母亲回到自己卧室后，才感觉到嘴唇上火辣辣的，连忙又加吃了一颗药，心里也是一阵阵地后怕，这种冒险的事看来真的是做不得。

跟在鱼塘上养蟹的老公聊起后，老公一个劲地埋怨她，你们是亲母女，不能好好跟母亲说清楚，偏偏那么自信，自己和老丈人养蟹脱不了身，真弄出点事来谁照顾她们俩。

听了丈夫的埋怨，芳芳一肚子委屈："我母亲的脾气你又不是不知道，我不吃她肯定也不会碰的，看她那么想吃，我又能怎样呢？你告诉我个好办法。"

办法还真让老公给想了出来。第二天近晚时分，芳芳提着一个方便盒回了家，告诉母亲，自己和几个小姐妹去聚餐了，临了把吃剩的年糕蟹给打包回来了，谁让母亲爱吃呢。

吃着女儿打包回来的海蟹，母亲直夸芳芳懂得娘的心思。却不知，这是芳芳特地让饭店烧制的，一半送到守在塘上养蟹的丈夫那里，一半带回家孝敬母亲，真正是两全其美。

原载 2020 年第 7 期《微型小说选刊》

画　匪

李永生

一不小心，吕四老爷被金华山的土匪谢老鸹绑了票。三个时辰前，管家带着一千块袁大头上了金华山赎票，和他见面的是土匪窝二当家的，二当家的望一眼摊在地上白花花的大洋，用脚尖朝管家的屁股点了一下，朝隔壁一个黑咕隆咚的小房间一扭嘴，坏笑着说："别弄一身臊气。"

管家没弄明白怎么回事，但当他见到吕四老爷，闻到他身上散发出来的臊烘烘的味道时，才明白，老爷尿了裤子。

管家怕土匪反悔，背上老爷慌慌张张出了匪巢。管家双手兜着老爷的大腿根儿，感到湿漉漉的。车夫远远瞧见管家背着老爷过来，赶紧掀起车篷轿帘，帮着管家把老爷放在车上，放下轿帘，一甩鞭子，马车轰隆隆跑了起来。

这时候的管家，认真地看了看歪倒在被褥上闭着眼睛的吕四，小心翼翼地问："老爷，他们没难为您吧？"

管家探着脖子挨近吕四，给他把被子盖在身上，这时那臊烘烘的味道便更加浓烈地扑过来，管家想掩一下鼻子，但又觉得这样做不妥，便顺势又给老爷掖掖被角。老爷的身子随着马车的颠簸晃动着，管家见老爷没答话，害了怕，把手指凑近他鼻孔去探是否还有呼吸，这时吕四突然睁开眼，撩起轿帘往外瞧，管家忙说："老爷，咱们出来有一会儿了，放心吧，离谢老鸹远了。"吕四长出一口气，整个身子瘫在被褥上，却又从鼻腔里哼出几句："妈的，在涞阳县，老爷我这辈子怕过谁？"管家心里一乐，他当然知道老爷是个爱面子的主儿。吕四提高声调说："狗日的谢老鸹。"管家随着接了下句："落到我手里剐了他。"

到家的时候已经是半夜时分，但吕家上上下下都还没睡，都在心急火燎地等待。管家把老爷背在身上进了门，大伙赶紧围上来。管家吆喝一句："快烧热水，老爷要洗澡……”忽然觉得不该这样大声吆喝，便又把声音降低对太太和姨太太们说：“老爷不小心，弄脏了衣裳……”

吕四老爷洗完澡，又吃了一大碗荷包蛋，睡下了，半夜里却又被噩梦惊醒了几次，第二天日上三竿，才从被窝里坐起来，把一家老少叫到跟前。吕四老爷披着被子盘腿坐在炕沿上，咬着牙说：“谢老鸹，狠哪！我见着他时，这小子正喝酒，一盘子圆滚滚的眼珠子，蘸酱吃。没见过阵仗的，敢被他吓死。可我老吕，不怕他，我还想跟他要碗酒喝呢！”太太吓得吐出舌头，说：“谢老鸹长啥样？”老爷“哼”一声：“恶人自然恶相。”二姨太抢话说：“说不上青面獠牙，也是凶神恶煞！”老爷“嗯”一声，算是对二姨太话语的认可。

吕四老爷对谢老鸹自是恨之入骨，吕四老爷决定，今年的“立春大考”，画谢老鸹。

立春大考，是吕四老爷的创举。少爷小姐加上孙辈二三十口，吕四很重视对子孙的教育，请私塾先生教孩子们读书，不论男孩女孩，都学习琴棋书画。为了鼓励孩子们学业进步，每年立春这天，便让孩子们展示一下才艺，比一次书画本事。到了那天，吕四亲自当主考官，哪个孩子考了第一，会奖励一个分量不小的金元宝。吕四给这起了个很大气的名字：立春大考。他说：“朝廷有‘秋闱大比’，我有‘立春大考’，如今科举废了，我吕家又把朝廷科考接上了。”

过去吕家的立春大考，是不设置主题的，任由少爷小姐们自由发挥，想画啥画啥，想写啥写啥。上次五少爷画了张“屎壳郎滚绣球”，画面上，一个黑色的屎壳郎正在滚动一个比它身体大好几倍的五颜六色的彩球。吕四说：“小五这画画得好，都知道‘屎壳郎滚粪球’，小五能把粪球变成绣球，想象力蛮丰富！”那个金元宝就奖给了五少爷。

转天，立春到，吕家上上下下喜气洋洋，孩子们个个欢天喜地，一心要挣这个金元宝。管家一大早就吩咐下人们把几十张桌子在院中摆放整齐，上面铺好了笔墨纸砚和各种颜料。时辰已到，孩子们各就各位，开始画土匪谢老鸹。

吕四老爷端坐着笑眯眯地看着儿孙们舞文弄墨，时不时地走下台阶，挨个看看，或者朝哪个小姐点点头，或者摸摸哪个少爷的后脑勺以示喜爱和鼓励。

比赛结束，吕四老爷和太太姨太太媳妇们挨个品评。

几十张谢老鸹画像，或是满脸络腮胡子，或者血盆大口，或是拧着眉毛瞪着眼，都是一副凶神恶煞的样子。小五画得最狠，把谢老鸹画成了独眼龙，正张着大嘴，把刀尖上叉着的眼珠子往嘴里送。吕四老爷不住地点头，太太媳妇们也不住地议论："这张好，够凶。""这张更好，要吃人的样子。"

只有七岁的孙少爷久儿和大家画的不同，他画的谢老鸹，面白无须，还长着一双丹凤眼。太太们一看，都笑了。太太说："小祖宗啊，你画的是大家闺秀千金小姐吗？"吕四老爷呵呵笑着说："我们久儿，想娶媳妇了。"

孙少爷的母亲把画拿起来笑着说："大家看哪，老爷让孩子们画凶神恶煞的谢老鸹，可久儿，天性善良，他心里就没有邪恶和丑陋，该好好保护和鼓励呢！上次老爷把金元宝奖励小五，不就是他把粪球画成绣球，把丑陋变成美丽，才惹得我们高兴吗？"

大家压根没想到她能说出这样一番话来，一个个面面相觑，竟不知道说啥好。

吕四老爷哈哈一笑，连忙说："说得好说得好！"

那个惹人眼馋的大元宝，就奖给了久儿。

其实吕四老爷心里明白，虽然他最宠这个孙子，但这个决定一点儿也没有偏心的意思。他在匪窝，压根没见到匪首谢老鸹，只见到了二当家的和几个喽啰，谢老鸹多高多矮多胖多瘦多丑多俊，他压根不知道。他之所以把谢老鸹说得那么凶神恶煞，不过就是让大家增添对土匪的憎恨和惧怕，增强防范意识。还有嘛，万一有人想起他吓出来的那一裤兜子尿臊，也会觉得情有可原呢，毕竟，匪首谢老鸹不是一般的凶狠！

原载 2020 年第 1 期《大观》

捡　漏

赵长春

黄明孺喜欢逛古玩市场。

他不搞收藏，就是喜欢看，转，沉浸在老字画、老器物的气息里，十天半月得走一趟，南天门广场。

南天门，俗称，袁店古镇的南门。当年防匪，镇有寨墙，开有四门。南门出来，是高埠，上走，故曰“南天门”。如今，寨墙早无，城河干涸，空留地名。那场地当年是老窑场、老钱庄、老门脸，老辈人说能吸古气，现在成了古玩聚散地。小归小，也有好货，看你识不。

黄明孺眼毒。他能捡漏。一碗，一竹，一绢，都能读出味道，品出文史。他看准的，一般不假，还总能买回来。黄明孺说，运气，缘分，不一样，如两个同时代、同款识的物件，看似没有差别，细究，各有讲说。遇上了，对眼，就带回家，把玩一番；不喜欢了，缘尽，再出手。他说，捡漏，可取不可求。不着急，永远有好东西，在等你。

与他人相比，黄明孺去南天门，带着现金，就在腰包里，掖在衣服下，贴着肚腹。他带手机，就是用来接打电话，很少扫码支付。人们嫌烦琐。他一笑。

黄明孺带现金去南天门的时候，多是看准了货品。五千元的物件，他就带四千六七。再晃悠到那家摊位前，指定瞅中的东西。摊主看是他来了，就想加价。黄明孺一下子就说到了摊主想要的价位上，再亮钱。

“我是真喜欢。可是没有太多的钱；再说，我欣赏完了，就出手了，还可能转到你这里。就这，你少赚一两百，给我留点回去的酒钱。我买到喜欢的物件，总要喝几口，邀朋友共赏……要不，你也跟我回去，咱一起喝？”他晃着手里的钱。

黄明孺多是这个方法：钱有压力，能把对方的坚持压垮。

也就是这个意思，人们对支付宝的数码有些漠然，对摆放在眼前的真切的人民币还是热情，就动了出手的心思。

“那好吧，给你，黄老板！”摊主反复看黄明孺的目光，再看那一沓实实在在的钱，就与他实实在在击了一掌，成交。“反正我的支付宝关联着老婆子的银行卡，嘿嘿……”

哈哈，四围的人们也就跟着笑了。

笑过，走人。再一会儿，摊主醒过神，不若给出价四千九的那人，虽然用手机支付。些许悔意在心里，也不表露出来。

也有不成交的，黄明孺就把钱收起，数准了，再递给摊主。“这样吧，我钱亮出来了，就不能带身上了，来往路上怕不安全。就存你这里，要是你的货想给我了，钱是你的，物是我的；要是你给了别人，下次逢集，我来，钱还是我的，不要你利息。”

这一招，也有学问。黄明孺的爷的爷，当年在南天门上露富，出手两根金条，没有做成生意，回去路上，就在河滩里，被劫杀。

那个年代，嗨！土匪多着呢。罗汉山，猴头山，丰山，黄明孺目光轮着袁店镇周围的山，说。

现在，好。多好！吃好，喝好，玩好，心情好，就活得好……

说是这样说，黄明孺到底是吃苦过来的人，即便在南天门捡了个大“漏”，依然珍惜万物，心疼东西，不过是喝羊汤时多加十块二十块钱的肉，多来一个火烧。

吃着，品着，几个老伙计就对上了话：虽说花钱比以前多了，可是什么都有，不缺，想要啥就有啥，好；政策也好，不种地不缴粮，还给补贴，好；现在的小孩儿们啥都好，一生下来掉在糖窝里，要是知道珍惜、记恩，就更好……

说着说着，就扯到了手机，扯到了花钱，说小孙子以为钱就在手机里，一扫，就能有好东西；不像真切的钱，一百块钱，换开，一两天就完了，花一点，总感觉少一点，心疼；现在，好像就是个数字，没有那种感觉了，说花就花。哈哈！

吃罢，说罢，黄明孺总要来到鱼市，买些活腾腾的小鱼，出镇，沿河走。走到僻静处，将鱼苗儿倒入袁店河中。手挥挥，走吧，赶紧走吧，到白河，到长江去。袁店河通着长江。

鱼是人类的祖先。我们都是从水里来的。这一点，黄明孺特别执着。

黄明孺还有句话，为自己的执着注解，就咱这袁店河，营养了多少人，敢没有水?!

——每年三月，黄明孺总要自费购买不少树苗，在南天门广场上任人自取，回去种，田头、房前、河滩、山上，都中。

人们说，他捡漏的钱，都花在这上面了。

也不知道真假。

原载2020年第4期《小说月刊》

精准扶贫往事

吴卫华

老郭是县物价局的干部，也是我家的好邻居，县里推行精准扶贫，老郭帮扶着大屯村三个贫困人家，政策内的事都好说，可政策外的，有时真让老郭哭笑不得，又不能不认真对待。我喜欢听老郭讲在乡下的扶贫故事，一次老郭讲到周广财的事，我听后感到心里异样温暖。

大屯村的孤寡老人周广财，老郭帮扶了他两年多，已脱贫，本着脱贫不脱政策，他还是老郭的帮扶对象。周广财一辈子没老婆儿女，但为人真诚老实。老郭第一次去周广财家，就碰到了一件凶险事，当时周广财因为便秘正在蹲厕所，听见扶贫干部来看他，拎起裤子想从厕所出来，不承想蹲的时间太长，刚站起来就头晕目眩，一头扎到砖砌的地面上。老郭不嫌污臭，把头破血流昏迷不醒的周广财，用车送到镇医院，自掏腰包给周广财付了医疗费，并给周广财买了身新衣服换上。周广财对老郭感激得不知说什么好。

老郭今年夏天到周广财家时，让周广财有什么困难只管说，周广财直搓两只粗糙的大手，双眼在自家院子里乱瞅，好像要随机找出一件困难事帮助老郭交差，可院子里满跑着鸡，圈里养着猪，粮囤里有小麦，堂屋里显眼处还有县里送的米面油，实在找不出衣食上的困难，周广财末了捡出一篮子鸡蛋塞给老郭："真要我说困难，就是养的鸡下的蛋太多了，我一个人吃不完，又怕坏了，这些年老是受政府救济，我心里过意不去，这篮子鸡蛋你就代政府收下吧。"

老郭忙说："我是来帮扶你的，怎么能从你家拿东西。"

周广财急了："你不要这鸡蛋，以后就别来我家了。"

老郭没办法，只得折中说："那你卖给我吧，白送真不敢收，有收贿的嫌疑。"

周广财想了想，蹲下身子去一个个仔细向外数鸡蛋，整整一百个，这数目怎么都像是提前准备好的。周广财数完鸡蛋说："五毛钱一个，一百个正好五十块钱。"

老郭知道乡下的笨鸡蛋一个卖一块五毛钱。"大爷，哪有这么便宜的？"

周广财把鸡蛋再一个个放回篮子里，执拗地说："我就这么卖的。"

老郭需要这篮子鸡蛋，周广财贱卖他只得贱买。老郭提着篮子向外走时，周广财在后面紧着嘱咐："这些可全是乡下真正的笨鸡蛋，我养的鸡，都是吃青虫、草粒、小麦长大的，没添加一点激素饲料。你家老大媳妇坐月子，正好吃笨鸡蛋补养身体。"

老郭愣了一下，周广财怎么知道他大儿媳妇坐月子在找笨鸡蛋的事？唉，自己对周广财的情况还有所不明，现在倒成周广财对他了如指掌了。

两年多的帮扶，把老郭和周广财紧紧地联结在了一起。有一次，周广财吞吞吐吐地同老郭说："我光棍一个，也没个什么大事，不知向外随出了多少礼钱。"

老郭笑说："你那意思想搞个事情，把礼钱收回来？"

周广财的老脸红了一下："我无儿无女，结婚办满月的机会想都别想，只有我死了办丧事，乡里乡亲可能来给我上礼。"

老郭吓了一跳："大爷，你千万别想这歪主意。"

周广财说："我还没有糊涂到要财不要命的地步，你要是肯帮我一个忙，我就能实现这个心愿。"

老郭说："只要能帮上忙的，我决不推辞。"

周广财看着老郭："你得说话算数。"

老郭一拍胸脯："我三天两头朝你家跑，不就是来帮扶你的嘛，你的事就是我工作上的大事，只管说。"

周广财说："我的年纪是你父亲辈的，我想让你给我当干儿。"

老郭再想不到周广财说出这样的话，不禁怔住了。周广财又说了："你是县里下来的干部，给我当干儿确实委屈了你。”

老郭怕尴尬了周广财，况且老爹在古代只是对老者的一种称呼，无关远近尊卑。老郭这么一想也就坦然了，笑嘻嘻地说：“从今儿起你就是我的老爹了。”

不想过了几天，周广财突然打电话要老郭紧急去他家一趟，也不说什么事儿。老郭急急赶了去，进院就见周广财家摆了好几桌酒菜，许多乡亲坐等老郭的到来。老郭不明就里，问周广财：“老爹，家里什么事招待这么多人？”

在座的乡亲都瞪着眼看老郭，老郭进门那一声老爹，把他们“哗”地全逗笑了，齐刷刷地站起来敬周广财喜得贵子。老郭一下子明白过来，周广财为了收回多年随出去的礼金，还真把他老郭当干儿公布于众了，这不是出老郭洋相吗？老郭无可奈何地配合周广财把戏演下去，心里对周广财很是生气。

等乡亲们吃喝完全部离开后，周广财把五千元礼金和他两万五千元的积蓄，全部拿出来递给老郭：“这是三万块钱，别嫌少，先拿去给老二救救急。”

老郭一下子明白了周广财的良苦用心，眼泪再止不住地流下来。老郭的二儿子开车撞伤了人，因为汽车只上了交强险，保险金额低，车祸惨重，得赔偿人家二十多万元，老郭正为筹钱焦头烂额。老郭紧紧握住周广财的大手：“老爹，这钱我真的不能要。”

周广财生气地说：“我也算是老二的干爷爷，你怎么尽跟我说见外话，乡亲都知道咱爷俩是干亲，钱财来往跟国法毫不相关。”

老郭跟我讲完这些，眼睛湿润润的。我俩都沉默着。老郭又开口说话时，就显得很动感情，他说：“这钱，我一定要还上。这情，我要记一辈子的。”

原载 2020 年第 1 期《百花园》

惊　鸿

卢世悦

北风呼啸，朔雪纷飞。

柳家庄庄主柳云飞长立门前，脸色凝重。

漫天风雪中一个人影渐行渐近，及至跟前，却是个十五六岁的少年。那少年向柳云飞作了个揖，说：“老爷慈悲！”旁边的管家不耐烦：“去去去，今日敝庄有事，不便接待！”柳云飞打量了那少年一眼，对管家说：“不得无礼。先带这位小兄弟进去用些酒饭暖暖身子，再取些盘缠送小兄弟上路。”管家很不情愿地把那少年引进宅里，边嘟囔着：“庄主就是心肠太好，也不看今天是什么日子！”

的确，柳云飞就是个好心肠的人，而且还好打抱不平。也正是因此才招来今日祸端。

两年前，不知从何方窜来一伙流寇，在合口岭上占山为王，掠劫过往客商，鱼肉邻里乡亲。久隆县衙几次围捕皆无功而返。柳云飞只身一人扮作客商，凭掌中单刀力败悍匪，斩匪首于刀下，一举踏平了匪巢。柳云飞此乃隐秘行事，一则不慕虚名，二则怕连累家小。

也不知是如何走漏的风声，半月前大门竟然钉了一封镖书，明言腊月十五血洗柳家庄，替兄弟报仇。

柳云飞忖思对方敢如此明目张胆，必有真本事。而本庄皆务农之众，少有习武之人。自己武功虽非一般高手能敌，奈何知己不知彼，况且事关身家性命，自是不敢马虎。乃密遣心腹携亲笔信物，昼夜兼程前往钦州府，请信威镖局和靖远武馆的武师前来助拳解难。

今日正是腊月十五，柳云飞辰时始即于门前迎候，至巳时，见十余骑披风踏雪，疾驰而至，乃所礼请之武师是也。柳云飞大喜过望，一阵寒暄，将众人迎进庄中。自有人张罗茶饭酒水，只等酒足饭饱一齐拒敌。

信威镖局领头的武师姓龚，见一少年端坐于厅上，说道：“原来柳兄早已请得高手在此，却不知此兄弟是何师承来历？”言辞间颇有不悦。柳云飞笑道：“龚镖头言重了，此少年乃过路之人，风雪难行，特请进庄中稍做歇息。龚兄看此小兄弟可像会武之人？”龚镖头哈哈大笑：“柳兄真大善人也，待区区一乞丐竟如此礼遇！”

言语间分宾主入席。柳云飞将今日祸事缘由细说于众人，听者莫不敬佩。靖远武馆一武师厉声说道：“柳庄主陷今日之困，皆因为民除害而起。彼等匪类，我侠道中人得诛之而后快！”

忽闻一阵尖锐的怪笑：“各位好雅兴，死到临头还推杯换盏，口出狂言。”众人但觉眼一花，厅中已多了一人！但见此人脸色惨白，偏偏嘴唇血一般殷红。两眼惺忪，似睡非睡的样子，就连站着也是左右摇晃，晃得看的人都头晕。

柳云飞沉声问道：“敢问尊驾是谁！”

那人仿若不闻，似是自言自语：“我是谁？我不是谁，我是……”

那人摇摇晃晃地拿起桌上一只馒头，一只苹果，把苹果放在馒头上，又摇摇晃晃地抽出剑，一剑向苹果砍下去，然后送剑回鞘，摇摇晃晃地到院子里，傻痴痴地望天。

苹果裂开两半，馒头则丝毫不伤。内力之深，剑术之高惊世骇俗。

龚镖头脸色煞白：“崔如风！催命符！”

不错，来者正是江湖中人闻风丧胆的“催命符”崔如风。崔如风阴恻恻地说道：“柳云飞，尔等出来受死吧。”

龚镖头朝崔如风一拱手：“在下信威镖局龚自晋，不识崔大侠尊颜，惭愧惭愧……”

只听一声叹息：“龚镖头，枉你自诩为侠道中人，竟然敌友不分。你把这个阴阳怪气的妖人称为大侠，那么，你是想成为他那样的侠呢还是想让这怪物变成你这样的侠？”说话之人却是那弱不禁风的少年。

崔如风冷哼一声：“小子找死！”

柳青云一跃而出，大喝道：“且慢！难道阁下对不会武功之人也不放过！”

那少年对柳云飞一揖到地：“本人自幼孤苦，浪迹江湖受尽凌辱，文不能断字武不能握剑，总觉人生无趣。今日得庄主抬爱，心中甚为感激。倘若在下区区小命能换庄上太平，亦不失为人生一大快事。催命符，听说你有一条臭规矩？”

崔如风冷冷说道：“不错，崔某是有个规矩，凡有与事主无关之人愿挺身受死，可饶在场之人三月活命！”

柳云飞愤然说道：“习武之人，虽万死却不受此凌辱。”

崔如风阴恻恻笑道：“此时是我和这小子的契约，今日崔某就是要羞辱你们这些所谓的侠义道。三月后，在场的每一位都得死！”抬手就向那少年的天灵盖拍下！

忽闻“咿呀”一响，声音短促凄厉，自各人耳中直透入骨髓，莫不打了个寒战！那崔如风的手掌就硬生生停在少年头上一寸的地方。

门口缓缓走进一个瘸子，手里提着一把二胡。半边脸留下似是被烈焰焚烧过的疤痕，好不吓人。莫非方才那“咿呀”一响就是他所发？

众人怔怔地望着那瘸子。风停了，雪更大了，纷纷扬扬地飘落。但是没有一片雪花能飘到瘸子身上。

那瘸子并没有理会众人，但见他衣袖往一边的石桌一拂一圈，桌上的积雪没了，却多了一个面团似的雪球。崔如风只见人影一闪，自己的剑已到那瘸子手中，又是寒光一晃，一缕头发被削落，瘸子用剑往那缕头发一拨，一根头发缓缓落在雪球上。瘸子朝雪球一挥剑，反手把剑塞回了崔如风的剑鞘。

“今日之事到此为止，但凡柳家庄人有丝毫闪失，哼！”众人只觉眼一花，待反应过来，哪还有瘸子和那少年的影子！

崔如风惊魂甫定，走近那石桌看了一眼，猛然怪叫一声，身形箭一般向院外射出。

雪球完好无损，头发却已分为两截！

雪，下得更大了。

原载2020年第2期《百花园》

马 老

三 石

马老其实并不老，只不过一副老气横秋的样子，当张平脱口而出马老时，马老哈哈一笑，你叫我马老，我有这么老吗？张平的表情便有些尴尬。

不过，张平依旧没有改口，马老也由得他去。

系统内一次廉政书法大赛，邀请了马老当评委。参赛的选手并不多，却大多是系统内的大小领导，张平则是个一般干部，这特等奖，来之不易。

是马老力排众议，果断拍的板。

张平前来拜访，壮着胆子提出拜马老为师。

马老说话倒也坦率，你虽然得了特等奖，但书法基础并不扎实，权当爱好罢了，拜师不必，有空常来交流则可。

马老看得出，张平有些泄气。但没想到，从此以后，张平便经常登门。说是交流，其实就是拜请马老指点斧正。时间久了，马老对张平越发地喜欢，虽说底子在那儿，张平的书法兴许永远业余，但年轻人有这份热情，也是难得。除了笔墨交流之外，两人还时常择风清气爽时外出野钓，然后选一偏僻酒馆对酒当歌，即便酒后放肆称兄道弟，酒一醒张平依旧尊称一声马老。

两人这种交往持续了好几年。

张平在单位虽然一般，但并不代表能力水平不行，除了书法不错，文字也有些功底，经常有文章在报刊发表。那会儿市里一位新来的领导到处物色秘书，无意间发现了张平的才华，便一纸调令将张平调到了身边。

张平成了领导秘书，不似以往那么清闲了，向马老讨教书法的时间与日俱减。这也没什么，以马老的话说，年轻人当以工作为重，书法只是爱好，闲时修身养性而已。但逢年过节，张平还是会带一些不值几个散碎银两的土特产，到家讨一杯薄酒，酒后挥毫泼墨。

张平仕途起步较晚，年近三十才得一副科，自从当了领导秘书后，很得领导赏识，不几年就做到了副处。这还不算，在领导荣调之前，又将张平推到了县里担任常务副县长。

说来也怪，张平虽与马老交情不薄，却是从没有一幅马老笔墨，也曾经讨要过，马老都借故推托。但在张平行将赴任之际，马老为张平备薄酒饯行，酒后当即写字一幅，一气呵成。张平接过一看，却是北宋宰相王旦七律《咏廉》中两句——兰开幽谷堪岑寂，桃绽凌残勿恋春。笔锋苍劲有力。

张平顿时动容。

张平在县里工作了十数年，其间也曾换过几个地方，做事做人有口皆碑，官声甚佳。职务也是稳中有升，直至做到了县长位置。虽说不多，但张平偶尔还是会登门看望马老，照例喝酒写字。张平说在县里不写，一则工作太忙，二则也怕爱好被好事之徒利用。

马老闻知，默默点头赞许。

张平担任县长的次年，马老六十退休，去了杭州与儿子同住，时间久了，与张平的联系就更加少了。

马老在儿子家赋闲，但其书法功底却是老而弥坚，经常飞机高铁天南海北地参加书法展，也常被邀请出任各类书法大赛之评委，日子倒也过得充实。其间偶尔闻知张平消息，却是上了仕途快车道，升任一家省属国企的老总。

又过了几年，因为身体缘故，马老已不再长途奔波，每日看书写字修身养性。一日，也是书法界好友力邀，马老再次出山，出任书法大赛评委。大赛奖金极高，名家高手趋之若鹜。组织方从上千幅参赛作品中初选出十余幅，交由马老等终审评委最后敲定。其中特等奖一名，却有明示。

一幅行书作品，取材于北宋宰相王旦七律《咏廉》中两句——兰开幽谷堪岑寂，桃绽凌残勿恋春。虽然大赛规定不能署名，但马老火眼金睛，认出这是张平的笔墨。这么些年过去了，水平虽然有所提升，但入围终审已然不妥。马老沉默良久，当即提出反对。组织方急了，挑明大赛所有费用均由作者所在企业赞助，而该作者则是企业老总。

马老长叹一声，不再吱声。

这夜，赞助企业宴请评委，马老本想推迟，但架不住众多朋友好言相劝。进了酒店，只见张平满脸堆笑地迎了上来，紧紧握着马老的手，激动地说，马老，好些年不见了，您身体好吗？

马老面无表情，将手抽回，不敢当，张总还是叫我老马吧！

原载 2020 年 5 月 20 日《教师报》

走出迷境

厉周吉

第三次回到起点时，赵立、张建和王晓额头的汗水都顺着黄中带白的脸颊唰唰地往下流。

目力所及，全是参天大树，密密麻麻，无边无际，看不出变化，望不到边际。几天前，下过一场小雨，林中弥漫着淡淡迷雾。身边蚊虫萦绕，周围鸟鸣聒噪，野狼嚎叫此起彼伏……张建和王晓的腿禁不住开始打战……

明明是一直朝着南方走的，为什么走着走着就回到了起点？以前从未遇到过这种情况，这可如何是好？

天阴沉沉的，雾越来越大，看不见太阳，也无法确定时间。他们估计，已经是下午两三点了，必须尽快回到林场。如果天黑之前回不去，他们就很难活过今晚。出发前，他们没打算在森林住宿，什么准备都没有。

他们三个人同村，都是从老家山东到吉林闯关东的，赵立已来十多年了，张建与王晓去年才投奔赵立而来。

他们在森林深处的一处林场工作，附近森林里可以卖钱的东西不少，每当有空闲，他们就结伴出去，挖山参、采中药或猎取一些小动物，增加收入。

挖参异常危险，森林深处常有野兽出没，弄不好就会被野兽伤到。几乎任何有参的地方都会有毒蛇，许多挖参人，还没靠近山参，就已被毒蛇咬伤或毒死。在森林深处，经验不足者，一不小心就会迷路，挖参人永远也走不出森林的事时有发生。

虽然如此危险，但还是有很多挖参人冒险深入森林。任何挖参人，都梦想挖到千年人参，一夜暴富，虽然这种事的概率很低。

刚才他们挖出了一株形状怪异的老山参，凭直觉，这棵参肯定很值钱，具体能值多少，他们谁也拿不准。

森林深处怪事很多，据说挖参人遇到人参前，常会做奇怪的梦。梦见年轻人，参龄一般不久，梦见老人，一定是老山参。头天晚上，王晓梦见自己在森林迷了路，后来碰见一位老太太，在老太太的指引下，他才走出森林……

王晓把这个梦告诉了赵立，赵立说，今天我们可能会挖到老山参，他让王晓带头，朝着梦中的方向寻找，在离林场十几里远的地方，果然找到一棵老山参。

挖参前，他们与毒蛇进行过一次殊死搏斗。离山参十几米远，他们就被一群毒蛇围攻了。那是一群褐色小蛇，蛇体虽小，却有剧毒，只要被咬，必死无疑。不过张建擅长打蛇，他们在张建的指挥下，协同作战，很快击退毒蛇。

山参是我梦到的，不管卖多少钱，我拿七分，你们两个拿三分。我今年三十了，家里屋都没盖，我想用这些钱盖屋娶媳妇。刚挖出山参，王晓就着急地说。

凭什么你拿七分，要不是我想办法打退毒蛇，你还能在这里说话？你想娶媳妇，我还想给我娘治病呢！张建说。

赵立紧绷着瘦长的脸，抬头看天。赵立很少说话，但是话一出口，掷地有声。他们都希望赵立表态，可是他一言不发。

看到了吧！弄不好，我们连小命都得搭上，怎么分钱重要吗？赵立终于发话。

要是有谁带着指南针，就好了，偏偏我们都忘记了。张建说。

说这些中什么用！王晓抢白张建。

他们同时看赵立。赵立再次沉默。野狼的嚎叫声越来越刺耳……

我们先走走看，老待在这里，也不是办法！过了一会，张建说。

如果方向不正确，胡乱走，还不如在这保存体力呢！赵立说。

这次我们不要再聚在一块，而是拉开距离往外走，每人相隔十多步，随时吆喝着，前面的不要回头，也不要转弯，后面的保持能看到前面人的后脑匀……赵立半天才说。

为什么要这样？王晓怯怯地问道。

别管为什么，听我的就是。赵立坚定地说。

王晓走在前面，张建在中间，赵立在后面。

不一会，张建和赵立就发现王晓转身朝他们走来。张建叫他不要转身，王晓认为自己没有转身。赵立说，啥也别说，转过身，往前走。不一会，王晓又转脸朝别的方向走去，张建急忙提醒……

就这样，他们边走边校正方向，等他们走过一道山梁，忽然，豁然开朗，林场就在前面……

他们都问赵立为什么这样能行，赵立笑着说，三个人聚在一起，几乎和一个一样。这样，既看得远，又能及时修正错误，三个人就能真正形成合力，犯错的概率自然就低了！

听完赵立的话，王晓和张建不禁面红耳赤。

这事发生在上世纪八十年代，他们三个人都是我们村的。后来赵立一直在东北发展，现他自己经营的参厂规模已经很大。2000 年后，王晓和张建回到村里，他们三人共同出资为村里修了一条通往山外的路，还合资在村里建了一家农产品加工厂。此后，我们村就比周围村更快地富裕起来……

原载 2020 年第 5 期《微型小说选刊·金故事》

卡斯特的礼物

陈 炜

傍晚，卡斯特住进了西罗王国都城最好的酒店，尽管他已接近身无分文。最后的几枚铜币作为小费给了酒店的侍应，卡斯特让他帮忙送两封信，一封当即送出，一封第二天一早送出。

洗漱一番，卡斯特坐在窗下静候。天光暗淡，月牙高悬，城中灯火辉煌，一切和十年前一模一样。

门上轻轻响了三下，卡斯特忙奔过去，开门将人让进来。

“父亲！”卡斯特唤了一声。

面貌清癯的老人看着眼前的虬髯大汉，好久才认出来，他抱住儿子的肩膀。“信里说有人知道你的下落，我急匆匆就赶来了！”老人泪流满面。

“信就是我写的。”卡斯特笑着说。

老人抹了把泪，把儿子按坐在椅子上。“这些年，你去哪儿啦？我找你找得都快发疯啦！”

“我就在王国里，之前匆匆来过两次都城，每次都看到了你的身影，只是不方便和你见面。”卡斯特说，“请原谅我。”

“孩子，老公爵已经去世，应该不会有人再追究你，为什么还不回家？”

“不，亲爱的父亲，我不这么认为。”卡斯特说，“事情远比你想象的复杂。”

“可是，你再不回家，就可能见不到我了。”老人又流泪了，“你看，我现在真的老了，时日无多。”

卡斯特眼眶湿润，说：“父亲，我比以往任何时候都想回家。可是，现在还不是时候。”

“那好吧。”老人说，“只要你平安，我就放心了。”

卡斯特忽然脸红了，说：“父亲，生日快乐。”

老人一怔说：“自从九年前你母亲去世，我就没再过生日。多亏你还记得。”

“我没有带任何礼物。”卡斯特跪在父亲面前，“对不起，我欠你的太多。”

老人笑了，说：“孩子，这次见面，就是你给我最好的礼物。”

父子俩聊着聊着，眼看天色将晓。几年不见，他们有聊不完的话。

“父亲，你该回去了。”卡斯特不舍地说。

看着老人在走廊里慢慢走远，衣衫破旧，背影佝偻，卡斯特的眼眶又湿了。

睡了两个钟头，卡斯特在房间里享用了一顿精美的早餐。

又有人敲门。卡斯特和来人紧紧拥抱。来者是首相府的首席卫士克尔多拉。

十年前，血气方刚的贵族子弟卡斯特在大庭广众之下，怒斥首相海德拉斯公爵营私舞弊，令后者颜面尽失。海德拉斯公爵咽不下这口气，命令克尔多拉等多名卫士秘密除掉卡斯特。克尔多拉与卡斯特本是剑术学校的旧识，后来虽然很少来往，但彼此敬佩。克尔多拉暗中报信，卡斯特逃出生天。海德拉斯公爵大怒，停了卡斯特一家的年俸。贫病加上思儿心切，卡斯特的母亲不久病故。

“老朋友，你找我来有什么事？不会只是想见我吧？”克尔多拉说。

“我确实很想见你。”卡斯特说，“除了我父亲，你是这世上我最想见的人。老朋友，我累了，不想再躲躲藏藏。”

“难道你想回家？你要知道远远还没到这一步。公爵虽然上个月逝世了，但他的儿子拉辛继承了爵位和相位，他跟我们说，对你的密杀令依然有效。”

“我当然知道。只是我不想再跑了。”卡斯特说，“待会儿我就乔装打扮一番，悄悄到拉辛那里去受死。”

“不，我的朋友，你不能就这样放弃。你知道吗，十年前可是有很多人把你当成英雄的！”克尔多拉着急了。

“这些都过去了。”卡斯特说，“我已经跑不动了，谁也不能阻止我的决心。”

“你不管你父亲了吗？”

卡斯特说：“当然不是。可就算我活着，我们也不能相见，我只会连累他。

如果我秘密赴死，拉辛替他父亲出了这口气，说不定会看在我父亲当年曾和他父亲一起为王国奋战的分上，恢复他的年俸。”

克尔多拉说不出话来。

“老朋友，除了见你最后一面，还想请你帮我两个忙。”卡斯特说。

“尽管说。”

“请你帮我支付我在酒店的开销。”卡斯特说。

“没问题。”

“第二个，”卡斯特取出十五个信封，“这是我写给父亲的信，请你在每年的这个时候，前后相差几天都没关系，托人寄一封信给我父亲，让他以为我尚在人世。我相信，我已经是能支撑他活到现在的唯一原因了。”

原载 2020 年 6 月 8 日《衢州日报》

敬 烟

林万华

早晨一上班，闫乡长便对办公室秘书说："小刘啊，给我准备一条柳河烟。"闫乡长烟瘾大，一天至少抽一包烟，秘书小刘知道，但依然心存疑惑：前两天那条中华烟这么快就抽完了？柳河烟太次，他哪儿抽得惯？闫乡长仿佛看出了刘秘书的心思，会心一笑，冲他摆了摆手，刘秘书一脸茫然地离开了办公室。

柳河烟很快送到了，闫乡长独自坐在办公桌前，拆掉包装纸，取出两盒，打开其中一盒，抽出里面的烟，顺手扔进纸篓里。随后，又将空烟盒里装满中华烟。闫乡长一手拿着一盒真柳河，一手握着一盒假柳河，走到身旁的衣架前，他下乡时穿的灰色夹克衫，还挂在上面，隐约有灰尘落满肩头。他把假柳河装进左兜里，真柳河装进右兜里，嘴里念叨着：左中华，右柳河。

次日一早，刘秘书开车同闫乡长赶往后坡村。路上，闫乡长心事重重：后坡村这些年一直未脱贫，孙县长来调研，村民会不会发牢骚，给他出难题？乡政府换届工作下半年开始，节骨眼上，可别节外生枝。他和村长打过招呼，让他安排靠谱的人参加座谈会，但心里还是不踏实，身上感觉燥热，便脱下夹克衫，放在座椅上。

半个多小时后，车已驶入后坡村，村委会大院里，两棵老槐树下，摆了七八条长板凳，村民代表早已到齐。闫乡长的车停在院门外，他走进大院，有几个村民代表他看着眼熟，心里多少踏实了些，对迎上来的村长点点头，便微笑着在大伙面前坐下来。

随后跟来的刘秘书，将闫乡长的夹克衫搭在他身旁的长条凳子上。刚才，闫乡长下车时没穿夹克衫，刘秘书拿起时，发现座椅上有两盒柳河烟，他担心再从兜里掉下来，便左右兜里各装进一盒。

闫乡长给村民代表开会前会：拉家常，说贴心话、感谢话。

会刚开完，孙县长就到了。同来的县电视台记者，走进大院便忙着架起了摄像机。

闫乡长扫了一眼对面的摄像机，镜头像一只睁圆的大眼睛在盯着他，闫乡长心里觉得挺别扭。

村民代表见这架势，都闭了嘴，现场气氛瞬间变得沉闷起来。闫乡长见状，想活跃一下气氛，便站起身，一手拎起夹克衫，一手伸进右兜，掏出一盒柳河烟，笑着给村民代表和孙县长敬烟。他庆幸自己想得周全，领导和村民一样抽柳河，摄像机看得清楚。

村民代表抽着闫乡长递来的烟，有人满足地点着头，有人嘴里悄悄念叨着：这烟好，香、柔和。一个中年人，盯住烟上的字，用腿碰了一下身旁的瘦高个儿，惊诧地低声说：瞧，“中华”。咋是中华烟？他手里明明拿的是柳河啊。瘦高个儿笑着，悄声说：咱是沾了县长的光。

孙县长接过烟，看了一眼，却没有抽，神情若有所思。

现场的气氛重新活跃起来，趁着热闹，闫乡长顺手便从左兜里掏出一支烟，叼在嘴上，随后点燃，刚吸一口，便眉头紧皱，咳嗽不止。他扫了一眼手里的烟，不由得一惊，这左兜里的烟，咋变成柳河了？明明是左中华，右柳河啊。他扭头盯了一眼身旁的刘秘书，刘秘书则一脸茫然。他想把烟掐灭扔掉，又觉不妥，便任由那支烟在指间慢慢燃烧，直至化为灰烬。

下午，返乡路上，闫乡长心情沮丧，刘秘书忐忑不安。刘秘书从村民代表的议论和孙县长的表情中，看出了事情的端倪。烟是他无意放错了位置，那两盒烟包装一模一样，谁会想到里面还藏着秘密。他想解释，但闫乡长没问，自己若主动提起，反而使他生疑。不说，可夹克衫是他从车里拿出来的，只有他能接触到那两盒烟，他因此仍会被怀疑。刘秘书越想心里越懊恼越紧张，握方向盘的手，不由得微微颤抖起来。小刘，累了吧？闫乡长语气温和，脸上露出微笑。刘秘书似乎感觉到了什么，忙说，不累。随后，双手紧紧握住了方向盘。

他想，这些年他没少为闫乡长出力，为这点小事，他哪能怪罪我呢？

突然，闫乡长的手机响了，他叫了一声孙县长，便再无下文。刘秘书从后视镜里，看到闫乡长的脸色越来越阴沉，眉头皱起肉疙瘩。挂断电话，闫乡长长叹一声，仰靠在椅背上，愤愤地说：都是敬烟惹的祸！

一阵沉默过后，刘秘书说：闫乡长，我说句话您别生气，您把烟戒了吧。为啥？刘秘书说：出门在外，您次烟抽不惯，好烟不敢抽；在家，嫂子不让抽，这不受罪吗。再说，不抽烟，身体好，少出错，进步快呀。闫乡长沉思片刻，说：戒烟难啊。刘秘书说：为进步，再难也值。

此后，闫乡长果然戒烟了。刘秘书也不再是秘书了。

原载 2020 年 8 月 7 日作家网

考　试

余显斌

在英子眼中，老公朱周就是傻，就是不开窍：不就一个林业局副局长嘛，还学起包龙图了。

英子说时，眼里带着嗔怪，带着一丝微笑。

她说的，当然也包括朱周给塔园茶厂找茶钱的事。

塔园茶厂是一个叫塔园村办的厂。塔园村在一处山里，被雾气和山色包围着，开始的时候没茶，满山遍野都是野草，风一吹，一浪赶一浪，一直延伸向雾气朦胧的地方。塔园人守着无边穷山，守着满山的荒草，没钱，就一个个出门去打工。朱周去扶贫，看了这土说："能种茶。"

当年春天，他就运来茶籽。

细雨一下，草色冒嫩，河里的水刚刚变软，他就带着村民上山去种茶：一年茶发芽，二年茶生长。第二年清明前后，朱周匆匆赶来，采了一些茶芽，手工杀青，揉制成茶，拿到局里，放在陆局长案头道："局长，尝尝咋样？"陆局长爱品茶，自诩茶圣后人，就用开水泡了，青绿茶汤，一片明净，缓缓啜了一口，闭着眼，一股草木清华在舌尖缭绕着，缠绵浮荡，就睁大眼夸道："好茶，哪儿的？"

朱周一笑，将塔园茶说了。

他说，现在那儿满山茶叶，一片翠绿，可没茶厂啊。

陆局长急了，就催促道："办个茶厂啊。"

朱周告诉他，当地村民都没多余钱，哪有资金办厂。陆局长拍板定案，林业局投资，马上办厂，明年就能采了，不能让茶农受损。

当年冬天，塔园茶厂就出现了，在塔园村的山弯处，被一片翠色围绕着。

当又一个春天到来，清明雨一下，柳丝变黄，桃花杏花梨花一片灿烂的时候，塔园村满山遍野茶叶冒芽，青嫩如蚁。一个个茶农高高兴兴上山采了茶，到了茶厂，一手交茶，一手接过茶钱，乐呵呵的。塔园人少地多，茶叶也多。一年下来，每家收入几万元。一下子，全村人都脱贫了。大家没什么感谢的，就送朱周几斤雨前茶，谁知朱周咋都不要。

不要不行，塔园人说，不要不许走。

朱周笑笑，只有收下茶，临走时，将茶钱塞进厂长手里，骑上摩托跑了。

本来，英子不知道这些的，谁知一个同事当时一起，就告诉了英子。英子听了，白了朱周一眼道："就你清廉！"

朱周笑着，默默地不说话。

英子事后告诉朱周："清廉可以，但这次局长不能放弃了，论资历论贡献，都应是你了，你如果放手，知道的人说你不当，不知道的人说你没用。"

朱周点点头道："知道。"

"听说县委让陆局长在本单位推荐一个继任人。"英子轻声提醒。

"知道。"

英子叮嘱："找找陆局长，拉拉关系。"

朱周说，咋拉关系，陆局长私下里都放风了，谁将来接替局长职务，就得帮他儿子毕业后在林业局找一份工作。朱周道："那是啥？不是做生意吗？"

两人都不说话了，一时都默默地坐着，许久，英子自言自语道："陆局长很好的一个人，咋恁样啊？"

朱周摇头不语，他决定，自己不找陆局长。

他不找陆局长，可陆局长却找上了他，准确地说，不是陆局长找到他，是陆局长老婆找到英子。然后，英子就给朱周打电话："你快回来，有急事。"朱周匆匆赶回来，英子拿出一张银行卡，告诉他，刚才陆局长老婆来了，放了一张十万元的卡，告诉她，陆局长已经向上面推荐朱周当局长了，朱周当局长大概八九不离十了，到时，他们儿子毕业回来，希望朱周能给找一个工作。

“胡来。”朱周冷着脸说。

“咋办啊？”英子急道。

朱周看英子很急，反而不急了，开玩笑道：“你不是说我傻，不会贪污嘛，现在咋害怕了？”

“那不是夸你嘛。”英子气得白了朱周一眼。

“你说咋办？”朱周问英子。

英子说：“送回去。”

“局长呢？”

“哎，还……是推掉吧，这样当上局长，以后别人会戳脊梁骨的。”

“真是我的好老婆。”朱周赞道。

英子得意地道：“你以为呢？”

两人拿着卡，如拿着一块火炭，坐卧不宁，一旦商定，就匆匆走出去。外面，雪漫天飘着，如一团团棉絮一样砸向地上，已经是晚上了，地上一片白。两人顾不得这些，匆匆去了陆局长家，按门铃，没有人。无奈，两人只有站在鹅毛大雪中等着。当陆局长和老婆回来时，门口站着两个雪人，一个是朱周，一个是英子。听了朱周来意，陆局长呵呵一笑道：“我终于放心了。”

“啥意思？”朱周和英子听了这话，都有些不解。

陆局长老伴笑了，告诉他们，陆局长想推荐朱周，又有点不放心，于是，就提前放风说让继任者照顾自己儿子，接着又让自己行贿，都是考试。

至于银行卡，陆局长没接，那是另一个想当局长的人送的。

陆局长说：“他有钱，这点就捐献给塔园村的养老院吧。”

原载2020年8月5日《检察日报》

补鞋匠老谢

陈志江

小区门口有棵长得枝繁叶茂的大榕树，树下面有个补鞋的小摊子，那是补鞋匠老谢的地盘，多少年了，几乎都是他这一个小摊子独占了这一带的补鞋生意。

曾经也有过一个补鞋匠眼红老谢的生意好，心痒难耐，就在老谢旁边摆起了摊，但顾客都是奔着老谢去了，新来的那位同行门可罗雀，两天之后，就自动消失了。后来逢人就说，老谢这人有邪术，说不定是在顾客身上下了蛊呢，不然怎么那些顾客都只帮衬他的摊子呢？

这话传到老谢耳中，老谢只是摇摇头，淡然地一笑。

其实，老谢哪会下什么蛊？只是手艺好一些，经他手修补过的鞋子，美观，耐穿，价格又比别人便宜些，所以老顾客都愿意帮衬他。

老谢不但手艺出名，他的节俭也是出了名的，身上长年穿的是那一两套灰不溜丢的衣服，吃的喝的，都是从出租屋带来的，舍不得掏钱去买那些十几元一份的快餐。菜很简单，通常是一只煎鸡蛋，一点青菜，或者一点咸菜，偶尔出现几片肉，那一定是过什么节日了。

“老谢，你一天挣的也不少，就不要太难为自己了，买点好吃的犒劳犒劳自己吧。钱财嘛，身外之物，生不带来死不带去，别熬坏了身子。”退休已几年的老校长邓伯跟老谢是老熟人了，说话就很直接，也不怕伤了他的自尊。

“嘿嘿，吃得再好到头来还不是要拉到茅坑里去？我们这种手艺人，没那么多穷讲究，能混个肚儿圆就不错喽。”老谢憨厚地笑着，摇着头，一头花白的头发随着脑袋在晃动。

邓伯就摇头叹气，这个老谢，真是钻进钱眼里了。

说归说，不远处大排档里飘出的炒菜香味还是会常常勾起老谢肚子里的馋虫，但老谢忍得住，他的钱，要留着有大用处呢。老家的三间泥砖屋，很破旧了，下大雨的时候，到处漏水。老谢做梦都想把那破屋拆掉，建一幢两层的小楼房，住着舒坦，在乡亲面前也倍有面子。

每天收了摊子，回到出租屋点算一天收入的时候，那些花花绿绿的票子，在他面前仿佛就是一块块青砖、一包包水泥。

到了年底，就攒够钱建房子了。他喜滋滋地盘算着。三年没回家过年了，总是舍不得花钱买车票回去，老伴在电话里都抱怨好几回了，说七十多岁的老娘天天念叨他。老谢决定了，今年一定回去过年，顺便把房子建起来。

这一走，不知道什么时候再回这里摆摊呢，或许就不再来了，在家耕地种田也不错，老伴一个人侍弄家里那几亩田地也挺不容易的。

心里有盼头，日子就过得飞快，转眼就到年关了。邓伯今天经过老谢小摊子的时候，看见老谢嘴角含笑，很惬意的样子，就在他身边的马扎上坐下来，问："老谢啊，今天是不是有什么喜事呀？见人就笑眯眯的，捡到钱了？"

老谢一张核桃样的老脸舒展开了，说："我心里乐和呀，比捡到钱还高兴呢，明天就坐车回老家过年了。哎呀，都三年没回去了，家里都不知道变成啥样喽！呵呵，小孙女都六岁了，三年没见，不知道还认不认得我这个糟老头子呢？真想听她脆脆地叫我一声爷爷呀！"

"那啥时候再来呢？习惯了每天找你唠嗑，你这一走，日子就寡淡无趣了。"

"说不准呢，这次回去把新房子建起来，或许就不再来喽。"老谢的语气里有自豪，也有发自内心的留恋。

邓伯比他还要高兴，这些年总是听老谢念叨房子的事情，现在终于快梦想成真了，真替他开心。

第二天，邓伯送他到了高铁站，分别的时候，邓伯紧紧地握着老谢的手，说："新房子建好后，记得多拍几张照片发给我，让我也乐和乐和。"

老谢鸡啄米一样点着头。

没想到，仅仅过了一个月，老谢的补鞋小摊又悄然出现在大榕树下。

“咦，老谢，新房子建好了？”邓伯很意外。

“没建成哪。”老谢有些难为情，那模样，好像谎言被戳穿了一般。

邓伯的脸上写满了问号。

“村小学破得不成样子，我把钱拿去修学校了。我的小孙女在村小学读一年级呢。”老谢依然是带着那样憨厚的笑容，仿佛在说一件无关紧要的事情。

原载 2020 年第 4 期《小小说家》

夜行记

冷　江

小时候，常听奶奶说走夜路的故事。

最常说的是，你出门时要一直朝前走，不要回头，因为你的身后始终有一个门神在跟随保护你，一旦回头，门神就会自行离去。还有一个比这更惊悚一些，说是有人走夜路，走着走着，听见身后有声音，不敢回头啊，硬着头皮继续走，突然感觉后背有东西爬上来，接着双肩和脖子都感觉到异样，忍不住回头来看，不看不打紧，这一看啊，立马吓尿了，咋了？一个吸血鬼正趴在自己后背，一双锋利的爪子搭在自己的双肩上，这一回头，不偏不倚，正好把咽喉给亮了出来，吸血鬼二话不说，张开血盆大口就咬——

这种故事听得多了，走夜路当然成为一种极刺激、极恐慌的事。

我的职业决定了我要经常走夜路。那一年，深秋，开长途送一趟货去武汉，因道路维修耽搁，下午两点来钟，才从皖南山区的石城县城关镇出发，紧赶慢赶，过江到安庆时，已经五点多了。阴天天黑得早，为确保第二天能把货送到，我决定不在安庆停留，连夜从怀宁进大别山区，走山道，虽然路险，但距离短，能节省出时间来。

那年月，大别山区还没有高速公路，即便是省道和国道，也都年久失修，虽然着急，但为安全起见，我还是尽可能把车速控制下来。

从怀宁进潜山和岳西，从地名你就能看出来，越往里走越逼近深山区。路不好走还在其次，关键是路上车辆越来越少，加之群山深处不断传来的鸟兽叫声，更给这漆黑的夜行增添无限的恐慌。

司机都知道，最怕一个人走夜路，最希望有一个人陪着唠唠嗑，可不敢打瞌睡，眨一下眼睛，都有可能让车子要么撞上山岩，要么掉下悬崖。

那次出车，本来领导安排了刚子跟我搭班，可临时刚子接到老家电报，火急火燎地要赶回去。人出门在外，总有犯急的时候，我当然不好阻止。

就在我以六十码的速度沿着崎岖的山路行驶时，突然我的头皮一下子紧了起来。借着远灯的光圈，前方几十米，似乎有一个黑影在移动。我瞪大了眼睛，双手死死地握着方向盘。靠近了，这才发现，原来是一个青年骑着一辆山地车在艰难前行。我因为紧张，看得很仔细，这是一个满脸胡须，头发乱得像蓬草的骑行族。整个身体绷成了一张弓，虽然看不清他的表情，但我能感觉到他的惊恐。在我的货车靠近他时，他和山地车就像喝醉了酒，竟一下子乱了章法，差点摔倒。

也难怪，在这么偏僻的深山，在这么荒凉的夜晚，在这么孤寂的道路上，一辆大货车和一个单身骑行客相遇，会有什么样的感觉呢？

我的惊恐丝毫不比他少。他的山地车每摇晃一下，似乎我的大货车也在跟着摇晃，我的心也跟着一起摇晃。很快，我的货车超过了他的山地车。不知什么因素诱发，我想起了小时候奶奶的叮嘱，走夜路千万不可回头。

可那一刻，我抑制不住地想回头。幸好还有汽车后视镜！

通过后视镜，我发现他挂在山地车车把上的手电，灯光越来越小，越来越暗淡了。看来是电池的电快用光了。在这样的山路上夜行，一旦没有灯光，那会是什么样的结果？

我不由自主放慢了车速。我想是不是等等他，让他能看得见我的车灯。

这时正好是一段下坡，我踩了刹车，车速自然又慢了下来。而身后的青年人，正好借着山势，毫不费力地从坡上追下来。

就这样，我打着大灯在前面缓缓前行，青年骑车在后一路追随。我没有勇气载他一程，因为在这荒远的山道上夜行，随便去载一个陌生人，是司机的大忌。多少人因此命丧黄泉，多少人因此抛尸荒野。我自然不能去冒这个险。何况，我也能真切地感受出来，青年人对我一样充满了戒备，只是远远地跟在车后。双方就这样保持着一份默契，在车灯的光距里，我们保留着各自的空间，也保留着对彼此的尊重。

走着走着，原来的惊恐似乎渐渐消散了，取而代之的是心里一点点积聚起来的安然。

每当绕过一个小山头时，我都会把车速降下来，等他靠上来再继续往前，好让灯光尽可能在他的视线范围内。每当上坡下坡，我也都会照顾到他的速度，尽可能让我的车灯为他照亮路程。每当从后视镜看到他仍在后方稳稳骑行时，我就从内心里感到一份切实的温暖。这一整段夜行路不再孤独。

我们就这样靠着车灯做掩护，彼此关照着，一路前行。

终于出了山区，看见前方渐渐开阔的原野了，在下一个坡时，青年突然加速，竟然超到了我的前头，我正诧异，却发现他停了下来，转过身，我终于看清了他的脸。那是一张虽然疲惫却饱含感激的脸，我将车子缓缓停了下来，在前灯的光晕里，青年人举起右手向我敬了个军礼，然后用手指了指前方不远的村镇，我一下子明白过来，他到家了。

那一刻，有一股暖暖的气流从下往上腾升。

我隔着汽车挡风玻璃，学着他的样子，也举起右手，回敬了一个不太标准的军礼。

我的车缓缓驶了过去，青年的目光一直在追随。车越走越远，我似乎仍能看见，他一直站在路边，一直注视着我，注视着我的车，一点一点消失。

这次夜行，过去二十多年了，如今大别山区已经通了高速和高铁，可我总不能忘记那年的秋夜，那次特殊的夜行。

对我来说，世上最暖的距离莫过于光的距离。

只要想起曾经有一盏灯，始终在前方照亮，有一个人曾经在你身后一路追随，人生就会那么地充满情谊，充满温暖和感动。

原载《故事会》2020 年 8 月上半月刊

贞 女

田玉莲

小叉子嫁过去的时候，满十六岁。而那时，她男人五更坠地才只有六个年头。亲事是双方爹娘给主的，是指腹为婚。

五更还吃奶，整日吊在娘的奶子上。那成亲的诸多仪式，皆是旁人帮他去做的。夫妻对拜时，他趴在地上，像磕头虫似的，悠悠地猛磕，逗得媳妇和若干人嗤嗤不止。晚上困觉，任媳妇羞答答怎么拽他，娘怎么劝他、哄他，他硬是不去跟老婆困，仍钻娘的暖被窝，等娘把他哄睡了，才抱到媳妇的炕上。

那新婚头一夜，他竟大水冲了龙王庙——让甘霖（尿）在炕上撒出一片汪洋。很长时间啦，五更才习惯和媳妇同床共寝，但每晚睡前，必须让媳妇哄孩子似的把他哄睡。白天五更要媳妇陪他藏猫猫，坐在她的脖子上，顶着出去玩耍，笑煞人。

日子打发的说快也快，说慢也慢，一眨眼皮的工夫，五更也长到了媳妇嫁给他时，那个十六岁的年龄了。

这时候，五更才真正感觉到媳妇是块宝了，晓得媳妇好多好多的好处，知道怎么疼和如何去爱了。小叉子也是待五更越发的好，像服侍小弟弟。俩人做活、串门、赶集上店双双前往，就像鱼儿离不开水，瓜儿离不开秧。

但是，这样的好景没多久，那年，上边来人动员青年当兵，五更争着报了名。媳妇尽管舍不得，可又留不住，只好忍痛割爱。

临走，村上演了戏，耍了狮子、龙灯欢送他。他骑在高头大马上，胸佩大红花，很威武，很雄壮。那些凑热闹的媳妇、姑娘，都痴迷地盯视着他。躲在一旁的小叉子，留恋中又满含妒忌。昨天晚上，他俩一夜没合眼，说这道那，悄悄话儿总是拉不完，拉不够，不知这夜咋来这么多话。

“记着，出去久了，别忘了托人捎个信来家。别想家，下狠劲打那小东洋鬼子。这是我给你做的贴身衫子，你换上。别想我，叫你别想我，说是说，可也不能忘了俺。想俺了你就摸摸这衫子……”

小叉子讲一句，五更就应一声，不知道咋的，那嗓子像被什么堵了，鼻腔内，似有一股又酸又涩的东西充斥着。

五更一去就是四年，这四年里，小叉子是音信皆无，可她并没有怨言，总是耐着性子等待。也断不了常去村后的十字路口，遥望石人山上男人参军时走过的那条小路。然而，任她每日前去瞧三五次，结果却皆是一样的让她失望。

这年底，邻村有和五更一块当兵的人，有几个回来了，小叉子听说后，便什么也不顾了，前去打探男人的消息。

直到晚上，邻村当兵的人才把昏死过去的小叉子送了回来。原来，五更走后的第三个年头就死了。那日，他奉命在沂蒙山上阻击敌人，掩护战士撤退，一个人弹尽粮绝后，搂住冲上来的小鬼子跳了崖……

翌日，东方还未放亮，小叉子就动了身，她要到沂蒙山脚下寻找男人的尸体。她蓬头垢面的，也不知行走了几天几夜，总算打听着来到了丈夫牺牲的地方。然而，纵她踏遍了整个沂蒙山，也没有找到丈夫的尸体。就连根骨头都没有找到。她只好捡了几块让先烈鲜血染红的蒙山石块，挖了一株松树，哭哭咧咧地回了家。

她造了坟茔，把那块石头埋在了里边，松树栽到了坟前。村人知道了她男人牺牲的消息之后，有些光棍汉想娶她，有的托人去说合，有的则亲自踏往她家的门槛，但是，前者她让人捎信回绝，后者则毫不留情地赶将出门。日后，人们才晓得她不嫁的原因：要为五更守贞节。

阖村人大为惊异。可是，惊异之后，都生一股崇敬之情。崇敬之余，村人为小叉子立了一座贞节牌坊。那牌坊立在村后的十字路口，是谁也能够睹得到的。

岁月悠悠，自五更死后，小叉子已独身生活了五十多个年头了。谁能料想到，她那故去的丈夫五更却又回来了！有这样的好消息，她那张老脸乐开了花，立马去烧水，擦上香胰子洗头净脸。待洗净了，又打箱中翻出那出嫁时着身的衣裳，穿上，在那镜前是左照右观，准备前去迎接他……

一声亮亮的鸡啼把她扰醒。原来是在梦中。

可是，就在梦后的第二天，她却真的亲眼见到了五更啦，五更真的回来啦！

这天，她拄上拐杖，蹒蹒跚跚地来到十字路口的那条小路上。见五更在前，带着一队当兵的人马，背着枪，正向她走来……

她看得有些累，用手揉了揉那双老眼，可在她揉眼的空隙，丈夫那队人马消失了。

原来，那是一排排的马尾松……

原载2020年5月31日《宝安日报》

诚　信

蒋先平

周日上午十点多钟，我正在家里看电视，住在同一个小区的石友老张给我打来电话，说刚淘到两块奇石，老婆孩子不在家，让我过来陪他一块赏玩一下。放下电话，我急急忙忙下了楼。

在小区里，我边走边看着老张发在手机微信里的奇石图片。

光顾着低头看手机的我一不留神，把立在楼门口送外卖的电动车刮倒了。电动车后座上的外卖箱摔开了，里面一份用塑料袋包着的盒饭滚落到了路边。

我费了好大的劲才把倒在地上的电动车立了起来。这时一个戴着小红帽的小伙子气喘吁吁地从楼门口跑了过来，他看到地上的那份盒饭赶紧蹲下身子，捡了起来。

盒饭外面的塑料袋摔破了，里面白色的饭盒粘上了尘土。

对不起啊，小伙子，我刚才边走边看手机，不小心刮到你电动车后面的箱子了，就把车子弄翻了。我跟小伙子解释着。

没事儿、没事儿，您也不是故意的。小伙子连声说。

这、这怎么办啊。看着手里盒饭外面的尘土，小伙子嘴里不停地叨咕着。

这好办啊，你换个塑料袋，把盒饭重新装上。我轻松地说。可这饭盒上有土啊。小伙子着急地冲我说。

你想让我赔你一份盒饭吧？我大声地问道。这盒饭我订过，是 20 元一份的吧？这份算我订的。说着我掏出手机，要给他微信转款。

我没有让您赔的意思，您不是故意碰倒的，再说您还帮着把车子立了起来呢。小伙子忙冲我直摆手。

饭盒外面粘了点土，可里面的饭菜是干净的，不耽误吃啊。你找个抹布把饭盒外面擦一擦，不就干净了吗？我教小伙子把这份盒饭处理一下。

可、可，可是这样做不讲诚信啊，顾客是上帝，怎么能欺骗上帝呢。小伙子自言自语地说着。什么上地下地的，听我的，快去处理一下，接着送给你的上帝吧。说完，我走了。

几分钟后，我进了老张家，和老张高高兴兴地欣赏起了奇石。

过了一会儿，有人敲门。老张说，是给我送盒饭的。

开了门，果然是送外卖的。老张不高兴地冲送外卖的人说，不是说十分钟就能送到吗？都两个十分钟了才送来，我早饭没有吃，到现在都要饿昏了，看来我得投诉你了。

刚才我出了点差错，耽误您用餐了，我向您检讨，您、您千万别投诉我啊。戴着小红帽的送外卖人小声地哀求着。

我这时认出了送外卖的竟然是刚才被我刮倒电动车的那个小伙子。小伙子也认出了我，他指着我对老张说，这位先生知道我刚才出了点差错，他能证明呢。

我笑着说，对，我能证明。小伙子你这是按我说的，处理好才上楼来的吧？

不、不是那样啊。我回到饭店，又要了一份，所以就来晚了。小伙子跟我解释着。

我摇了摇头，大声地说，小伙子，做人要讲诚信啊，顾客是上帝，你不能跟上帝撒谎啊。

我、我。小伙子脸憋得通红。突然，他放下手里的盒饭，噔噔噔地跑下了楼。

他咋跑了？我还没有付他盒饭钱呢。老张莫名其妙，吃惊地说。

我笑着说，你快吃吧，等你吃完我再告诉你他为啥钱也不要就跑了。

我们正说着，楼下噔噔噔有人跑了上来，敲开了门。

门口，刚才的小伙子举着一份塑料袋开了口子的盒饭冲我说，您看看，这份是摔落在地上的那份盒饭，刚才我送来的真的是新做的，我是讲诚信的。

这、这……我支支吾吾竟然说不出话了，脸也红了。

看着小伙子手中那份外面粘着尘土的盒饭，我问他，你咋没把这份盒饭扔掉啊？

您说的对，反正里面的饭菜没有脏，还是可以吃的，我想留下来一会儿当我的午饭呢。小伙子不好意思地说。

我从小伙子手里抢过那份盒饭，跟老张说，晌午我不回家了，在这里陪你吃盒饭。

这份盒饭我要了，你晌午再订一份自己吃吧。说着我掏出六十块钱，塞到了小伙子手里。

这、这，这怎么能行啊。小伙子留下二十块钱，把剩下的四十元钱递给了我。

顾客是上帝，你怎么能拒绝上帝的要求呢？我笑着把钱推了过去，随后忙把门关上了。

门外小伙子大声地说，我把钱放在门口脚垫上了，您一定要拿回去，谢谢您对我的信任。

我打开门，小伙子已跑下了楼，噔噔噔的脚步声音越来越远，只有那两张钞票悄无声息地躺在脚垫上。

原载2020年第5期《小说月刊》

借款记

邢庆杰

电视上正演着抗日剧，老郝却无心观看。开着电视，只是他打发寂寞的惯用办法。多年前，妻子因病去世后，儿子先是在省城上大学，读研，后来又在省城当了大学老师，他一直一个人过日子。每天回来，他第一时间打开电视，让屋里有了响声，然后再动手做饭。今晚他无心弄饭，一根接一根地抽着烟，烟灰缸里的烟头已经满了。

手机响了，竟然是初中同学崔仁义打来的。他们虽是老同学，但因社会地位悬殊，平时很少联系。崔仁义很热情地问他在不在家，说有点儿事和他商量。

老郝初中毕业后就接班进化肥厂当了工人。崔仁义却一路读到大学，分配到了行政单位，多年前就当上了县水利局局长。他们住在一个小区，虽然一个住独体别墅，一个住两室一厅，但平日里还是免不了碰面。开始，老郝见了他总是热情地打招呼，但崔仁义每次都是板着脸点点头，一丝笑模样也没有。老郝知道，人家这是刻意和他保持距离，以后就尽量躲着他。

当下，老郝的儿子在省城找了女朋友，买房子成为迫在眉睫的大事。他已经跑了好几趟省城，和儿子以及未来的儿媳一块看了多处楼盘，无奈，都贵得远远超出他的承担能力。最后，他们只得在郊县定了一套八十多平方米的，也要一百二十多万。他收入有限，虽然一直省吃俭用，却仅存有七万多元。为了凑足三十万首付，他几乎借遍了所有能借到钱的人。就在昨天，他找初中同学赵云借钱时，赵云还提过让他找找崔仁义。

……多年以前，儿子考上大学，老郝却连学费也拿不出来。妻子的病早把家底掏空了。他拉下脸，四处筹借，也只凑了不到一半，只好硬着头皮走进了崔仁义的家门。崔仁义对他还算客气，给他沏了茶，敬了烟，但一说到借钱，脸上就愁云密布，说了一大堆经济拮据的理由，最后，拿出了二百元钱，说算是孩子考上大学的份子钱，不用还了，那一刻，老郝恨不得找个地洞钻进去……后来，厂里知道了他的情况，发动全厂职工给他捐款，才让他迈过了那道坎……

崔仁义进门时，老郝已经将一只盖杯洗得干干净净，沏好了一杯茶。

崔仁义坐下后，问了问老郝的近况。老郝照实“汇报”了，也有意无意地说了给儿子买房的事儿。崔仁义这才说明来意，他从赵云那儿已经知道老郝正四处借钱。

崔仁义问，你需要多少钱？

老郝说，首付三十万，我已经凑了二十万，还差……

崔仁义霸气地打断他说，咱交全款，这个钱我借给你，这些年我们一家省吃俭用的，攒了些钱……

一番话，惊得老郝如在云里，如在梦中，一时竟然失语了，傻了般看着崔仁义。

崔仁义接着说，当然，我也是有条件的，这件事，只能天知地知你知我知，就连你交全款的事儿，也不能跟任何人提起……

老郝赶紧说，这个保证没问题，问题是借你这么多钱，我什么时候还得清呀？

崔仁义笑道，你贷银行的钱就不还了？你儿子儿媳都是大学老师，等几年他们评上高级职称，两个人一年就是三四十万，这点钱算什么？

老郝心下顿时释然，人家是算好了他有这个偿还能力才肯借的，不过，这毕竟是个天大的人情，他对崔仁义千恩万谢。

崔仁义出去了一趟，回来时扛着一个破旧的编织袋子，他反手关上门，将袋子往地上一扔说，你点点，这是一百万。

临走，崔仁义把老郝打的借条撕得粉碎，有些生气地说，你在厂里是多年的优秀党员，谁能信不过你？

第二天，老郝先把这笔钱存到了自己的银行卡上，又转给了儿子。

几天后，老郝听到一个惊人的消息：崔仁义被县纪委留置了，工作人员搜遍了他的几套房子，却没有发现值钱的东西和现金……

老郝把自己关在屋子里，不断地抽烟，抽完了整整一包烟后，打通了儿子的电话。

儿子，房款交上了吗？

还没呢，这几天太忙，没顾得上。

把钱转回来吧，要快。

打完电话，老郝像卸下了一个沉重的包袱，把自己重重摔在了床上。

原载 2020 年第 7 期《天池小小说》

陈友渔

秋子红

我们镇上是单日集。

每到集日，我们镇上一条窄窄的平日里清清冷冷的南北街，便热闹起来水泄不通起来。街道两边有卖凉粉的，卖擀面皮的，卖羊肉泡馍的，还有卖菜卖水果的，卖竹编和各种农具的。四乡八野的赶集人挤在人窝里逛了街，买日用品回家，当然，还要听一听疯子陈友渔讲课。

陈友渔站在街心中，像初中生几何作业本上一个小小的圆点，被黑压压的赶集人重重叠叠四面围住。

陈友渔歪着脑袋问："两点之间直线最短，知道吗？"

人们像课堂上的小学生般老老实实回答说："知道。"

陈友渔又问："《阿 Q 正传》的作者是谁？"

人们茫然地张着嘴。

陈友渔向人们神秘地眨眨眼说："告诉你们，是鲁迅！"

陈友渔的上衣右上兜插一支钢笔，陈友渔的鼻梁上架一副近视眼镜，陈友渔站在人群中讲课的样子，就像我们镇初中刚刚分配来的师范生。

但陈友渔确确实实是个疯子。

陈友渔原来是不疯的。

陈友渔极有可能成为一个大学生。

陈友渔读初三时，他的班主任我们镇初中的宋雨轩老师跟人打赌说，如果陈友渔考不上大学，他便"以头抢地耳"！有人想过老半天，还是不知道"以头抢地耳"是个啥意思，回家问他上初中的儿子，儿子没头没脑对父亲说，就是一头碰死了。

在我们镇上人心中，陈友渔考上大学，那可是板凳上钉钉子，十拿九稳的事。

陈友渔第一年参加高考。第一堂考试，试卷发下来，陈友渔提起笔唰唰唰半个小时就答完了。陈友渔抬起头，见别人正埋头答题，陈友渔的脸上浮出一种颇为自得的微笑。

后来，监堂的老师走过来："这位同学，题答完了？"

"答完了。"陈友渔羞涩地说。

监堂的老师拍拍陈友渔的肩膀，没说什么走远了。

不一会儿，监堂的老师又走到陈友渔身边："这位同学，题答完了？"

陈友渔不解地回答说："答完了。"

监堂的老师又拍拍陈友渔的肩膀，没说什么走远了。

一直等到考试结束，陈友渔和班上的同学对答案，陈友渔一下子傻了眼：他不知道，试卷背面还有几乎一多半试题！

陈友渔因此落榜了。

第二年参加高考。陈友渔住在县上一家招待所里。考试前一天晚上，半夜里，陈友渔忽然喊肚子疼。班主任连夜将陈友渔送到县医院，医生检查后说，是阑尾炎，得立即做手术。陈友渔哭了。陈友渔拉着医生的手苦苦哀求说，让我考完试再做手术吧？医生从镜片后面射过来一束手术刀一样冷冰冰的目光：开玩笑！人命关天的事，能耽搁吗?!

陈友渔第二年参加高考，他根本连考场都没进。

陈友渔第三年参加高考。

陈友渔发挥得出色极了。陈友渔重重地吐出了一口气。

剩下最后一门，中午，在街上吃饭时，陈友渔碰上一个在县城里工作的亲戚。亲戚的办公室就在考场对面，亲戚亲热地叫陈友渔中午去他办公室休息休息。亲戚将陈友渔带进他办公室，倒一杯水递在陈友渔手间，门外忽然有人来找。亲戚出门时对陈友渔说，我出去办个事，你喝完水再歇歇。陈友渔坐在亲戚办公室软软的沙发上，陈友渔感觉自己困乏极了。陈友渔靠着沙发，想，我打一会儿盹就走。陈友渔闭上了眼睛。

陈友渔睁开眼睛时，他看见，墙上的挂钟已指向三点半！

陈友渔的脑袋“嗡”地响了一声，脑壳里一下像飞进去一架小飞机。陈友渔看见，白惨惨的太阳照在大街上，他忽然不知道自己现在是身在何处……

陈友渔后来没有去考场，就一言不发默默回了家。

回到家，陈友渔将书本、作业本堆在他家院子里，“哧”的一声划一根火柴，一下子点燃了。

红红的火舌，舔着陈友渔一张苍白的脸，陈友渔感觉自己从没像现在这样清醒过。

陈友渔“嘿嘿嘿”笑出了声。

用手摸摸脸，陈友渔的手心里是一团黏糊糊的泪。

陈友渔疯了……

有一年，我们县年轻的女县长方梅英来我们镇检查工作。方梅英听完我们镇领导的汇报后，说她想一个人去街上走走。方梅英走在我们镇熙熙攘攘的街道里。方梅英看见远处围着一群人，一个人在人群中大声讲着什么。方梅英走近人群。方梅英想，这个镇上的老师真是胡闹，上课怎么能上到大街上？

方梅英后来一想，不对呀！

方梅英走进人群深处，方梅英听着那个人抑扬顿挫慷慨激昂的声音，听着听着，方梅英拨开她前面的人，一下走到那个人面前。

“陈友渔！”

方梅英惊叫了一声。

那个人望着自己面前的方梅英，似乎也认出了她：“方……方梅英！”

方梅英的脸颊上滚下来两串晶莹的泪珠。

方梅英离开我们镇上时，用自己的小车接走了陈友渔。

但半年后，陈友渔却死了。

陈友渔临死前，病已痊愈。

整整一个下午，陈友渔徘徊在我们镇子外面的水库岸边。清凌凌的水面上，倒映着湛蓝湛蓝的天空，远处，有风轻轻吹过柏树林。陈友渔感觉，那风声就像上帝一双温柔的大手，正将尘世的生命一一抚弄。陈友渔后来朝我们镇子的方向看了一眼，就一头扎进了水库中。

一片大水，像深不可测的命运，顷刻间将他吞没了……

原载 2020 年 5 月 13 日《教师报》

归心似箭

一 兵

她是怀着归心似箭的心情在大年三十下午匆忙赶到豫北农村婆婆家的。在村口她被在疫情防控点值班的村支书拦住做了登记，测了体温，不发烧才让她进了村。作为医生，豫北农村这么到位的防控措施，更让她感觉到了这次疫情的严重性。

当她提着行李箱戴着口罩推开那扇油漆斑驳的街门时，系着围裙正在厨房的灶台上忙活的婆婆竟然没有认出她。

你找谁？婆婆问她。

妈，我是小敏啊。

婆婆惊喜万分，双手在围裙上使劲擦了擦。小敏啊，看我，今年这眼睛越来越不顶用了，小敏都看不出来了。

婆婆疾步走过来要帮着她拿行李箱，又突然停了下来，眼睛期盼地向她身后瞅一瞅。

萌萌没来，疫情这么重，我把她留她姥姥那，我一个人来了。

哦，赶快进屋吧。婆婆脸上掠过一丝遗憾，满脸堆笑着说。

你不是说今年医院忙不回来了吗？咋没打个招呼就来了啊。婆婆跟在她身后说。我和别人调了个班儿，今天回来，初二回去。她说。

一进屋，她就看到了墙上挂的丈夫的遗像。她怔了一下，呆呆地看着照片上的丈夫对着自己微笑着。

丈夫是一位消防官兵。那天也是大年三十，一家三口做了一桌菜正准备吃，突然接到队里的火情电话。从和丈夫认识到结婚，丈夫不知多少次去处置过火情，每次她都为他提心吊胆。丈夫穿上衣服，女儿急忙绕过桌子跑去抱着他的腿。丈夫抱起女儿亲了一口。萌萌，乖，和妈妈在家不要淘气，爸爸一会儿就回来了。看着丈夫急切的神情，她走上前，为他把扣子扣上。萌萌，来，让爸爸赶快走，你没看到爸爸归心似箭的样子吗。

丈夫一走就再也没有回来。女儿无数次地问她，爸爸啥时候回来啊？她对女儿说爸爸去很远的地方出差了，办完事就回来。女儿还问，归心似箭是啥意思啊？她含着泪说，归心似箭，就是遇到国家和人民的紧急大事，急着赶过去为国家和人民尽责尽力的心情。

小敏，洗洗手吃饭吧。婆婆看到她发呆地望着儿子的照片又流泪了，端着一碗烩菜大米饭在旁边说。

她摘下口罩，把行李箱靠墙根儿放好，到水龙头前洗手。

妈，没有香皂吗？

哦，用完了。我一个人在家，不常用，那不是有洗衣粉吗。她用洗衣粉洗了洗手回到屋里，打开行李箱，从里面掏出一包医用口罩。

妈，现在外面的疫情非常严重，我给你带了一包口罩。你在家不要出门，如果非得出门，一定戴上口罩，回来后一定要洗洗手。这是一瓶消毒液，这是喷壶，把家里多消消毒，特别是院子门口多喷喷，吃完饭，我再去给你买块香皂。

丈夫十岁时就失去了父亲，婆婆含辛茹苦把他抚养大，供他考上了军校。每次丈夫和她谈到自己的身世，丈夫就像个孩子一样在她怀里默默流泪。这时她会给丈夫轻轻擦干眼泪，迎上自己的吻……

丈夫走了以后，她想把婆婆接到南方自己生活的城市一起住，可婆婆不去。婆婆说舍不得自己养的鸡鸭，舍不得豫北的这个村儿，这个院儿，几分地里的活儿……

她就每年五一、国庆和春节三个长假带着女儿萌萌回家来看婆婆。每次回来，婆婆总是早早儿地在村口迎接她和女儿。

我从电视里看，今年武汉这疫情可严重啊，全国都影响了。咱村的大喇叭这两天也在一个劲儿广播呢。

是啊妈，全国去了好多医疗队，我们医院可能也要去，但还没有确定下来。

工作忙就不要管我了，我一个人在家有吃有穿的，啥也不缺。

她从村里小卖部给婆婆买来香皂时，看到婆婆正给擦得一尘不染的丈夫的遗像上香烧纸钱。瞧着婆婆佝偻的身影，望着微笑着看着自己的丈夫，她的眼泪又扑簌簌地掉了下来。

婆婆走过来。孩子，别哭了，都过去了，都过去了……

她抬头看到婆婆没有哭，眼里一滴泪花也没有。

突然，她的电话响了，单位的……

妈，我得走了，我们医院组织了医疗队也要去援助武汉，要求我今晚赶回单位，明早出发……她一边收拾行李一边急切地对婆婆说。

婆婆转身到里屋去，忙活半天，提了几个塑料袋子。这是萌萌爱吃的糯米丸子，这是你爱吃的豆包……还有，这红包是给萌萌的压岁钱，我专门到镇上信用社换的新钱，到超市买的红包……

妈，你不用给萌萌压岁钱，她不缺钱。这是我给你的一千元钱，你收好了，别舍不得花，想买点啥就买，我得赶紧走。

她迫切地想赶回单位，突然更深刻地体会到了丈夫每次遇到火情那种咄咄逼人归心似箭的紧迫样儿。她又看了一眼丈夫的遗像，提着行李箱就向外走。

村支书在村口的疫情防控点又挡住了她，不让她出村。她说明了情况。不行啊，再急你可能也走不了了，现在出租车、公交车都停了，私家车更不让跑了。她急得皱起了眉头。村支书接着说，哎，你别急，你这个事确实重要，我给派出所说一下试试。

一辆警车停在了村口。她提着行李放到后备厢，拉开警车车门坐了上去。

一直紧跟着她的婆婆急忙走到警车边，拍着玻璃喊她的名：小敏，小敏……

她急忙落下车窗。妈，你回去吧，五一节我带着萌萌再来看你。

婆婆把头伸到车里，附在她耳际，用布满皱纹的手挡着嘴压低声儿说：孩儿啊，遇到好的你就再找一个吧，啊，别亏待了自己……

原载 2020 年第 15 期《小小说选刊》

考生抢救考生

李立泰

真难啊考试，那么多参考人员，只有少数的应届生，多数是在职人员参考。可是院方要的人数少之又少，李煜芳心里想着“难”这个字。

她今年报考了协和医院，协和是全国医院的顶尖，甚至在国际上也有影响，对报考的人员标准要求特高，今年就录取十几人。

为方便考生，协和医院在上海设了考点。她从家里出发坐汽车换火车来到上海，第一次到大上海，眼里上海那个大呀，真是没想到。自己那个城市平时感觉还可以，小楼啊，街道啊，路灯啊，公交车，洋车啥的，可跟上海一比那简直就是乡村。她住到旅店，给店家要了素净的顶层房间，房间久不住人，墙上挂着空空的蛛网，地板泛着陈年的油光，岁月被关在里面，关得发霉。她不在乎这些，只要能看书，没人打扰素净就好，抓紧这最后的时间复习功课，准备应试，力争发挥好考出好成绩。

李煜芳晚上久久不能入睡，辗转反侧，一幕幕过电影般从眼前轮放，她想了很多，从上小学到上中学，考卫生中专，到中专毕业找工作，到一家医院做医生兼护士工作。

在医院她一边工作一边自修大学课程，应该用知识充实自己，知识就是力量，打铁先需自身硬，本事是干好工作的底气。当然她心里装的是往上走，去更大更好的单位发展自己，目标锁定了协和。

早年考单位、考学、毕业、找工作，其实是自主择业，自己找单位，单位也不用搞政审，也没出身成分一说，主要看硬件，学历、考试成绩、专业特长等，也就是干工作的本事。

李煜芳在医院上班，早早吃饭，步行去医院，到班上，接夜班，同志们告诉夜里病人情况，有重病号没有，若有重病号，李煜芳就跟夜班护理到病人床前，看看病号，把嘱咐的话记在心里。护士长来到，李煜芳把重病号再告知护士长：护士长，这位是晚上来的病号，现在平稳下来了，您如没别的安排，我去护理病人了。

给病人配药，需输液的要到药房取药，推着小车把当天的药取到病房，按医嘱每个病号的药都写上病床号及姓名，配好了就扎针送药，李煜芳推着送药小车一房间一房间的，一个病号一个病号的扎针。她到病床前拿着液体读出上面写的姓名，病号说，对，就是我，扎吧没错。全流程一丝不苟，李煜芳拿止血带把病号的胳膊捆住，然后抓住病号的手，拍拍手面，看血管，或者看病号的小臂血管，这两处血管择一处把握大的扎针。她基本次次一针准，扎下去就回血了，病号还没觉着疼针就扎进去了，跟蚂蚁叮一下似的，病号大都乐意让她扎针。

李煜芳上门诊也好在病房也好，她进门前总是把听诊器放到胸前暖热，从没用过凉听诊器给病人诊断。病人、家属都夸李煜芳医生心眼好。她给病人看了病然后讲病，开导病号心大量宽，说，大娘，这点小病不可怕，我开点药吃了就好，病号还没吃药病就去了一半了。心理疗法是她的强项，她平易近人，跟病号说话面带微笑，待人和蔼可亲，都说她菩萨心肠。

考试进行到最后一场，考外语，李煜芳选的英语。考场内寂静无声，只能听到自己的心跳、呼吸及考生钢笔答题“唰唰”的写字声。

这场考试进行了大半，忽然一位考生猛地晕倒在考场，监考老师急忙把晕倒的考生抬到考场外面。此时李煜芳思想斗争十分激烈，她想：如果去救人，就要耽误考试，机会难得啊？如果不去救人，虽然能考完，人若出了意外，就是考上了协和也将是一生的纠结，会后悔一辈子！几秒钟，就几秒钟，放下钢笔停止了答题，毅然走出考场，参加对晕倒考生的急救。李煜芳首先对患者实施胸部按压，按压累了别人接替她，她又掐患者人中穴，然后又口对口对患者人工呼吸……患者得救了，她累得浑身大汗，褂子都湿透了，她瘫坐在地上。

此时考试也结束了。

李煜芳外语没能考完。但她为救人一命非常欣慰，对自己耽误了考试毫无怨言，她说，没关系，明年再来考。颇轻松地走出考场。

意想不到的是她竟被协和录取了！

原来是她的监考老师被她的救人事迹感动，给协和医院写了李煜芳放弃考试抢救考生的报告。监考老师写了她抢救患者的全过程，引起院方的重视，并调看了她其他几场考试成绩，经研究决定破格录取她。

因为考生李煜芳具有当一名医生、一个白衣战士，救死扶伤、治病救人、无私奉献，最重要的，慈善心肠、高尚的医德！

原载 2020 年第 5 期《岁月》

重出江湖

石上流

依山傍水远离尘嚣的枫林深处，有个人迹罕至的处所，江湖人称红叶堡。

林间斑驳的阳光，慵懒地透过窗棂，映在一张病榻上。

几乎无人知晓，榻上那个嘴唇发乌、昏迷多日的女人，便是十年前闻名遐迩的“武林第一绝色”叶绯琼。

阿珍忧心忡忡地凝视着主人，眉头紧锁。

突然，外面传来嗒嗒嗒的马蹄声。阿珍眼眸一亮，霎时燕子般掠身而出。

山路上，一英武少年策马狂奔渐行渐近。与他同行的，是个白发银须神采奕奕的老者。

谢天谢地，阿义终于搬来了救星——神医包无恙。

叶绯琼中的是天下罕见的奇毒，已到生死关头。包无恙立刻施展“金针度厄”绝技，辅以深厚内功，震颤的金针发出嗡嗡鸣响。

“神医施针，起死回生”，江湖传言果然不虚。

过了一盏茶工夫，叶绯琼喷出一口淤血，缓缓睁开眼睛……

“叶女侠，老朽已替你解了毒，你安心静养两日，便可完全康复。”包无恙抹了把额头汗珠，微笑道。

叶绯琼以重金相谢，包无恙笑道：“这就不必了，日后还有劳烦女侠之处。”

“神医义薄云天，若有差遣，定当效劳。”

半个月后，叶绯琼正在练功，一只信鸽从天而降。

阅罢密函，叶绯琼平静的心湖荡起圈圈涟漪……她的眼中，先是闪过一丝无可名状的神情，咬唇沉思片刻，又渐渐透出一股杀气。

这十年来，叶绯琼远离红尘，只为疗治情伤。

当年，叶绯琼与风惊霆堪称神仙眷侣，一个容貌倾城轻功卓绝，一个俊逸不凡剑术无双，不知羡煞多少英雄豪杰。

可惜风惊霆太看重名利，为夺取“天下第一剑”名号，不惜与魔教沆瀣一气，并与魔女碧狐勾搭成奸，将叶绯琼弃之如敝屣。

鸳誓尚在，转眼成空……

心如死灰的叶绯琼，寻了处偏僻之地建了这红叶堡，从此封心锁情，深居简出。苦练功夫，成为她最好的精神寄托。

至于阿珍与阿义，本是一对孤儿姐弟，是叶绯琼将他俩从仇人手中救出，并带回红叶堡传授武功。

若无包神医邀约，叶绯琼并无出山念头。而今，为践行承诺，更为惩凶除恶，重出江湖，势在必行。

这次任务，是对付为害武林多年的魔教。

近日，魔教教主正闭关修炼“尸噬大法”，不暇他顾，正是动手良机。

欲擒贼王，先斩羽翼。包无恙联合武林同道，巧设引蛇出洞之计……

洛阳城外，土地庙中，一中年壮汉抱着把宝剑，似在等人。

不远处，藏着双狡黠的眼睛。那正是乔装后的碧狐。

见无异状，碧狐疾步掠向土地庙。

庙堂内，那汉子正拔剑出鞘，独自欣赏。

好一把刃如秋霜的腾龙剑。

碧狐占有欲极强，见此宝物，立马目露贪婪，伸出手去。

“莫动，此剑已有买主。”

“何人敢与我争抢？”碧狐倨傲道。

“我。”声音不高，却自带威严。

话音未落，一个纤纤身影飘然而至。

碧狐一见，惊讶不已。“臭婆娘，上次那毒药，竟然没将你毒死……”

“我若死了，谁来灭你？”叶绯琼目光冷峻，挺身而上。

二人武功旗鼓相当，打得难分难解。二百回合之后，叶绯琼凭借轻功优势渐占上风。

见势不妙，碧狐瞅着门口企图逃窜。

叶绯琼岂会给她机会，瞬间封死其退路。

生性狡猾的碧狐，突然改变方向，趁那汉子不备一把抢过腾龙剑。

有了神兵利器在手，碧狐胆气顿豪，狞笑着扑向叶绯琼。

叶绯琼处变不惊，运用出神入化的轻功左闪右避。

见久难得手，暴怒的碧狐张口狂啸。叶绯琼以迅雷不及掩耳之势，将一粒药丸强塞到她口中。

“你……你给我吃了什么？”碧狐一脸惊恐。

“哈哈哈，这是包神医送你的大礼，你就好生享用吧。”

话音刚落，一股寒意席卷而来，风惊霆仗剑闯入。显然，他是听说碧狐有难匆匆赶来相助。

看到江湖中失传已久的腾龙剑，一抹笑意在风惊霆的嘴角绽开。想象着双剑合璧的威力，他目露狰狞。

“你这武林败类，受死吧！”叶绯琼飞身移位，一掌劈向风惊霆。

“螳臂当车，自不量力。”风惊霆一声冷哼，挺剑刺向昔日旧爱。

在这千钧一发之际，突然，风惊霆的狞笑凝固在脸上。他艰难地转过身来，只见碧狐一脸痴傻，而那柄腾龙剑分毫不差地插在他后心，发出闪闪寒光……

原载《小小说月刊》2020 年 6 月下半月刊

灭　毒

孙春平

今年春节，我去南方一个城市，原计划是与几位老友同过一个旅游春节，万没料到，因为疫情，武汉市紧急封城，一夜间，满世界都紧张起来。老友们决定，抓紧订票，且留遗憾，各回各家。宾馆客服说，飞机就别想了，只有选乘火车。我说，最好是下铺。我年纪大了，夜里好起夜，请多关照。客服很快答复，说总算订下一张软铺，但只有上铺。我犹豫有顷，客服催促，请快拿主意，有客人在等候这个铺位。

时间还算从容，我推开软卧包厢的时候，只有20上有位年轻人仰靠在行李上看手机，他倒时髦，已戴上口罩了。我去跟列车员提出调换铺位的请求，列车员说，等19下和20下上车，你们私下商量吧。但那两位旅客却迟迟没上车，那一刻，我已心存侥幸了，要是有人漏乘，我倒省事了。但站台上预备开车铃声响起的时候，眼见一辆救护车急匆匆停在软席车厢门口，列车长和乘警帮助将一担架抬送上车，一直送到20下的铺位。担架后面跟着的是一位四十出头的妇女，略显发福了，脸上满是汗水。看样子像乡下人。细看病人，男性，六十来岁，谢顶的头上包着白绷带，裸露的左小腿却敷着药，上面还挂着医用胶管。女人安顿好病人，说我先垫补垫补，饿惨了。我吃完再喂你。病人哼了一声，眼睛却一直眯阖着，看不出表情。

女人泡好方便面，坐在19下唏哩胡噜，吃得那叫畅快，连汤水都喝得干干净净，看来真是饿得不轻。在我登铺的时候，她说，我应该喊您叔吧？要不您睡下边？我说，你得照顾病人。我下铺的时候，腿脚笨，别碰了你和病人就好。在说这些话的时候，20上仍在摆弄手机，现在的年轻人呀，手机就是魂儿，都这德行。

满心不起夜，可过了半夜，还是去了两趟卫生间。我回来时，见女人已坐在过道边座上，临窗远望。大地已是一片雪白。

我问，病人是什么病？

女人叹息，脑梗，人一下就废了。

我又问，你是他什么人？

大叔看呢？

应该是亲戚吧？

不沾点亲，这钱谁愿挣？

他没儿女吗？

老太太先走了。儿子打架，伤了人，坐牢了。当爹的一股火，就这样了。医院开了药，回家养着吧。

上车时怎么来得那么晚？

不是又闹瘟疫吗，又赶上过年，病人急着出院的多。手续好不容易办利索，奔车站的路上又堵车。

我又问，病人吃晚饭了吗？

女人说，怕他屎尿。就将就吧。

包厢里有了动静。20上翻了个身，被子险未掉下来。女人起身，把被子往上掖了掖，对我说，不说了，别惊醒别人。

黎明时分，列车员来换铺牌，并提醒做好下车准备。原来病人在前方站下车，那个20上也下。列车已减速，列车长和乘警又赶过来，准备帮助抬送病人。女人对20上说，大兄弟，拜托帮把手，我手上带的东西多。

20上没拒绝，他将双肩背包挂在肩头，左手便抓牢了担架的把手。见他抓前右，我便抓后左。乘警说，老先生，后面我一个人就行。我说，多只蛤蟆二两力，我总比蛤蟆沉。几个人都笑，20上都跟着笑。

列车进站，站台上很安静。担架放到光滑洁净的站台上时，有个中年汉子悄然靠前，从20上肩头接过背包，似乎还说了句什么，然后转身离去。

但就在那一刻，让我万没料到的一幕陡然出现。一直卧床不动的病人突然豹子般腾身而起，一下就将接包人扑倒在地。20上见状，拔腿欲跑，却被一直跟在他身后的女人抓住臂膀，一个漂亮的背飞，眨眼间就被重重地摔在站台上。说话间，只见人群中闪出几位便衣人，瞬即便将那两人扭走了。

一切似梦，猝然反转，让人目瞪口呆。豹子般的病人站在我面前，用力地跟我握手，说夏老师，一路委屈您了，但愿后会有期。我怔了，原来他不光身健如豹，还知我的姓氏和退休前的职务，看来，一切，都不简单啊。

会擒拿的女人也跟我告别，笑着说，我知夏老师好写文章，如果写到今天，还是假语村言吧。我们缉毒警察的任务复杂又漫长，而且风险极大，还请多支持。

我知道，这不是玩笑。缉毒工作讲求隐秘，力求人赃俱获，且要顺蔓掘根，我把此篇小文中的具体时间、地点和车次尽皆隐去，也算是对缉毒的一点配合吧。

我说，真没想到，大过年的，又全国防疫，警察同志的工作还这样紧张。

女警察说，越是在这种时候，越不能让毒贩们趁机作乱。

开车的预备铃声响了。女警察跟我说的最后一句话是，19下是您的了，内勤同志已跟铁路部门打过招呼。祝夏老师吉顺安康。

原载2020年第6期《天池小小说》

我所杜撰的冯吉的故事

施　展

冯吉的吉是吉祥的吉，他爸妈是卖菜的。

小学时候相好的女同学，曾经把我拉到升国旗台子下面，她从浅黄色衣兜里掏出一个小布包，里面包着的是一个吃剩的口香糖盒子，我把它打开，一股浓浓的薄荷味涌出来。我那女同学把她机警的小眼睛努力睁大，凑到我耳边：“这就是我的秘密，里面写着我喜欢的人的名字。”

接下来我就看到了写着冯吉名字的小字条。原来她的秘密是这个啊，还以为是什么呢。女同学名叫穗穗。穗穗身子骨比我小一大圈，短短的蘑菇头，一张瘦削的小脸白得没有血色，衬着琥珀色的眼睛像个受惊的小动物。

冯吉跟她完全不一样，长手长脚，皮肤又晒得黑黑的，结实又调皮。他总是和大家嘻嘻哈哈打成一片，下课时间跑去小店里买五毛钱一大包的迷你小冰棍分给大家，上语文课的时候他周围一片孩子都在嚼。他每天背着拉链失灵的脏书包，回家路上把作业和课本掉得到处都是。

虽然成绩不好，但是他那么有趣，看着就让人开心。穗穗喜欢他当然很正常，不说穗穗，我都挺喜欢他。他上次冬天在学校里挖了个洞，把家里的好吃的全带过来了，等到下课的时候又招呼班里同学围在一起，变魔术一样从积雪和泥土里刨出蓝色塑料袋包的威化饼干分给大家吃，我现在想起那又冷又脆的饼干都忍不住咂咂嘴。

穗穗说，我都告诉你秘密了，你得给我出主意。我告诉她，喜欢一个人要付出行动的，比如你得给他送礼物他才知道。那时候是初春，天还有点冷，穗穗棉袄外面一直戴着浅蓝色的袖套，她买来好多好多叠星星的纸，上课的时候叠，下课的时候也坐在外边花坛上哆哆嗦嗦地叠。我握了握她的手，冰冰凉，递了一粒家里捡到的好看的小圆珠给她。

“这珠子这么好看，准用得上！”她一脸欣喜。

周末妈妈带我去市场买菜，远远地看到一个穿着灰袄子的熟悉身影，我见到他的时候他正帮他爸爸把像他一样结实饱满的大白菜搬上秤去。我盯着他辨认了一会，看着他把条纹的毛线帽子摘下来，坐在落满碎叶子的车斗上，头顶冒出白色的雾气。

“冯吉！”我在市场的喧嚣里大声喊。

他转头看向我，把胳膊伸得高高的向我挥了挥。

当柳树开始飘絮子，穗穗叠完了第九十九颗小星星，还收集到了各式各样好看的小珠子。穗穗从家里拿出一个老虎形状的巧克力糖盒，把它们通通塞了进去。那时正逢月考出成绩，冯吉是班里倒数，语文老师在班里发考卷。

老师发髻盘得高高的，面色暗淡，又细又密的牙齿显得有些发乌。她用手指点了点薄的那沓考卷：“成绩差的以后会去菜市场卖菜，过最底层的生活。”她抬起头刚好对上了冯吉躲闪的目光。

“冯吉的爸妈就是卖菜的，冯吉你成绩这么差不会有出息的，你以后也只能卖菜。”

老师绝对威严的话语声波在班级扩散，引起一阵阵附和：

“卖菜的哦……”

“菜农的儿子，没出息。”

“冯吉，你家是不是只能吃剩的烂菜叶？”

我在这种环境下突然产生了一种微妙的感觉，在心里悄悄地为自己不是菜农的孩子，不用吃卖不掉的白菜叶而庆幸。

我的同桌晃着稚气的小辫子说：“卖菜的，捡破烂的，和乞丐都差不多，他们都没钱。”

此时的冯吉像被定住了一样，嘴巴微微张开，脸色惨白，眯着一双像被烈日刺痛了的眼睛。我看到他的手指用力扣了扣桌布，指甲里还有点泥土。

那天下课的时候冯吉从座位抽屉里摸出一只小糖盒，因为打开得太用力，里面的东西全都掉了出来。五颜六色的小星星和塑料小彩珠在一片嘘声中滚得到处都是。

“哈哈哈，卖菜的你要找到老婆了。”

“你就拿你家大白菜当回礼吧。”

“卖菜的，卖菜的……”

我的目光穿过吵闹的人声落在穗穗身上，她的头发垂在脸侧看不出什么表情，两只干干净净的浅蓝色袖套被她扯下来丢在桌边。在这不友善的喧嚣里，我想到了薄荷味的糖盒和穗穗浅棕色的瞳孔，想到了她告诉我秘密的那个下午，想到了毛茸茸的柳絮团子。

那天之后冯吉好像变矮了，跑步也变慢了。我见到他总会在心里默念一句，冯吉家是卖菜的。我和穗穗待在一起的时候，她总是显得有些沉默，对于冯吉和那份署了名的礼物我们都只字不提。就这样过了一段时间，小孩子的记性不是那么好，当“卖菜”一词就快要隐没在冯吉的脸庞之后时，又有事情发生了。

那天班会的时候，语文老师在全班同学的注视下递给冯吉一只皱巴巴的，印着什么超市的塑料袋。

“冯吉家里困难，而且有个弟弟，我们来帮帮他的父母吧。大家有不用的文具，还有丢在班里没人认领的文具，我们都给他。”

那天老师穿着红黑条纹的连衣裙，又像警戒员又像个决判官。我知道她似乎在做一件好事情，但我体会不到感动，她做这件事是为了冯吉吗？冯吉垂着头，我看见他眼眶红了。他现在很痛苦，我心里也难受，只有老师在微笑，她为什么在微笑？

冯吉两手张着袋子被老师指使着挨个座位走了一遍。我的同桌今天在小辫子上戴了好看的蝴蝶结，她对我说：“你看，我就说卖菜的和乞丐一个样。”我不得不承认，此时的冯吉让我陌生，让我想到了大街上磕头作揖的人。

当冯吉走来我这里时，我把一支花纹我并不喜欢的新铅笔小心翼翼放在他的袋子里，但我并不觉得自己做了一件好事，那支铅笔在很长一段时间里让我不得安宁。而我的同桌，拥有好看辫子的可爱女孩，一改刚才的态度，以高人一等的怜悯，不可察觉的不屑，白开水一般的笑容面对冯吉，像个真真正正的施舍者。她惬意地接受了自己高人一等的事实，并卖力演出，我为她的施舍天赋而大为惶恐。

我想到了那份被灼烤的稚嫩的喜欢，想到了我递过去的那粒小珠子，如果我转过头去会怎么样，穗穗的眼睛里会不会也存有怜悯呢？这次我不敢回头看穗穗。

原载2020年第7期《作家天地》

麦黄时节

李国明

老家的男青年，订婚前要过两关，一关是小见面，另一关是大见面。两关都过了，女方还要认家。认家环节，双方亲家，七大姑八大姨，氛围气场，要轻松好多。

当然，各环节要拿捏得当，还离不开一个导演——媒婆。

我上高中时，家里的炕沿上，娘对面，经常坐着一位穿大红袄的女人。一次，我进屋时，竟被她那火辣辣的目光，烫了一下。

娘说，见了你吴姨，也不知道说个话。

吴姨好！

我对这个吴姨，缺乏好感。娘蹬着竹梯，把院子里杏树上的大白杏，摘个精光送了她。她走后，娘说，今后，你讨媳妇，还指望人家哩。

哼！没她，我一辈子就讨不到媳妇了？

娘瞪了我一眼，说，傻孩子，讨老婆，谁能离了媒婆。

那一年，我成了李家屯第二个大学生。第一个大学生是我哥。哥就没用媒婆，和他同学自由恋的爱。毕业后，都分在了县中学教书。三年后，我也毕业，分到了州城供销大厦。

那是芒种后炎炎的夏日。我和未婚妻月月，在村口下了车，手拉手，踏着麦田间的小路往家走。四叔提一把镰刀，走到地头，拎起水壶，咕咚咕咚喝了几口，一抿嘴说：

老二，回来了。她，是总经理的千金吧？

割麦的四婶直起腰，也走过来，望着月月，说，多白多俊，一看就是城市长大的美女。哈哈哈！快回吧。

四婶的笑声，如干热风，在麦浪上荡漾，连潜伏在麦穗间的家雀，也惊飞了。

叔，麦子黄了，你也开镰啦?

是啊，你来得正好，你爹在家磨镰，盼着劳动大军归来呢。

我们刚进屋，哥哥嫂子也进了院。他们是特意回家收麦的。

嫂子和月月手拉手，说不尽的甜蜜话。娘端来瓜子说，家里脏乱，比不得城里。

嫂子一边帮娘往灶洞添柴，一边翻动肉饼。肉饼的香味，伴着娘和嫂子的说笑声，溢满了整个庭院。

我说，月月，你不去厨房看看，那肉饼咋烙?

你去吧，你学会了，做给我吃。

你不去，我可去了呀!

你也别去，在这陪我。

我给娘和嫂子倒了两杯茶，送进厨房，娘推搡我出来。嫂子拉动着风箱，说，厨房里没你的事，去陪月月吧。

午饭很快就吃过了。可爹非要磨完镰刀再吃。月月一来，爹的抬头纹也舒展了。他手里的镰刀，磨得起劲，磨得风生水起，还多磨了一把生锈的镰刀。

割麦前，我和哥哥都脱掉西服，换上了半袖衫。西厢房地上，并排着四双军绿色运动鞋，那是爹在集市上买来的。我、哥哥和嫂子回家干农活时，都习惯换鞋。而有一双运动鞋，始终崭新净洁的鞋垫，从没人穿过。

嫂子全副武装了。割麦，土生土长的嫂子是把好手，每年割麦她都把我们甩下老远。

我换完鞋，望着那双新鞋，等月月换鞋。月月!

月月不来换鞋子。我提着新鞋子，来找月月。她仰卧在炕上，两只高跟鞋伸出炕沿儿。

老佛爷，该换鞋了，我们去麦田割麦喽!

鞋子刚替她换下一只，月月忽地坐起来。说，我不去！你也别去，在家陪我。

我？开玩笑呢！

你必须在家陪我。

你?!

娘把我拉到一边，说，别犟嘴，你在家陪月月。

娘，我是为割麦才回来的呀！

一番甜言蜜语，月月总算应允，我可以去割麦了。

一块麦子地，转眼就被我们撂倒。爹说，另一块，麦叶还绿。麦熟一晌，后天再割吧。

麦子用小拉车，卸到了麦场。压麦场几家合用。四叔四婶建议，让爹压头场，老大老二他们官身不自由，趁他们在家，忙活几天。

麦子摊开了，到边到沿，像起伏的山脉。娘去福星叔家，他压麦的 50 拖拉机，也被娘敲定了，下午进场压麦。

正午的阳光，将我的竹席草帽晒透了，草帽下是那条用凉水浸透过的蓝格子毛巾。湿了干，干了湿。

忽听天空闷雷滚动，乌云压顶，燕子俯冲又腾起，黑漆漆的夜幕逼上来。

变天啦，快收麦呀！

四叔一声吆喝，所有人手里的木杈，扫帚飞扬，忙乱成一片沸腾的海洋。

龙王爷张开大口发威，要用倾盆大雨，吞吃这些麦子。爹不答应，四叔不答应，庄户人谁答应呢？他们和天斗，和地斗，和命运斗，不就是为了眼前将要到口的麦子吗？这会儿，麦场上一个人，顶一万个，多一个人，就和老天多抢回一粒粮食。

我奔跑着回家喊月月。

我不去！你也别去，在家陪俺。

你？嗨！我转身跑回了麦场。

晚饭桌上，娘示意我请月月出来吃饭。月月一肚子委屈，哭着说，一分钟都不愿待在这。

麦子还没压头场，咋回？

你不回，我回！

天没亮，爹蹲在墙根磨镰刀，哧！哧！哧！

娘用手帕包了煮好的红鸡蛋，说，老二，你和月月回城吧。那块麦，你哥，你嫂都在家呢。

我不回！

月月从屋里冲出来，手里拎着肩包，一副决然离去的架势。

哥嫂和娘，把我围在中央，已央求我了，回吧。

那天，我深一脚浅一脚走了。那一刻，我神经和脚步一样失去知觉，不知怎么迈上公交车门的。我忽又觉得，身边自从有了月月，和养我长大的家乡，越来越有了距离，而内心，却永远渴望靠近。

事实上，我再也没见过那个红衣媒婆。

单位最大的领导，把独生女月月托付给我，是多少员工求之不得的人生际遇。我像驸马爷一样受宠，却惴惴不安。岳父说，月月在月宫里长大，愿你像我一样宠她，你也要慢慢适应月宫里的生活。

老公，你想什么呢？公交车开动了，月月依偎着我问。

窗外黄澄澄的季节，飞逝的倒影。我耳边回荡着一种声音。爹蹲在墙根，用力磨那把生锈的镰刀，哧！哧！哧！

原载 2020 年第 1387 期《金雀坊》

寻找芹姐

贾淑玲

他也不知道是在哪一天，芹姐就彻底失踪了。

他从小就跟在芹姐的屁股后面，像条甩不掉的小尾巴。对了，芹姐并不是他的亲姐，而是他邻居家的女儿。长大之后，他发现爱上了芹姐，看到芹姐和别的男孩子亲近，心里就像洒了瓶醋一样。

那个一见他就笑，一笑就露出甜甜酒窝的芹姐，为什么就失踪了呢？可想而知，芹姐的失踪，对他打击有多大。

几年来，他都不曾放弃，满大街寻找。不放弃是因为不想自己有那种被掏空的感觉，不想自己的生活突然就没有了方向。寻找芹姐，也顺理成章地变成了他精神上的支柱，他不允许自己或者别人来摧毁这仅有的执念。

他希望哪一天遇到一个人，看着照片，若有所思，然后一拍脑门，说："我见过她，在学校门口，她曾经卖过早点。"

他更希望哪一天遇到一个人，看着照片，立刻说："我认识她，她一见人就笑，一笑就露出甜甜的酒窝，她是一个好姑娘。"

这样，他会觉得因为有人记得她的模样，记得她的美好，而让他觉得不至于太过悲伤。可现实往往不是这样的，现实是这样的：

"您见过照片上这个人吗？"他把照片拿给路人看。

路人匆匆扫了一眼，说："没见过。"

"您再想想，或许在某一个地方见到过她，她一笑就会露出甜甜的酒窝。"他不放弃，一边跟着路人的步伐，一边进一步提示着。

路人不耐烦地摆摆手，匆匆走了。

"你认识照片上的姑娘吗？"他继续问下一个路人。

“不认识，不认识。你问别人吧。”对方很不耐烦，估计刚遇到什么烦心事儿也说不定。

“哥们，见过这个姑娘吗？”他没有放弃。

“哟，挺靓啊，怎么，和别人跑了？我告诉你，作为男人，这样的事儿咱可不能忍，找到那个男的，把他打个乌眼青都不过分……”男人没说完，脸上就重重挨了一拳。结果可想而知，两个人扭打在一起。不过，打一架，他觉得很过瘾。

“大姐，您见过这个姑娘吗？”他带着伤，继续问。

“没见过。”

他除了失望之外，并不怪路人的敷衍，毕竟这对于他来说是头等大事，可对于一个路人来说，一个不相干的人失踪，简直不值一提，每天手机上爆挤的新闻，比这凄惨、有趣许多。

可芹姐失踪，对他来说，就是整个世界阴暗了，没一丝光亮。

但他不放弃，他把所有的业余时间，都用来思念芹姐，用来寻找她。或许你会说，现在通讯这么发达，网络这么便捷，为什么他只拿着照片在人群里慢慢寻找？是的，这也是最初我想不明白的。

直到那天，他把自己灌醉了，拿着照片又到处去问路人：“你见过这个姑娘吗？你知道她在哪里吗？”

当对方摇头的时候，他大笑着说：“我知道她在哪，她在监狱，她在监狱！”说完，坐在地上抱头痛哭。

很多人都围着他看，毕竟一个大男人在街头号啕大哭，这样的情景也不多见，比一般的偷鸡摸狗的犯罪概率要低很多。

“你知道吗，我是真心要和你过日子的，你为什么就不肯相信我？”男人看着照片，旁若无人地吼叫着。

人越聚越多，警察赶到后，把男人带走了。

“你为什么坐在马路上哭？哭是你的权利，阻碍交通就不对了。”警察说。

“我爱的人失踪了。”他说。

警察听了说：“人失踪了你可以报警。”

“她在监狱里。”他抱着头说。

警察愣了，说：“你既然知道她在监狱里，为什么还到处找她？”

他看着警察，疲惫地说：“她本来靠卖早点生活，挺阳光的，再累也总是笑。可有一天，她失踪了，我报案了，后来她被解救回来，那该死的人贩子，我想亲手杀了她。”他说着，眼里开始冒火，瞬间又悲伤地说：“你们告诉我，为什么？为什么她不愿意接受我？我是真的想和她好好过日子的。”他情绪有些失控。

警察说：“那她又犯了什么罪？”

他说：“这也是我想知道的，她竟然去拐卖妇女，为什么要把自己的痛变成别人的痛？”

沉默了许久，他说：“我一次都没去看过她，我不知道怎么面对她。”

原载 2020 年第 4 期《天池小小说》

琵琶扣

赵婷婷

在光州，范家以生产桑蚕丝扎根立户，以祖传琵琶扣远近闻名。据说这琵琶扣乃窦太后所赐，世上仅两枚，范家占其一。散商们路经此地，准要去挑些丝料，讨家眷欢心或倒卖，赶巧儿的，还能一睹琵琶扣的真容。

民国初年，时局动荡。范老爷常说浪再高，也在船底，山再高，也在脚底。怕，就翻不了浪，过不得山。这股劲儿，拧得范家人成了一股绳，生意越做越红火。坊间传闻，范家背后诸葛是丫鬟石楠，大家说说笑笑，无人当真。

十年前，石楠还是淮河边儿上的小乞丐，奄奄一息之际，一股香味儿直往肚儿里钻，正去南阳宛北探亲的范少爷，双手递来一包油馍，让她赶紧吃点。范少爷见石楠花开得正盛，对女孩说，以后你就叫石楠。小女孩上了汽车，引擎一发动，吓得她眼泪直打转儿。

如今的石楠，肌肤通透如玉，明眸清亮似星，麻花辫垂至腰际，配上一副大红的耳夹子，走在大街上，即便粗布短衫长裤，男女无不回头多看两眼。上门提亲的不乏豪门军阀，无奈，石楠非少爷不嫁。

范少爷天生长短腿，走起路来一颠一跛。曾有家道中落的商人，绑架范少爷，要挟拿琵琶扣交换。范老爷一听，旧疾复发，交代石楠带上琵琶扣换人。

石楠去了，面无惧色，坐在藤椅上优哉游哉。那厮王八瞪绿豆——看对眼了，一顿好酒好菜招待。席间，石楠连哄带骗，那厮恍然大悟，说："世人皆知这琵琶扣是范家祖传之物，我若取了，换座金山，也永世不得翻身，委实糊涂呀！"

回去后，少爷与石楠成婚。范老太太将琵琶扣传给石楠。婚后，两人开办光州第一家旗袍行。少爷走线，石楠在一旁学着刺绣，胡乱扎几针；少爷缠着盘扣，石楠在一旁学着缝针，斜里八叉。少爷时不时瞟一眼石楠，那小脸儿越看越发光彩照人。她说要一件独一无二的旗袍，少爷答应亲手缝制，可惜命薄，不久便丢下即将面世的旗袍，撒手人寰。那年，石楠正值桃李年华。

范老爷年近耄耋，将一半家业交付石楠，支持她去女子学校学习裁缝专业。石楠知恩，十年苦学，凭着执着劲儿，成为旗袍行出类拔萃的人物。她会在旗袍细节上做文章，要么下摆缀上荷叶边儿，要么侧边缀上蕾丝，要么饰品别致。经了她手的旗袍，简直就是女人的天选之物。仰慕石楠的男人，时不时也有胆儿大的冒出来，都被冷水浇醒。

一日，称是亡夫好友的一位先生，敲开门。他像极了秋日里的阳光，干净明朗，而石楠像水塘边的红蓼子，枝枝杈杈，有复活之势。先生名叫付朗，因避难求助旧友，一听范少爷亡故，在厅前抹起眼泪来。

一家人同情他的遭遇，决意帮他。范老爷嘱托石楠，将人藏到南阳老家去。

途中，付朗跟国民党交手，子弹飞来，石楠去挡，直钻右手手腕，付朗帮她取出子弹。她疼的时候，付朗的心跟着揪起了疙瘩。付朗在房间写稿，她在窗边晒着太阳，用左手缝着那件未完成的旗袍。

“你待我如此真诚，我以身相许可好？”付朗盯着石楠的侧脸，说笑着。

“朋友妻，不可戏！”石楠手一颤，针差点扎着自个儿。

“也罢，我随时可能没了！”付朗自言自语着。

“一马不配两鞍，一脚难踏两船。你有未婚妻，虽世道混乱，但不可辜负。你是少爷好友，他在，也会护你周全！”石楠回答得有些迟缓，嗓音像被冷风吹过。

琵琶扣缝成了对襟，石楠打结，绞线。

“这是上等和田玉，稀世珍品哪！”付朗惊叹着，两眼放光。

石楠不语，穿上试试，凹凸有致，若隐若现，女人的韵味，一展无余，宛若一朵月色下盛开的芍药。旗袍上的丝线，一寸一寸燃着付朗。那夜，他自斟自饮，清水白茶，竟醉了。

入冬，付朗染了时疫，除了身上的行头值些钱，身无分文，万般无奈下，石楠悄悄从旗袍上取下琵琶扣，当了些银钱。

付朗未婚妻赶来，在竹林徘徊，石楠见了付朗的未婚妻，红蓼子也好，石楠花也罢，在她面前都是多余的假象，民国奇女子大抵如此。只见她褪下戴着的金镯子，递来，石楠识得这镯子沾了主人的灵气，便婉拒。未婚妻笑而不语，将琵琶扣取出，递给石楠，说：“世人皆云琵琶愁，不知琵琶怨着扣。”石楠觉得这女子，不似人间，又实实在在立在眼前。石楠把琵琶扣又缝在旗袍上，收拾好行囊，回了婆家，一心拓展家业。

每逢石楠花开，石楠常常穿着那件旗袍，坐在门槛上，一坐就是半天光景。

原载 2020 年第 8 期《小说月刊》

乌日嘎的蒙古马

申　平

乌日嘎对着手机用力喊：快闪啊，你一定要吃东西啊！你等着我，我一定回去看你啊！

说着这话，他的眼泪已经夺眶而出了。

那边听电话的，却不是人，而是一匹马。有人举着手机，放在马耳朵上，让它听。奇妙的是，那匹叫作快闪的马，在听了这个电话以后，竟然真的开始吃草了。这家伙，可是已经绝食三天了。

五年前，十九岁的乌日嘎从塞外草原来到北京闯世界，他是奔着当演员或者是歌唱家来的。一年以后，兜里没钱的他只能到一家马术俱乐部里当马夫，喂马。

他一进马厩，就看到了一排高大漂亮的洋马，说实话他并不怎么喜欢这样的马。后来，他终于看到了一匹没那么高大的马，他一眼就认出这是一匹蒙古马。在北京这样的大都市里，他看见这匹马就像看见了老乡一样亲切。他走上前，想摸它一下，给它戴上笼头，不想那马忽然直立起来，举起前蹄，直奔他的脑袋砸过来。幸亏他躲得快，不然脑袋就开花了。

这时，正好俱乐部的老板来了，他说：新来的，你找死啊！这匹马别看个儿小，但它脾气可大，到目前还没人能降服它。

乌日嘎的倔劲儿就上来了，他说：老板，让我试试。在我们蒙古人面前，没有驯不了的马！

他突然冲过去抓住马鬃，翻身上马。那马立即暴怒起来，蹦跳，摇摆，直立，狂甩，一心要把背上的人摔下去。但是那人却像粘在了它的背上一般，怎么也摆脱不掉。最后它便在马厩里发疯般打转。它故意往墙边跑，一心要把那人刮落。最后，一截伸出墙体的木头终于帮了它的忙。

乌日嘎掉下马来，汗水和鼻血一起往下流。老板慌了，他却爬起来说：没事儿！这马已经服了。说着他走过去抚摩它，它果然就老老实实的了。

老板就交代说：好，那这马就归你训了。你看看能上个什么节目。

半年后，马术俱乐部演出时，多了个“马上鞭打气球”。一个精神抖擞的小伙子，骑在一匹蒙古马上，在台上闪转腾挪，手中的皮鞭出神入化，准确无误地将一个个四处飘移的气球击碎。他们人马合一，配合默契，引来阵阵喝彩。

不到一年，乌日嘎和他的蒙古马已经有些名气。但是他们真正出名，还是因为两场赛马。

第一场，是乌日嘎亲自骑着它，和那些高头大马比试。站在起跑线上的时候，没有一个人看好他们。谁知道快闪真的快如疾风闪电，一口气就拿了个第一，惊爆全场。

第二次，因为乌日嘎的体重增加，俱乐部找了个小孩骑着快闪出征。孩子虽轻，但是快闪却似乎没了主心骨，渐渐落在了后面。这时，乌日嘎在场外大叫：快闪，加油啊！我在这里看着你呢！快闪听见了他的喊声，就像打了鸡血一般，立刻飞一样朝前奔去，又是个第一！

五年以后，乌日嘎的家人在塞外的一座城市里给他安排了工作，逼他回去上班。没办法，乌日嘎只好打点行装，在一个早晨不辞而别。他实在舍不得快闪，更受不了与它分别的场面。于是快闪就绝食了……

头两年，乌日嘎通过电话和视频，一直保持着与快闪的联系。后来俱乐部搬迁，马夫换人，联系就中断了。乌日嘎的心里，就开始不安起来。他总是梦见快闪被人鞭打欺凌。于是他硬是请了一个星期的假，跑到北京去看快闪。

找了两天，才找到那个马术俱乐部。老板虽然没换，但是经营规模小多了，许多马匹都被卖掉了。蒙古马快闪就在被卖之列。

乌日嘎急得手指老板的鼻子：你怎么能……怎么忍心卖它！你告诉我，它现在在哪里？

老板说：乌日嘎，对不起。你走了，这匹马谁也摆弄不了。上不了节目，我不能白养着它吧。它应该在离这七十多公里的郊区呢。有一天它曾经自己跑回来，人家又来把它找了回去。

乌日嘎一听，马上打了一辆车飞奔而去。

真是来得早不如来得巧。乌日嘎进村的时候，正好看见一个汉子手持皮鞭，在抽打一匹拴在树上的马。那马不断尥蹶子反抗，但是身上已经伤痕累累。仔细一看，这不正是快闪吗！乌日嘎大吼一声就冲过去，一拳就把那汉子打倒在地，又踢了一脚，然后扑过去抱住了马脖子，大哭起来。快闪也认出了他，打着响鼻，泪流滚滚。

一人一马正在悲伤，那汉子已经喊来好几个人，手持木棍要对他们下手。

乌日嘎用身体护住马说：你们先慢动手。我是这马的主人，请问这位大哥，你为什么打它？

汉子说：我打它是轻的，我都想杀了它！我把它买回来，它总是捣蛋，今天又踢碎了我的车，你说，还不该打吗！

乌日嘎说：大哥，你知道它是怎样的一匹马吗？它是一匹宝马、神马啊！两年以前，它为那个马术俱乐部赚了多少钱啊！你是花多少钱买的，我给你。让我把它带走吧。

汉子听了，挥挥手说：那好吧，你给五千块，马还是你的。

回去时，乌日嘎不忍骑身上有伤的快闪，让它在前面带路。七十多公里，他们走了两天。

老板看见乌日嘎又把快闪带回来，脸子拉得很长。乌日嘎就说：老板，你应该想想快闪给你赚钱的时候。如果你不愿养它，以后由我来供养它好了，就算寄放在你这里行不行？

老板说：寄放？你说得轻巧！它又不是一件东西，难道不需要有人照顾它吗？

乌日嘎跟老板说了半天，见他仍不松口，又怕真的寄养在这里，没准又被他卖了。他便咬了咬牙说：老板，这么好的马你都不要，你的生意还能做好吗！你现在想要，我还不给了呢，我要带它回草原去。拜拜吧您哪！

第二天一大早，乌日嘎和快闪就出了俱乐部大门。路过门前俱乐部的宣传牌时，快闪突然连尥两个蹶子，咣咣两下，把那牌子踢烂了。

原载2020年第1期《安徽文学》

乔县令设考场

王松平

乔县令当然姓乔。

“张师爷，你来一下。”乔县令坐在一把老木椅上，扭头对书房门外喊了一声。

“老爷，有何吩咐？”张师爷问。

乔县令拿出一张库房登记单，递给张师爷说：“库房昨夜被盗，你去看看少了些什么。”

“好。”张师爷忙伸出双手，恭恭敬敬地接过登记单，转身去了库房。

一会儿，回来禀报：“老爷，其他东西都在，只是少了两个银元宝、三根金条。”随即将登记单呈上。

乔县令看了眼登记单，又望了望张师爷，问：“查实了吗？”

张师爷斩钉截铁地回答：“是的。”

乔县令似不放心：“你真的查得清楚、明白了？”

“老爷，在下不敢马虎，真的查得清清楚楚，明明白白。”

“啊，那好吧。”

张师爷欲走，乔县令说：“等等。”

张师爷不由心中一愣，问：“老爷还有何吩咐？”

乔县令头也没抬，也没回答张师爷，而是大声喊道：“李衙役，把客人带进来。”

随即，一衙役带进来一个小伙子。

乔县令指着小伙子对张师爷说：“从现在起，你被辞退了，由他接任。”

小伙子衣衫褴褛，打着一双赤脚。

张师爷大惊：“他是谁？”

“他就是盗取库房东西的贼。”乔县令很平淡地说。

“什么？”张师爷如堕五里雾中，“老爷，你……你为什么要辞退我，让一个贼当师爷？”

乔县令捻着一撮长须，慢慢地说道：“奇怪吗？你听我讲个故事。”

于是，乔县令讲了这样一件事：

昨天黄昏，乔县令在回府路上遇到一个小伙子愁眉不展，他便上前搭讪起来，问：“小伙子，你这是怎么了？”

小伙子憋红了脸，说：“大伯，实不相瞒，我本是个穷秀才，已经两天没吃东西了，想到有钱人的家里偷点东西填填肚子。”

乔县令很奇怪：世上做贼的人，谁会这么老实地告诉别人呢？

于是试探着说：“我其实也是个囊中羞涩的穷老头，但我可以带你去个好地方，你偷了东西我们平分好吗？”

“行。”小伙子很爽快地答应了。

天色渐黑，像半透明的纱，灰蒙蒙地罩着一切。乔县令转着弯子把小伙子带到了县衙后院。

小伙子一见，有些胆怯：“这……这不是县衙吗？”

乔县令说：“是的，我带你来，就是让你去偷县衙库房里的东西。”

“这……行吗？”

“不用怕，我在里面有内线。”乔县令说罢，进院子里暗中支开了看守的人，然后出来对小伙子说，“我去打探了一下，这会儿没人，正是好时候，你可以大胆地进去了。”

小伙子立即翻墙入院。

过了很久，小伙子才出来，他偷了两个银元宝，将其中一个给了乔县令。

乔县令拿着银元宝，皱着眉头问：“库房里就这么一点东西？”

“不。”小伙子说，“里面东西不少，大箱、大柜排了一边墙，但我只开了一个小盒子，里面有两个银元宝和三根金条。”

“为何不将三根金条也拿来？是担心两人不好分？”

“不是。”小伙子平静如水地说，“我做贼只是因为饥饿，不得已而为之，不是为了发横财，拿两个银元宝，也是按照先前说好的，给一个与你，否则我拿一个足矣。”言毕，小伙子告辞了。

乔县令见小伙子远去，立刻进库房查验，果然与小伙子说的一点不差。

听罢，张师爷满头大汗，吓傻了眼。

张师爷本是个为人狡猾而贪财的家伙，听乔县令说库房被盗，要他前去查看，心中一阵窃喜，便想乘机浑水摸鱼，把账记在盗贼的名下。谁知进去一看，大失所望，大箱子、大柜子都贴着封条，没有开启，贼只打开了一只小盒子，里面的两个银元宝没了，但三根金条还在，于是他就来个顺手牵羊，把金条揣进了怀里，可万万没有想到乔县令竟在这里设下了一个考场！

这当儿，乔县令看了看一旁局促不安的小伙子，又望了望张师爷，冷冷地笑着说："张师爷，你听了这个故事，你说我该任用谁当师爷呢？是任用他这个为人本分的贼呢，还是你这个浑水摸鱼、私吞公款的贪婪之徒呢？”

张师爷哑口无言，乖乖地从衣兜里掏出三根金条，放到案上，灰溜溜地卷铺盖走人。

“虽然你事出无奈，但偷盗总是不轨之举，下不为例！”乔县令严肃地说。

小伙子羞赧地低下了头，脸又憋红了……

原载 2020 年第 6 期《小说月刊》

无名烈士

刘永飞

刘昌林去世前给刘广盛留下两句话：一是继续寻找刘广济，活要见人，死要见坟；二是照料好无名烈士，逢节烧纸，清明添土。

刘广盛曾不止一次听父亲说起解放前的那个午夜，那时候刘昌林正打摆子，身体忽冷忽热，上吐下泻，且久治不愈，他觉得自己撑不过这场病了。就在此刻，村前的运粮河畔突然响起噼里啪啦的枪声，刘昌林的后背像被人踹了一脚，腾地坐起身来，他想下床，却一头栽了下来。

敲门声是老伴帮刘昌林包好头，扶到床上不久响起的，声音两快两慢，再两慢两快，这是自己人。刘昌林示意老伴开门，进来的是气喘如牛的"老五"，以及后背上那个血肉模糊的战士。"老五"放下悄无声息的战士，当看到刘昌林一副要不久于人世的样子，眼泪哗地就下来了，他几步来到刘昌林床前，紧紧握住他的手不放，他带着哭腔说，昌林，你不要紧吧？刘昌林用尽了最后一丝力气说："没事，说，需要我，做些什么？"

这时的"老五"噌地直起腰，抹了一把眼泪说："昌林，我有万分火急的情报要送出去，这孩子的后事就交给你了！""老五"说完，转身来到战士跟前，当看到被打烂的头部还在流血，他忽地脱掉外衣，把战友的头轻轻地裹上，然后朝他敬了一个礼，就消失在浓浓夜幕之中。

在处理战士的后事时，他们请来了铁匠"马老六"，老马建议给战士擦擦身子，可是，当要打开战士头上的衣服时，他们发现衣服已和战士的血肉粘在一起，老马稍一用劲，哧啦一声，揭开一层。"哎呀——"几乎同时，刘昌林和妻子一声痛苦的哀鸣，仿佛血衣是从他们身上撕下来的。刘昌林说："老马，别，别让孩子受罪啦，就这样吧。"于是，刘昌林指示抽出身下的一张苇席，裹紧，扎牢，由“马老六”把战士葬在了村后的空地上。

解放后，刘昌林就在葬战士的地方起了个坟，节日烧纸，清明添土，从不间断。同时，他一直在等待“老五”的出现，他期待“老五”能带着战士的家人来，或把坟迁走，或问清姓名就地给孩子立块碑。然而，自那晚以后，“老五”再也没有出现过。

1990 年，一个老板打算给村里捐建一所希望小学，老板请来风水先生选址，结果看中了村后的一块土地，只是在迁坟时，出了乱子，只见年过八旬的刘昌林手握菜刀，立在战士坟前，他说：“谁要动这坟，我就要谁的命。”

从村里到镇上，甚至县上的领导，都来做思想工作，他们表达的都是一层意思，那就是：“娃儿们的教育远比一座无名的坟重要！”但是无论谁来做工作，刘昌林始终还是那句话：“没有人家的流血牺牲，咱们的孩子哪会有什么书念！”

此时，有人建议派出所把刘昌林弄进去关几天，等坟迁走了再说。问题反映到所长那里，所长瞪着眼睛说：“老头子当年的地下交通站救过多少人，立过多大功，你们知道吗？我看谁有这个胆子！”

后来，笃信风水的老板把希望小学的选址改在了邻村，村里一下子闹开了锅，大都说刘昌林的不是，说他倚老卖老，不为孩子们着想，这下好了，他们上学要跑上三里路。村里也有支持刘昌林的，“马老六”就是其中之一，老马说：“昌林，好人嘞！年年岁岁为一个不沾亲，不带故的人守坟，你们谁能做得到？昌林心里苦嘞！这广济十几岁就跟队伍走了，到现在都杳无音信，他把这战士当自己的孩子看待哩！”

说这番话时，老马又想起他怀抱战士往村后走的那个午夜，战士少说也有 20 岁吧，可是身子那样轻，甚至隔着席子都能感觉到他的瘦骨嶙峋，想来，他的父母也该像昌林这样在等待和寻找自己的孩子吧！

1995 年，已过 90 高龄的刘昌林溘然长逝，去世的前夜，他叫醒了熟睡的刘广盛，他叮嘱儿子要继续寻找广济，活要见人，死要见坟，他还叮嘱儿子一定要照料好无名烈士，逢节烧纸，清明添土，他说：“如果广济真的像这位战士这样牺牲了，在某个地方也一定会有一些像我们这样的人为他守坟！”

1999年，村里来了个陌生人，要找刘昌林。村人这才知道，他是“老五”的后人，来人告诉刘广盛，“老五”只是个代号，他父亲原名吴庆春，这些年来他一直在寻找父亲的下落。后来，一个村子拆除一间旧祠堂时，在一堵墙里发现了父亲的遗物，几经周折，他拿到了它，原来，他父亲一直有记日记的习惯，只是他记完最后一篇就牺牲了，至于牺牲在哪里没人知道！

说到此，陌生人把一个发黄的本子翻到一页，神情凝重地交给刘广盛，本子上潦草地写了一句话：我被敌人追赶，凶多吉少，若有人见到此书，请告知刘塔司的刘昌林，那天，我背进来的战士就是他的大儿子刘广济！

原载2020年第9期《广西文学》

奶奶的青岛梦

乔正芳

奶奶穿着半新的细格子棉布褂，坐在村口，坐在五月的洋槐花香里。

路过的女人一个个停下来，端详着奶奶，问，大婶子，谁给的衣裳呀？这么漂亮！

奶奶抿着嘴，低头摩挲着衣裳角，慢悠悠地说，我四妹给捎来的，我四妹在青岛工作！

这样的日子像过节。奶奶的四妹不止捎来了大大小小的半旧衣服，还捎来了她的欢喜和全村女人的艳羡。

奶奶是个白净俊俏的女人，可她总说自己命不好，打三十岁起守寡，带着三个年幼的孩子和一颗敏感的心，时常觉得有人要欺负她。每当奶奶在生产队里受了气，就坐在田埂上抽抽噎噎地哭。哭狠心的爷爷，哭瘫痪的婆婆，哭可怜的孩子和薄命的自己。越哭越伤心，越哭越委屈，拖着长声说槐花岭这个地方是待不下去了，俺干脆学石头他娘狠狠心撇下三个孩子去青岛算了……

石头他娘也是寡妇，两年前扔下两个孩子走了，一去再没回来，听说在城里找了个退休的干部。奶奶的四妹也想让奶奶改嫁，她曾托娘家人从青岛捎信来，说如果奶奶同意将两个大点的孩子撂在老家只带那个最小的闺女，她可以帮奶奶在青岛介绍个当工人的对象。奶奶听了有些生气，一口回绝了。

男人们被奶奶哭得唉声叹气，女人们被奶奶哭得全都低了头，便有会说话的来安慰奶奶，兄弟姊妹们一个生产队里混日子，好比在一个大锅里摸勺子，哪有筷子碰不着碗的？大家也是无心，松他娘，谁深句浅句的别往心里去。

奶奶听了，便止住了哭声；擤擤鼻子，用袖子擦擦眼，接着干活去了。

在奶奶或长或短的叹息中，几个孩子磕磕绊绊长大了。

每当奶奶督促他们干活时，就说，加把劲呀，等啥时咱日子过得宽裕了，娘就带你们去青岛，去你四姨家看看。

她嘴角泛起笑，眼睛眯缝着望向东方，仿佛那美丽富饶的青岛就在前方不远处等着她。

庄稼人的日子催人老。奶奶由媳妇变成了婆婆，接着变成了奶奶。

日子一天天走远了，可青岛，依然是奶奶心底一个不能忘却的念想。

每当生了儿子或儿媳妇的气，奶奶便悲切切地坐在门口，拍打着膝盖使劲哭，边哭边说，我早知道这样还不如当年扔下你们去青岛……

家里人听了这话便都噤了声，各自找地方躲着。

但青岛——这个美好又带几分神秘的名字却离我们的生活越来越远了。奶奶的四妹——我的四姨奶奶好久都没有带信和包裹来了。奶奶似乎感到了一种危机。她惶恐起来。

那年秋天，庄稼刚收完，奶奶便紧着忙活起来。她不分白天黑夜地去捡拾栗子，剥花生米，切熟地瓜干串在尼龙绳上晾晒。折腾了十几天，一样样打点好，共装了满满两大布袋。

奶奶掐着指头挑了个好日子。天刚拂晓，便把父亲喊起来，洗脸吃饭换衣服，陪着奶奶去青岛。在我们全家愉悦的目光中，奶奶颤悠着身子、满脸喜气地随着父亲向着金灿灿的东方出发了。

晚饭时，娘和我们姐弟围坐在桌前猜测着奶奶这趟去青岛能住几天，四姨奶奶家的楼房是个啥样子，奶奶回来时会给我们带什么好东西。正讨论得热火朝天，父亲却一脸疲惫地背着奶奶回来了。我们惊愕地看向他，父亲气喘吁吁地说，奶奶刚到县城坐上汽车就呕吐，一路走一路吐，简直要把黄疸都吐出来了。司机怕有危险，坚持叫我们下车……

奶奶在炕上躺了五六天才下地，人蔫蔫的没精神。她从此不再提“青岛”这两个字。奶奶渐渐消瘦下来，半夜里她时常咳痰，带着血丝。

奶奶临走的那一天，父母坐在床前，轻声呼唤着她。奶奶的脸蜡黄，已经两三天水米不进了。她忽然睁开眼睛，看着父亲吃力地说，青岛，去青岛——

父亲听明白了，不禁悲从中来，趴在奶奶身上哭了好久。

安葬好奶奶，父亲决定带我们全家去一趟青岛。

父亲没有打算去拜访他的四姨我们的四姨奶奶。父亲说其实他四姨五六年前就不在了，家里其他人也没再联系。姨奶奶家条件好，每个人都有体面的工作，我们别去给人家添麻烦。

和奶奶想象的一样，青岛很美很繁华。我们顺着海边大道溜达，马路上密密麻麻的车辆晃得我们有些头晕。

父亲怕我们走丢了，他提议一家人拉着手。他拉着弟弟，娘拉着我。父亲右手牵着弟弟，左手半握拳朝后伸着，看上去像紧紧拉着一个人。每到一处，他就嘀嘀咕咕解说着，这是栈桥，听听这海浪声……这里是五四广场，好多人在放风筝。看，那个鹞鹰的风筝多好看——

我们仰起头，看那只雄健的大鸟鼓胀着双翅飞上天空，越飞越高，仿佛是飞向天堂的使者。

原载 2020 年第 4 期《小说月刊》

做土方工程的老钟

满 震

我无意说一个诈骗故事给你听，我只是想说说老钟这个人。

我是在一个饭桌上认识的老钟。老钟坐在我对面。经主人介绍认识后，他举杯“打的”来到我的跟前，恭敬地说：“领导，我敬你。”干杯后他接着说：“老弟我刚做土方工程不久，没有人脉没有关系没有路子，全指望朋友帮忙。领导你见的世面广，接触的人多，以后还请多多帮帮老弟。”

他尊称我为“领导”，其实我在单位里只是一个小科长而已。

那个时候，机关上下都在忙招商引资。有一次接待一个客商黄老板。黄老板说他朋友那里有一个土方工程，问我能不能给他介绍一个施工队伍。我马上想到了老钟，便把他引荐给姚老板。老钟非常高兴，大气地说：“非常感谢。工程做完利润我们五五分成。”

我说：“非常感谢你的好意。但我一毛钱也不会要你的，因为支持帮助企业发展是我们应尽的职责。”

然后，黄老板带我们前往位于邻省池城县的发包单位接洽。

我们来到池城县城的一栋旧楼的三楼上，见楼梯口墙上挂着“×××城建开发公司”的牌子，往里走，一间间办公室的门头上分别挂着“业务科”“设计室”“财务科”“办公室”等小标牌。我们走进最里一间的“总经理室”。严总亲自接待我们。我们落座后，他展开桌上的图纸就给我们详细介绍这个项目，最后说到土方总量多少，价格多少。

老钟最关心的是土方量和土方价。而我最关心的是这个项目的真实性可信性，便问他们有没有计经委的批文。严总随手从文件夹里抽出一份盖着公章的红头文件给我看。我又询问了一些我能想到的问题，他都一一回答了。

最后严总说："如果决定做，进场时先要交 5 万块钱保证金。"

我说："我们的机械设备、人员大老远地赶来进场就将产生消耗，这时候我们如果不做或者你们如果不让我们做，我们就会损失惨重。我认为你们不应该要我们交什么保证金，而是你们应该给我们一些预付金才是。"

他说这是他们地方政府的统一规定，凡外地施工队伍进来一律要交保证金。

我说我们回去研究商量一下，做与不做尽快给他们回复。

回来后，我跟老钟说："从批文看，这个项目是真的。但我跟黄老板还有他的这个朋友严总本来就不熟不了解，只是萍水相逢。我们还是慎重为好。还要多方了解核实，不要草率决定。"

后来老钟就没再跟我联系。有一天我忽然想起这事，就主动打电话问他这事现在的进展情况。他说："他们又带我去了施工现场实地考察了，应该没什么问题。你工作忙，我怕耽误你时间，就没让你陪我去了。"

我提醒他说："现在骗子多。你还是要细心一些稳重一些，多个心眼。有什么需要我帮忙的就跟我联系。"

可是后来他一直也没跟我联系。有一天又在一个饭桌上遇到他，我自然就又问他上次那个工程的事。没想到他说："你工作忙，这事你就不用多操心了。事成之后我该怎么感谢你我会怎么感谢你的。"

我说："你误解了我的意思。这事我是牵线介绍人，当然希望你做成。如果有什么闪失，那我就会很过意不去的。你看什么时间我再和你一块过去一趟，我再从官方了解了解。"

他连忙说："不必了不必了。你不要再去了。你要是再去可能就起反作用了。"

我不理解他的话是什么意思。他说："现在我不跟你细说了，细说你会不舒服的，以后再跟你说。"一副不想让我知根知底的样子。我便不再过问这事。

有一天，老钟突然来找我，苦着个脸说："出事了！我们上当受骗了！他们都是些骗子啊！他们拿了我那么多钱，让我回来等通知，说是这几天就要开工。

可是我等了一个礼拜也没动静，又等一个礼拜还是没动静。我有点不放心，就打电话过去问，没想到他们的电话都是无法接通，严总的电话打不通，黄老板的电话也不通。我打了无数个电话都打不通。我昨天忙赶去他们公司找他们，可是那一层楼已经鬼影子也不见一个了，公司的牌子也不知去向了。问附近的居民，都说不知道也不认识这些人。他们拿了我 12 万啊！”

我问他咋给了他们这么多钱呢。他说：“进场费 5 万，这是你晓得的；然后，严总要 5 万，姚老板要 2 万。我损失整整 12 万啊。”

我责怪他说：“你给他们钱你为什么不告诉我？你为什么不让我再见他们？”

他哭腔哭调地说：“第一次去，你查高问低问这问那的，让他们很反感。你去上厕所的时候，他们说你戴个眼镜像个没出息的小学老师。明明一个很好的项目，要不是姚老板介绍他们根本就不会给我们做。他们让我下次不要带你去了，你要是再去再怀疑这怀疑那不相信他们，弄得大家都不愉快就不合作了。”

我说：“那你回来为什么不把情况跟我说说，我们一起分析分析商量商量呢？”

他吞吞吐吐欲言又止：“他们……他们让我什么也不要跟你说。说……说这个工程做完就是几百万的利润。你是介绍人，要是让你知道了你肯定要跟我分钱；你要是不知道，到时候我就说做亏了，打发你个三万两万的就可以了……我不是人啊！我对不起你啊！我不该起这种孬种心啊！”

好你个老钟！真是可怜之人必有可恨之处！

看着他可怜兮兮的样子，我在想，怎样才能找到这帮骗子？能不能帮他挽回一些损失呢？

原载 2020 年第 4 期《娘子关》

二　爷

王　溱

都知道东街关帝庙有两个“二爷”。

案上供的是关二爷，长衫，长靴，持青龙偃月刀捋髯而立。蒲团上坐的是高二爷，赤膊，赤脚，靠在红漆柱子上呼呼大睡。

关二爷的脸自然是红的。高二爷要是喝了酒，脸也是红的。红了脸的高二爷把褪色的塑料拖鞋踢得殿外一只，殿内一只，然后搂着签筒摇头晃脑地唱，什么“阶下苍松高百尺”，什么“气冲霄汉未能休”，京剧不像京剧，小调不像小调，来进香的，来参观的，听了都抿嘴偷笑。

主事的刘经理气得瞪眼睛骂：成何体统！成何体统！

刘经理眼睛本不大，被高二爷一气能瞪出俩乒乓球来。自从庙里改制，上上下下都成了跟“有限责任公司”签合同的工人，只有这高二爷，死活不签，还振振有词：啥合同？“义”字就是合同！我可答应你爹了，我在，庙就在！我死了，庙也得在！

刘经理说，什么在不在的，咱庙现在可是八大景点之一，是重要的文化景区！

高二爷打着酒嗝说，再怎么景区，供奉的也是关二爷不是？拜关二爷可不就得讲忠义不是？

狡辩！狡辩！刘经理气得跳脚，却也拿他没法子。开除是绝对不行的，爹临终特地交代了，得让高二爷在庙里终老。

刘经理只好忍住气对高二爷说，上班时间不许喝酒，要喝下了班再喝。

高二爷拿起酒壶抿了一口，抹抹嘴说：您瞅好咯！我喝酒可是为了工作咧！说着紧了紧裤腰带，大八字步踱向侧殿。侧殿早已堆满了香客留下的

“银纸”，整整齐齐垒得像堵墙。二爷每天的工作就是把这墙拆了，一捆捆扔进金炉。

这金炉是个三层楼高的六角形砖塔，仔细看还蛮精致。炉身有六七个人环抱那么大，中间开了个口子，热浪滚滚，人站在几米开外都像置身火焰山，谁也没本事走近去把“银纸”扔进去。

但高二爷能。

只见高二爷在距金炉四米开外的地方侧身站定，扎好马步，单手拎起一捆“银纸”，在身前挥个半圈甩出去，都不用看，近十斤重的“银纸”就在空中画出一道华丽丽的抛物线，不偏不倚落入金炉中，火苗“轰”一声往外一涌，像极了太上老君的炼丹炉。高二爷一捆接一捆地抛，火光就一道接一道地闪，比放烟花还好看。围观的香客游客纷纷拿起手机，拍照的拍照，录像的录像，时不时有人拍掌叫好。高二爷一听有人叫好更来劲了，动作行云流水，汗水从他黝黑的胳膊上滑下，还没离开皮肤已被烤干，整个侧殿欢呼声声，叫好声声，妥妥成了关帝庙一景。

可惜好景不长。这天刘经理匆匆把大伙儿召集到一起，说接到上头的通知，要响应文明进香的号召，以后都不许烧“银纸”了，还说得给金炉贴个封条，立个公告，边说边用眼睛偷偷瞄着高二爷的脸色。没想他高二爷脸上无阴无晴，只轻叹了一声就默默走开了。

就这样，毫无阻力地，金炉封了，告示立了，高二爷脸上的红光也消失了，喝多少酒都还是铁青铁青的。铁青着脸的高二爷分到了一个新的差事——看管庙里的电子功德箱。这有什么好看管的呀？箱子上头就一个显示屏，扫码捐钱，偷不了抢不走的，要怎么看管？但刘经理不这么认为，他对高二爷说，你得防着人破坏设备呀，还有，遇到不懂操作的，你得教一教呀。这意图再明显不过了：你高二爷别倚老卖老，得与时俱进，得跟上时代。

高二爷嘴上嘀咕着就这点破事，心里却慌了，夜里悄悄拉了庙里年轻的帮工讨教，戴着老花镜一步一步学。幸好这操作也不难，学了两个晚上，高二爷就滚瓜烂熟了。瞅着刘经理在的时候，高二爷也不管人香客需不需要，凑上去就扯大了嗓子“指点”：对，按这里。看看你要选哪个方式支付，对，扫一下……哎哎，慢点按……刘经理不在的时候，高二爷就搬了个小凳子，靠在功德箱上打瞌睡。梦里关二爷戎马归来，红脸涨得油亮，一碗接一碗地喝，高二爷也喝，喝得迷迷糊糊的怎么感觉地动山摇，睁眼一看，摇他的是小六子。这小六子原本是在庙门口帮人卖“银纸”的，自从封了金炉后，有日子没见了。小六子神秘兮兮把高二爷拉到一边，说自己新谋得一条财路，想拉着二爷一起发财。

高二爷问，发什么财？

小六子指指功德箱说，我一个哥们说他能改数据，只要你把这箱子的锁打开让他接根线改个数据，以后这上边扫的钱就到了咱账户里啦。

高二爷惊诧，还能这样的？

小六子说，那可不。又愤愤地骂：这个刘渣滓，好端端的封什么金炉，断了我活路，从他这里拿点补偿，那也是应该的。

高二爷打量了一下小六子，说，那你叫上他今晚十点过来吧，也是该补偿你的。

小六子就欢天喜地走了。夜里十点，小六子和一个染了红毛的小子准时来到庙里，却见昏黄的灯光下除了高二爷，还有刘经理在。两人一看预感不妙转身就溜，高二爷随手脱下塑料拖鞋一扔，像扔“银纸”一样一个抛物线过去，啪啪连发两次，不偏不倚正中俩小子的膝盖后窝，那红毛的身手敏捷，爬起来踉踉跄跄跑了，小六子哎哟一声跪倒在地，扭头对高二爷怒目而视。

高二爷过去拉起他，拍拍裤子上的灰说跑啥跑，你补偿还没拿呢。

小六子瞪着他，不说话。

高二爷又说，我可跟刘经理说好了，让你到庙里来当帮工，算是对你失业的补偿。你要是不愿意，这里有点钱，是我自己存下的，你拿了走人。

小六子一听转怒为喜，拼命点头，我干，我好好干。

高二爷望了望刘经理，狠狠在小六子屁股上拍了一下：说好咯，可得签合同！干不好照样炒了你！

原载 2020 年第 16 期《小小说选刊》

最后的早餐

孙毛伟

最高院的死刑复核一下来，卢小红的生命就只能用小时计了。

在人世间的最后一夜，卢小红躺在监室床铺上辗转反侧一夜没有合眼。不是因为对死亡的恐惧，她对这个世界早就没有了眷恋，死对她来说反倒是一种解脱。她只是觉得冷，一种彻骨穿心的冷，冷得浑身战栗不止。她知道再加盖几床被子也扛不住这冷。

在她二十七年的人生中，这种周身寒彻的感觉有过几次，一次在她十岁时父亲因车祸不治身亡的那天；一次是她十四岁被继父强暴，母亲知道后愤而服毒自杀的那晚；一次是她因为贩毒被逮捕入狱的那个夜里。

高高的铁窗上现出一方亮色。卢小红费力地从床铺上坐起。同监室的四犯（轻罪犯人）室友帮她端来洗脸水，她木雕泥塑般地坐着，任由室友为她擦洗梳理。

监室的门开了，短发细眼的女监管教郭雪英走进来。她手里提一只橙色大口保温瓶，打开瓶盖，倒出来一大碗热气腾腾的饺子。“卢小红，你想吃的饺子我给你带来了。趁热吃吧！”

卢小红灰烬样的眸子里闪过一丝光亮，她疑惑地看看碗里的饺子，又看了看郭管教。

昨天下午，郭管教对她说，卢小红，明天就要走了，你有什么要求可以提出来，只要是能做到的，都会尽量满足你。郭管教的口气认真而恳切，说着还为她捋了捋额前垂下的发梢。

这是惯例。死刑犯上路前，监狱方都会让他们提出最后的要求。死刑犯的要求无奇不有，郭管教十多年的狱警生涯中见识了不少，有的提出要喝茅台酒，有的要和家人合影，也有要求请化妆师给化妆的。最离奇的有一女犯要求把身上的避孕环取出来。

监狱方对死刑犯的要求会尽可能设法满足，像那个要取避孕环的女犯，监狱也临时安排了一个小手术满足了她。

卢小红苦笑了一下，说没有，没有要求。这个回答没有出乎郭管教的意料。她又问，你想吃什么吗？尽管提，只要是你喜欢的。她指的是明早的最后一餐。卢小红稍稍抬了抬头脱口而出："饺子。"郭管教又很细心地问，吃什么馅儿的？三鲜馅儿还是韭菜肉馅儿？是要"思乡"的还是要"仙品"（速冻水饺的品牌）的？卢小红忽然改变了主意，很任性地说，算了吧，不用了。郭管教疑惑地看着她，但转瞬间她明白了。

她蓦地想起明天是卢小红的生日。她不止一次听卢小红说过，小时候她家很穷，但每到她的生日，妈都要让她吃上一顿饺子。那饺子是妈从亲戚的饭店里买来廉价的油渣拌山上采来的荠菜和马齿苋做馅儿包的，算不上好东西，但她总吃得有滋有味，感觉就是世间最好的美食了。郭管教知道她想吃的就是妈妈的饺子。

那一晚郭管教在家里忙活开了。油渣还好办，去超市里买来猪肉肥膘在锅里加热就炼制出来了。难的是荠菜和马齿苋两味野菜，天色已晚，何处去寻，她很是为难。她想起一个认识的菜贩，就病急乱投医地打电话问。人家也没有，却给她提供了一个地点，马山村，说那里一定能找到。去那个村子有四十多里路。

郭管教马上叫上儿子摸黑驱车四十里赶到马山村，敲开了几户农家的门，谎称家里有病人急需荠菜和马齿苋配药，才拿到了沁着泥土清香的野菜。她马不停蹄地赶回来，洗菜，焯水，拌馅儿，和面，擀皮，当一只只饺子端坐在面板上已经是天色微明了。她和衣在沙发上迷糊一会儿，就煮了饺子拎到监狱里来了。

卢小红一眼就看出这不是超市里的速冻水饺，接着一股熟悉的味道扑鼻而来。她怔怔地看了一会儿，夹起一只饺子放进嘴里慢慢地细细地嚼，眼角就有眼泪滑出来了。忽然她像疯了一样把饺子一个接一个放进嘴里大嚼大咽，不一会儿，一大碗饺子就吃个精光。放下筷子，脑门上已沁出一层细细的白毛汗。郭管教在一旁微笑着问她，好吃吗？她却傻了一样喃喃地说，暖和，暖和呀！

少顷，卢小红怯怯地问，我可以叫你一声妈妈吗？郭管教笑而不语。卢小红拖着脚镣“哗啦”一声跪在郭管教面前喊出一声“妈妈——”，号啕大哭起来。

原载 2020 年第 3 期《小小说大世界》

因为痱子

红　墨

“我全身长满痱子……”她突然打他电话，“我快被折磨死了！”

这一整年里，他和她没见过一次面，没通过一次电话。

“是的，一年，又十九天。”她仿佛听到他心里在说话，陡然昂扬声调问：“那岩宕还在吗？”

她是岩宕小学的教师。他的村庄是岩宕小学的所在地。她常常到他家吃他阿妈做的，红的、绿的、白的“馃团团”。她居然和他好上了。

那年夏天，她全身长满了痱子，敷痱子粉，用中草药、偏方都治不了。

他牵着她的手，到了岩宕。

岩宕，三面是陡峭的凿壁，只一面开一个窄口，形似一只敞门的仰天大桶。那水，永不干涸。浅了，宕底的石缝哗哗冒出清泉；溢了，又从敞口两边的小沟汩汩流出。一年四季，冬暖夏凉。

洞天，一挂月亮；水里，一璧月亮。

她和他争相抢捞着水里的月亮，笑声在水面上激荡。她和他是两尾光滑的大鱼，情不自禁地缠绵在一起。这是她和他的第一次。她听到噼噼噗噗的声响，还感觉到全身肌肤怪舒服的痒痒。是痱子在水中相继炸裂的声响，是丫鱼们挤挨着啄她的痱子屑儿。

她全身的肌肤光洁润滑，没有了一粒痱子。

“这岩宕的水一定含有特殊的矿物质，专治我的痱子。”她乐呵呵地说。

可是，她离开了岩宕小学，离开了他的村庄。她进了城，成了“城里人”的女朋友。

她开着车停在去岩宕的路口。他已等候多时。

她推开车门。“谢谢！”她对他莞尔一笑（虽然他看不太清楚）。她走下驾驶室，脚落地时踉跄着。他本能地上前扶住她。她趁势倚在他的怀里，下巴搁在他的肩头抿嘴狡黠地笑着。他并没有看见，更没有听见，因为她的笑没有发出一点儿声音。他仿佛身子一激灵，轻轻挪开她。她没有抗拒，近近地站在他的对面，看着他。淡淡的月光下，他依然修长、帅气。

他看不清她的脸面，只觉得憔悴的白，身子也比先前些许的臃肿。自然看不清她身上的痱子。

“你摸摸。”她歪着头说。

他没动。

她抓过他的手。

她的额、两颊、胳膊，全是痱子。

“没骗你吧？我难受死了。”她说，“赶紧去岩宕吧！”

车灯未熄，两道光柱照着通往岩宕的路。路两旁的灌木丛里夏虫奏着交响乐曲。

她牵着他的手，到了岩宕。

岩宕依旧在。她嗅到水的气息。

“赶紧下水吧，我们！”她说。

他没动。

她没有强迫他，咧嘴一笑，不知是苦涩还是欣慰。他并没有看见。她自个脱了衣服，一丝不挂地背向他走进水里。他背过脸去。

水，清凉。她顿感通身舒爽。洞天，月亮朦胧；水里，月亮模糊。她无心捞起水里的月亮。没有听到噼噼噗噗的声响，没有感觉到丫鱼啄她肌肤的痒痒。

她对他喊：“你也下来嘛！”

“我还是给你站岗吧。”他坐在岩石上没动。

她又抿唇一笑，不知是苦涩还是欣慰。然后，她的身子缓缓沉没，如同沉没在一年又十九天的死水里……

水面死寂。他连唤了数声，衣服也顾不及脱，扑进水中。

他捞起她。

“我才不自杀呢，我是潜水捞月亮！”她咯咯地笑着，声音清脆，同时双臂环住他的脖颈，仿佛抓回了他，和自己的一生。

“你可要勒死我？”他咳着说。

“怎么舍得呢？”她松开胳膊。

月亮，渐渐清朗起来。她和他争相抢捞着水里的月亮，笑声在水面上激荡。她像丫鱼一样啄他，手颤抖着剥他的鳞甲。

他紧捂住自己的衣服。

“傻瓜，我又没和那位结婚。”她说，“新学期，我又回到岩宕小学啦！我会长痱子，可是城里没有岩宕，只有这儿才有，你的岩宕，你和我的岩宕……”

他紧紧拥住她，如同拥住了刚刚捞起的月亮。

她和他是两尾光滑的大鱼，情不自禁地缠绵在一起……她听到噼噼噗噗的声响，还感觉到全身肌肤怪舒服的痒痒。是痱子在水中相继炸裂的声响，是丫鱼们挤挨着啄她的痱子屑儿。

“你摸摸，全身！”她嗲嗲地说。

他的手指在她的通身游走。

她的光洁润滑的肌肤，没有了一粒痱子。

“其实，有痱子还真好！”她突然说。

“你说什么？”他说。

“这辈子我离不开这岩宕了。”她偷着乐。

原载2020年第7期《金山》

茶　魂

陈国炯

老头蹲在名茶市场两排店面连廊口，面前放着一个竹藤编织的方形箱子，像以前剃头匠的工具箱那么大，竹藤箱内铺着一层糊蚕簟的纸，纸上放着嫩绿的茶叶，大约三四斤量。卖茶的买茶的来来往往从老头面前走过，有看他一眼的，也有不看的。有一个比老头小十多岁的小平头在老头面前晃过来晃过去，看看老头的茶叶，也看看老头的人，偶尔会与老头搭讪几句，但不提买卖茶叶的事。

这时，走过来一位年轻人，说想买几斤茶叶自己喝。问老头，你的茶叶是自家产的吧？老头笑笑说，你这话等于没问，谁会告诉你不是自家产的？年轻人听了老头的话，觉得讲得在理，也觉得老头有点倔劲。年轻人遂问老头，茶叶多少钱一斤？老头说一千二百元一斤。年轻人觉得老头疯了，目前市场上的茶叶最高是六百元一斤，老头的茶叶居然要比市场最高价高一倍。但年轻人想老头的茶叶估计农药打得少，应该会比茶叶铺里的茶叶绿色环保，于是与老头讨价还价起来，最后，以九百元一斤商定。

小平头见年轻人要买老头的茶叶，投去赞赏的目光，对年轻人说，你好眼力，识货。年轻人听了小平头的话不以为然，说，这茶在树上长的，锅里炒的，会有什么特别，我只是看他年纪大了，蹲了这么长时间，累了，才买他茶叶的。老头听了年轻人的话很不高兴，装茶叶的手僵在那里，很快又把刚刚装在纸袋里的茶叶倒回竹藤箱内。老头对年轻人说，不卖了。搞得年轻人一愣，不明原因，还以为老头嫌价低了。年轻人说，给你加一百。老头说，不卖，加一千也不卖。年轻人悻悻地走了。

小平头看得急了，劝老头还是卖吧，不必赌气。老头不急，淡淡地笑笑，依然蹲在竹藤箱前，看看市场内熙熙攘攘的人流，也看看自己的茶叶。

又有人来看老头的茶叶，有的还他三百元一斤，也有四百元一斤。老头不卖。

临近中午，老头的茶叶仍然没有卖掉，小平头递一支烟给老头，老头接了，点上，然后问小平头，你想买茶叶？小平头吐一口烟雾，说，你的茶叶的确是好茶，但我买不起，我连一般的茶叶也买不起，但我喜欢茶，我只能到茶市来看看，饱饱眼福。

老头打量一下小平头，不问为什么连普通的茶也买不起，人家的痛老头不会去碰。老头遂说，你真能看出我的茶叶好？

小平头没有回答老头的话，而是双手十分恭敬地捧起竹藤箱，细细地打量，又用鼻子嗅嗅茶叶，十分陶醉地啧着嘴，“好茶好茶”地赞叹着。小平头问老头，能否让我冲泡一杯？老头说，拿去泡吧。小平头小心翼翼地从竹藤箱里用拇指与食指捏了一撮茶叶，放入自己随身带的透明玻璃杯内，就近走进一家茶叶铺，向老板娘要来一只热水瓶，走到老头面前，将热水缓缓地注入杯内。立时茶香飘逸，馨馥若兰；汤色清澈明亮，叶片嫩绿匀齐，一个个芽尖直立，栩栩如生。小平头看得眼直了，又用鼻子嗅嗅，轻轻品啜茶汤，顿感齿间流芳，回味无穷。小平头微闭双目，享受着世间少有的茶味，自言自语说，此茶必产于高山之巅，又居于水旁，此水非一般小溪的半活水，更不是山塘水库的死水，此水必是活水，是常年流动的泉水。

老头听了小平头的话，投去赞许的目光。小平头也从老头的目光中读出了自信，继续说，此茶长年被雾气笼罩，此雾非天上之雾，是泉水中蒸发出的水雾，寒冬不冷，酷暑不热，此茶常年在温润中生长发芽。小平头又轻啜一口茶水，擎起茶杯打量着，说，此茶你采摘于早晨七八点钟的时候，水分不重，又没有太烈的阳光灼晒，因此显得温润清口。老头听得呆了，不说话，呆呆地看着小平头，小平头又打量下杯中茶，继续卖弄道，你对杀青、回潮、辉锅每道工序严格把控，“抖、带、挤、甩、挺、拓、扣、抓、压、磨”技艺使用得恰到好处。所以此茶品味上乘，即使名闻遐迩的西湖龙井和大佛龙井也无法与你的茶相提并论。小平头忽然发出一声轻叹，说，但此茶也有一个瑕疵。

老头听得似痴似醉时，忽然听到小平头的叹息，并说此茶还有瑕疵，惊问道，什么瑕疵？小平头说，此茶炒制好后，不是放在竹篁之类竹器上，而是放在木器上，这木器还是松木板做的，稍稍消损了茶魂，但不伤大雅，仍是好茶。这下老头把小平头当神看待了，他家用的畚斗的确是用松木板制作的，每次炒好茶后，先把烫手的茶叶放在畚斗里冷却后，再装入塑料袋里封存。

老头听完后对小平头露出膜拜之色，惊呼道，你是茶神。小平头听了老头的话，摇摇手谦逊地说，不敢不敢，只是喜欢茶，爱研究而已。遂捧着茶杯准备离去。

见小平头即将消失时，老头大声说，请留步。老头把已装入塑料袋里的茶叶送到小平头面前。小平头一脸惊愕，略显愧色地说，我虽识得你的茶是世间极品，但我无力购买享用。接着不无感慨地说，你刚才应该卖给那位年轻人，只有他有买你茶的实力。

老头又显得有些倔劲地说，年轻人虽买得起茶，但他不识茶，因此他出价再高也不配喝此茶，只有你识此茶，才有缘享用此茶。说完，老头将装有茶叶的塑料袋塞到小平头手上。这下小平头呆了，嘴大张着，却什么话也没说出来。

原载 2020 年第 1 期《安徽文学》

粉红心思粉红梦

张联芹

早上好！当这熟悉的问好声如约而至时，王澜的心中泛起一股蜜意。她将手机紧紧贴在胸前，感受着那暖暖的爱意和温暖。

初夏的阳光清新而温暖，王澜拢了拢头发，又拂了拂身上的印花长裙才缓缓地推开了办公室的门。

女为悦己者容，这话说得一点都不假，自从那个“他”在王澜心中生根发芽后，不修边幅的她开始变得爱美、爱打扮起来。每天做得最多的事就是照镜子，生怕自己的仪容出了啥问题。

“王澜，今天好美啊！是要去约会吧？”

王澜刚走进办公室，同事李阳便乐呵呵地打趣起来。

王澜红着脸，用余光扫视了一下坐在左侧的那个人，在确定那里没有“电波”传出时，才落寞而又带有些许失望地坐在了座位上。

王澜是中文系的高才生，做的是文秘工作，这一天下来，各种文件和材料写得她头昏脑涨、眼睛酸涩酸涩的，她闭着眼，将身子靠在后面的椅子上，伸手揉了揉僵硬的脖子。

“长期伏案工作伤的就是颈椎，要经常站起来走走，做做颈椎保健操。”当他磁性的声音在耳边响起时，王澜蓦地睁开眼，心如撞鹿。正当她想说点什么，抑或是做点什么的时候，他已经走出了办公室。

“想啥呢？咋还不回家。”李阳的话打断了王澜心中的美好，她有些生气地哼了一下算是对李阳的回答。

秘书室共五个人，除了他之外都是应届本科生。他作为秘书室的室长对每个人都不错，可王澜却总是觉得他对她有所不同，比如说，那声“早上好”……

王澜长得不漂亮，甚至有些丑，上大学时，班上那些漂亮女孩不是收到情书就是约会，只有她默默无闻，仿佛被遗落在伊甸园的一株草，渺小而又卑微……

开始，她心里很难过，孤独的夜晚流着泪看星星，甚至想到了死……再后来，她也就习惯了，情窦初开的季节里关闭自己的心扉，将全部心思都用在了学习上，这一来二去，她慢慢就成了班级的学霸。

大学毕业后，她因为成绩优秀被保送到这家知名企业做了一名文秘，与她同来的还有三个中文系的大学生。

记得刚来报到那天，雨很大，她又没有带伞，整个人跟落汤鸡似的狼狈不堪，看着英俊的他和他们三个整洁的正装，她恨不得找条地缝钻进去……

他仿佛看出了她的窘态，抑或是为了活跃气氛，提出让大家互加微信的建议。

五个人互加了微信，还建了个群，群名叫“哥们”，工作之余大家在群里聊聊，既减压又增进了感情。开始，王澜还真把自己当作了他们的哥们，在群里没大没小地跟他们开着玩笑，直到有一天清晨她收到他发来的问候“早上好”，从那以后，每天早上王澜都会收到他发来的问候，虽然只是简短的一句“早上好”，可王澜的心里却如同被蜜润沁了似的。她回想了自己自报到以来大大小小的事，这一回想不要紧，她那颗如止水般的心便又蠢蠢欲动起来……

抛开这些不说，每天的下午茶王澜也觉得有问题。

第一次他给大家买下午茶时，王澜发现自己的与别人的不同，开始她没往心里去，直到有一天，李阳大惊小怪地喊着老大偏心时，王澜的心里才有了那么点感觉，再加上现在每天早上的问候，王澜更加确定了“他对她有意思”……从那以后，王澜的心中便住进去一个人，暖暖的，也是五味的，见不到他时心里慌慌的，见到他时心里也是慌慌的……

雨后的一天，他满身疲惫地来上班，看见他苍白的面颊，王澜的心莫名地疼了起来，正当她想上前去问候一下又觉得很害羞的时候，他默默走到了她的面前……

他凝视着她半天说不出话来，他转身又走到他们三个面前，也是半天说不出话来……空气仿佛凝固不动了似的。那天，他们都喝了很多酒……

他给他们讲他的幸福和生活中的不幸……

从小失去父母，他和妹妹在孤儿院长大，上高中时，小妹妹也离他而去……

后来，他认识了蓝雅，她是校花，也是他的学姐，蓝雅的爱让他枯萎的心有了新的活力，他开始憧憬明天、憧憬未来，可就在他们将要结婚时，蓝雅却出了车祸……

那场车祸不仅夺走了蓝雅的容貌，还让她高位截瘫，为了给她更好的生活，他夜以继日地努力工作，她却天天梦想着离开他，离开这个世界……

医生说，蓝雅得了抑郁症。他不敢想象没有她的日子会是什么样子，他决定辞职带蓝雅回乡下去，也许远离红尘的世外桃源才是唯一能让她生存下去的地方。

最后，他说，他将离开，以后不会在清晨给大家发去“早上好”的问候，也不会再去给大家买下午茶，更不会再像哥哥那样去关心王澜，希望他们三个像对待小妹妹那样继续关心她，让她好好生活，不再自卑……

最后，他抱了抱王澜，流着泪说，王澜跟他故去的小妹妹长得很像，尤其那种怯怯的、弱弱的气质……

王澜不知怎么回的家，她哭了，边哭边跑，将心中那缕粉红色的心思抛向了远方……

原载 2020 年 2 月《新江北》

竹　签

王　宇

肖冲活着，只为一件事，复仇。这颗仇恨的种子，在他心里埋藏了十年，愣是没和任何人讲过，当然，也包括他的师父田六。

只要一闭眼，肖冲的眼前就会闪现出十年前的那个傍晚。八岁的肖冲牵着老黄牛回家，隔着一条沟，看见院子里站着一个壮汉，铁塔似的。浓密的胸毛，桀骜不驯，涌出对开襟的汗衫。肖冲看见壮汉手里提着黑色长布袋，冲着父亲胸前一抖，父亲倒下了。壮汉把布袋往肩上一摞，风一样离开小院。

肖冲回到家，父亲倒在地上，嘴里流出的血，染红了院子。生肖冲时，母亲难产而去，母子只有过一面之缘。父亲这一走，肖冲便成了孤儿。他忘不了壮汉转身的那一瞬间，血一样的胎记，如蚯蚓，爬在脖子上。

肖冲流浪到白马镇，昏倒在路边。醒来时，睡在田六的瓜棚里。

“吃西瓜吧，你已经睡了一天。”田六指着地上的西瓜，旁边是一把明闪闪的开瓜刀。

肖冲提起刀，对着西瓜，发疯般地砍剁。肖冲眼里吐出的光，能杀死一头牛。

“帮我看瓜，管吃，管住。”田六盯着肖冲看，像慈母深藏于心的关爱，又似严父深藏于心的洞察。

肖冲感激地看着田六，点点头。他坐在地上，一口气吃掉剁碎的瓜，脸上沾满鲜红的瓜汁，像血。

田六把西瓜挂在柳树上，递过手里的竹签给肖冲。说：“瞄准，用手，往西瓜上扎。”

三寸长的竹签，是扎着吃西瓜的，比牙签大不了多少，怎能扎在五步之外的西瓜上呢，肖冲心想。回头看，田六的目光不容置疑。肖冲用手指捏着竹签，一扔，再扔，汗流浃背，竹签还是碰不到西瓜。田六也不说话，抓过竹签，两指轻扣，肘转臂动，顺手一扬，快如闪电，牙签穿过西瓜，带着一粒黑黝黝的瓜子，牢牢钉在树干上。

肖冲“扑通”跪在地上，头磕得砰砰响，拜田六为师。

看护瓜地，集市卖瓜，用竹签扎瓜，是肖冲生活的全部。也许是太亲近竹签，十七八岁的小伙子，长得如竹签一般的纤细。田六常常出神地看着肖冲，忍不住摇头叹息。

白马镇没马，多牛。三条官道交会之地，设驿站，异常繁华。青石板街道两侧有店铺，亦有地摊。肖冲和师父常常在白马镇设摊卖瓜。

集市人多，肖冲从不忘暗中打探壮汉的行迹。直到上午才意外获得一条消息。壮汉名为胡彪，性情古怪，独来独往，鲜与人交往。胡彪随身携带黑色布袋，只有遇到强劲的对手，才从袋内取出黑油油的压菜石，石上穿有铁链，一端持于手，收放自如。两丈之内，风雨不透，无人能入。胡彪屡屡作案，手法奇特。师从何人，更无人知晓。据说，胡彪住乌牛岭，家有老母，与白马镇一山之隔，入岭道路甚是难行。

午后的白马镇依旧人头攒动，肖冲一边吆喝着卖瓜，一边悄声打听去乌牛岭的路。忽闻街头大乱。只见一头黑牛虎着双眼，扬起尾巴，时而在青石板街上狂奔，时而撅着屁股，歪着脑袋发飙，逢人便抵，遇物便挑，哞哞怪叫。黑牛横冲直撞，任性妄为，街上的人们惊恐万状，无处可躲，眼看着前面的孕妇就要挂在牛角之上。突然，黑牛左摇右摆，笨重的身体晃了几晃，轰然倒下。继而，伸直四蹄，抽搐不已，抖了一阵子，断气了。惊魂未定的人们缓过神来，上前查看，黑牛的眼里钉着两根竹签。不对，两根竹签，也不至于弄死一头壮牛的。好奇的人们剖开牛腹，拳头大的牛心，扎着七根竹签，看样子，好像是从这头儿穿入，又刚好从那头儿露出半截。匪夷所思。众人惊呼，这是神人暗中相助。

田六轻咳一声，拿掉盖在脸上的草帽，从地上坐起来，拍了拍背上的尘土，不紧不慢地对肖冲说：“以后不要逞能，没人把你当傻瓜。枪打出头鸟。懂吗？”

肖冲点点头，脸通红，羞得像个大姑娘。夕阳西下，肖冲把卖剩的西瓜装好，扶师父上牛车回家。

入夜，无月，肖冲摸上乌牛岭，来到胡彪的屋檐下。屋内，一盏油灯忽明忽暗。

“娘，喝掉最后一口吧。郎中说，再吃三天药，你的病就好了。”胡彪跪在床前，那条血红的蚯蚓，爬在脖子上，依旧那么显眼。

肖冲尽量控制内心的冲动，他想起了那个傍晚，想起冰冷的父亲躺在院子里。他的手里攥着竹签，湿漉漉的，能浸出水。

“彪子，人在做，天在看。以后别再干傻事了。娶个媳妇过日子，娘想抱孙子。”

“娘，我有皇命在身，不可违。每次出手前，我都要盘查清楚。我从没冤枉过一个好人。我这样做，是为了更多的好人活着。”

窗外，一根竹签，飞入屋内，油灯熄灭。

胡彪一惊，闪身出屋，静立门口。手里提着长长的布袋，凝声静气，侧耳捕捉夜色中充满杀机的声息。

忽而，一阵刺耳的嗞嗞声，划破宁静的夜。厚实的榆木屋门叮当作响。黑暗中，胡彪惊回头，一根根竹签深深嵌入门板，镶出自己的轮廓来。

胡彪暗忖，只要有一根竹签偏失方向，就能把他钉在门板上。

夜，没有一丝风，是一幅浑然天成的水墨画，像慈母，包容着世间的一切。

原载 2020 年第 2 期《金山》

狗　娘

曾冠华

狗弟原先不叫狗弟。

狗弟还不足一岁，这么小的娃儿，按现在指定有人带着。可那时候的娃贱养，爷爷奶奶过世早，爹娘又要到地里干活挣工分，把狗弟扔在家里，跟哥哥姐姐。爹娘出了门，哥哥姐姐也一个个跑过邻居家玩去。大多时候，家里除了狗弟，只剩一条刚下崽三天的母狗。爹将四只狗崽卖掉换油盐了，母狗咕咕叫着绕屋里到处找崽，家里找不着，它便出门找去。

狗弟哭着爬到门口，手靠门槛上，可门槛高，他无法逾越。母狗折回头，在狗弟的小手上、脸蛋上、额头上东舔舔，西舔舔，直把他舔得咯咯笑。狗弟笑的样子很惹人，可爱得像人见人喜欢的稚趣狗崽。

母狗就想到了狗崽，便伸头将狗弟往屋里抵，要他在家里好好待着。然后，它扭头跑远，去找狗崽。万般不舍，狗弟放声哭起来。

哥哥从隔壁返屋，唬狗弟说，哭啥哭？爹知道了，那鞭子打过来啪啪响，会要命的。

玩疯了的姐姐也回来了，从小辫上取下来一朵黄灿灿的菊花哄狗弟。狗弟看了看，满意地笑了，只是他将手中的菊花当作食物塞进嘴里。

姐姐惊讶地张大嘴，紧张地说，那不能吃。果然，狗弟发现味道不对头，立马吐出被口水粘蔫了的菊花，哇一声又哭起来。

哥哥骂道，爱哭鬼。有姐姐在，哥哥又借故溜出家门。没多久，小闺蜜们的叫声也把姐姐扯走了。

哥哥姐姐不知道狗弟肚子饿。娘知道，可她在地里，远水解不了近渴，一时间奶不着他。实际上，狗弟每天仅早上有一餐奶而已，娘干瘪的奶袋不像母狗的奶囊鼓胀鼓胀装满奶水。

母狗出门找崽，也找吃。家里实在捉襟见肘，供它们的饭食极其有限，最丰盛算狗弟拉的那撮黄稀稀的奶屎了。

那样的生活景况，娘会有多少奶水？母狗喜欢到单身汉阿木的院子里去，他会端出来菜汁泡饭倒在地堂的木盆里款待它。有的时候，母狗还会吃到一条巴掌大的鲫鱼。

母狗是娘外家送的狗崽养大的。那年，单身汉阿木顺路给捎来它。阿木看娘的眼神很特别，大伙背地里说，他是癞蛤蟆想吃天鹅肉。

母狗心中像挂一面钟，每次都准时回家。狗弟也静了，不再听到他的哭声，倒助长了哥哥姐姐的玩性，故而他俩老挨爹的鞭子。爹常训哥哥姐姐，就要开蒙读书的孩子了，你俩还鬼整似的像一对疯娃。

有一天，爹捏着狗弟红嘟嘟的腮帮说，都说小儿有福，这话还真不假，看我小子的长势，可喜人哩，小子你说，吃的啥宝贝长得如此骄人呢？说着爹转而看娘，眼里充满爱意。娘奶袋虽然空落落的，奶水严重不足，可那点滴都是宝，滋养人啊。爹的褒奖，娘红起一盘幸福的笑脸。

爹从大队开会回来，手里提着一条洋镐棒。看爹杀气腾腾的架势，娘、哥哥姐姐都缩闪到墙边老实站住。怕吓坏家人了，爹沉着脸解释说，打狗——

原来，西边的公社闹疯狗病，事态蛮严重，上面指示全县打狗。

土围村每家都养狗，大伙为难死了。有人便说，真要打狗，得从队长家打起。明摆着，把球踢给爹。爹放下才烧了一半的烟杆，挥手站起来，蜂拥跟上的人们脸色煞白，霎时为母狗流了一把汗。

有人提点爹，母狗行动有规律，等一会它保准回来。爹拿眼睛盯着说话的人问，咋回事？你怎么对我家母狗如此上心？话毕，爹把洋镐棒横在屁股下当垫而坐。看阵势，母狗难逃一劫。有人便说，狗有灵性会嗅出气息，所以不一定候得着它。大伙纷纷点头。爹鼓起双眼，众人默然。

母狗出现了，瘸着左后腿一路小跑回来。

爹示意大家躲到一旁，等母狗过去了，才偷偷摸进家门。

母狗在家里找着狗弟，东亲亲西亲亲，像亲吻狗崽，然后躺下来，把奶头对准他的小嘴喂奶，一边颤抖着左后腿，它明显被打伤了。

狗弟嗞嗞地吮吸着狗奶，爹手中的洋镐棒咣当落地，把母狗惊跳起来，不知所措地退到屋角，吊高左后腿，无助地任由伤口处的血滴落地上。

爹轰然跪下，面对母狗，哽着声音说，狗娘啊，无以报答，我小儿从此改跟你姓，叫狗弟……

当年，那个叫狗弟的娃儿，是我。

原载 2020 年第 6 期《嘉应文学》

走娘家

高　军

刚吃完午饭，媳妇一边刷碗一边又哼起这个歌谣来："小木梳，两头弯，闺女嫁到太平山。太平山上好人家……"

一听老婆唱这个歌儿，刘长启头皮就发炸，赶紧告饶："别唱了，俺不好行了吧？可是当时那个情况……"

刘长启是林场的护林员，主要职责是巡山护林和防火这两件事儿。他负责看管的山场林地和周边七个村接壤，有人总觉得这是国营林场的财产，想着往家里捞点好处。过去大集体的时候还有些怕情儿，实行责任制后，都一心想着发家致富，经常会和他打游击藏猫猴儿，更增加了他工作的难度。

他被林场招为护林员的时候，在周边村里引起很大动静，都觉得他成了公家人，很多给他介绍对象的。媳妇当年是山北头村的漂亮姑娘，经人介绍与他结了婚，他一直觉得这是自己当护林员的福气，所以一直心满意足的，更加认真地负责起来。

想着得赶紧再去巡山，他冲着媳妇打了个招呼："我走了。"

他和媳妇打招呼的时候，媳妇还在唱着："……人家的磨，俺研膛，人家的母亲俺叫娘……"

他心里又咯噔了一下，眼看着正月十六的日子就要到来，媳妇这是想走娘家了啊。沂蒙山区有个风俗，过年后出嫁的闺女不论年龄大小都要去走娘家，正月十六这一次是一年里的头一次，要准备丰厚礼物，娘家人也要隆重接待，两下里都显得风风光光。若是关系不好就会出现两种情况，出嫁的闺女不回娘家门或者娘家人不让上门，这都在面子上很难看的。因为刘长启看山得罪了媳妇的娘家人，她已经三年没能回娘家去了。

想到这里，刘长启叹了一口气，还是迈着踏实的步子向前走去。

那是三年前的八月十五，刘长启吃过晚饭又到山林里转悠起来，他知道这几晚的巡山任务更重。从南边的微山湖来了一些收购赤松和黑松树干的人，因为这两种松树油性大，用这种木材打造渔船结实耐用，不易腐烂。他们的到来，让当地一些百姓很是心动，上山去偷砍几棵树就能换来一笔钱，一些人就想冒险试一试。刘长启凭直觉知道，今晚会有上山来偷树的，有些人肯定会趁着过节护林员放松警惕来钻这个空子的。他走走停停，认真听着四下里的动静，夜晚的山林不时传来一阵阵风声，风一停四周显得更加寂静，如果有用锯子或斧头砍伐树木的很远就能听到。他就这样走走停停，停停走走，时常认真倾听着，终于让他捕捉到了一丝异样的声音。刘长启悄悄靠近了，他的心一阵疼痛，那是一棵笔直的赤松，一个人用斧子正对着根部一下下砍着，斧子就像砍在他的心上一样。他抹了一把眼，大喝一声:“好大胆！”那人条件反射一般直起身子，提着斧头就往前跑去，他跨开大步追着，那人跑出不远就被绊倒，由一丛酸枣棵里滚了过去。刘长启一愣，停下了脚步，前面就是一处山崖，如果跌下会出人命的。这个人脸上肯定会留下伤痕，这几天找到他并不难。突然，刘长启又好似想起了什么，使劲跺了一下脚，往前迈了一步，又抽回来……

刘长启的担心第二天就被证实了，这个偷树的人还果真是自己山北头的大舅哥。这件事儿毕竟不光彩，大舅哥不出来说，但在心里恨上了自己的妹夫，后来越想越生气顺带着恨上了自己的妹妹。刘长启也就更不好提这件事了，自己履行职责不可能去把错揽过来，再说大舅哥不提他也没法开这个口啊，自己提这事儿那不是揭大舅哥的短吗？大舅哥在家里对自己的妹夫一点也不给情面，把自己伤成这个样子的原因和家里人说了，并发誓说再也不让妹妹一家上门，他的媳妇在一边添油加醋地骂着:“再上门，堵在路上砸断他们的狗腿！”农村都是儿大当家，父母嘴张了几张，把想说的话咽回去了。

开始刘长启还有些愧疚，媳妇也会时不时嘟嘟囔囔抱怨他一番，后来话越传越难听，媳妇也觉得自己的哥嫂太不像话，所以两下里就真的断了往来。

前两年，岳父母身体都好，大舅哥家不让上门他们就不去，但最近岳母身体有些毛病，刘长启很是担心，他知道自己的媳妇更是心焦，但也毫无办法。

实行生产责任制这几年，农村粮食产量连年大增，已很少有人再到山上偷砍树木，山林中的草和落叶也没有人来拾回去当柴烧了，护林员最大的职责成了巡山防火，除了防火季节黑白坚守外，出了防火期相对来说就会轻松一些。

刘长启转了一大圈，很多地方还残留着一些雪，这对防火是好事儿。太阳就要落山，天也越来越冷，他回身向家里走去，想回去和媳妇商量一下，到十六那天，自己陪着她走娘家去，顶多也就是会吃点没脸罢了，哪有什么过不去的大事儿！

刘长启进门后惊奇地发现大舅哥竟然在自己家中，正和自己的妻子说着话，他赶紧上前：“哥，你来了……”

大舅哥看着他，哼了一声：“咱爹娘，让你们十六回去一趟……”说完起身就走，他拉了几把被他挣脱，怎么也没留住。

妻子也走了出来，看着哥哥远去的背影，又慢慢开口唱起来：“……俺哥听了跺跺脚，牵着毛驴来接我。说是俺娘腰发酸，叫我回家住几天……”

刘长启看到，妻子的脸上光鲜红润，现出从心里泛上来的笑容，他觉得冷冷的晚风吹过来竟然也变得充满了暖意。

原载 2020 年第 2 期《嘉应文学》

中医大夫

代应坤

欧阳铎只读了三年私塾，爹就不让他进学堂了，他哭了几场，爹也不理他，让他哭，等哭得差不多了，在一个初秋的早晨，带他上乌蒙山。

乌蒙山山峰高，悬崖峭壁，雾气腾腾的，除了砍柴人和采中草药的，几乎没有人出入；这里聚集了不少蛇，十多个种类，常见的有剧毒的眼镜蛇、金环蛇，也有无毒的赤链蛇、翠青蛇；这里的中草药多得出奇，山上的一草一木皆可入药。

欧阳铎上午跟着爹采集中草药，午饭后，三三两两的求医者，断断续续往家里赶，爹忙着望闻问切，他就在一旁做搭手，一刻也不闲着。

这样的日子过了不短时间，欧阳铎有些飘飘然。他爹上集镇剃头那天，家里来了不少求医者，比往常都多，屋里屋外站满了人，欧阳铎一屁股坐在爹的扶手椅子上，说，实在等不及的，到我这儿来，瞧我的手艺！

人们上下打量着欧阳铎，微笑不语，没有人动弹。

一个捂着肚子嗷嗷叫的中年男人，脸色苍白，一头一脸的汗，被家人架到欧阳铎跟前，家人说，闲着也是闲着，交给你了！

欧阳铎只简单看了看，就掏出银针，对着病人的腹部、脚拇指扎了几针，一袋烟工夫，病人安静了，像换了一个人似的。

爹回到家时，欧阳铎已经接待了四名病人。爹满脸狐疑地看着儿子，说了声“瞎胡闹”，便把已经诊断过的病人复诊了一次，爹俩的诊断差异不大。

爹是在那年的夏季过世的。天刚蒙蒙亮，他就背着竹篓踏着露水，到山顶采集云雾草，不料脚一打滑，滚下山坡。这位谨小慎微的中医郎中，没有被乌蒙山上的毒蛇袭击，也没有在配药、试药时中毒，却输给了 4200 米的山峰。

17 岁的欧阳铎接替了父亲的营生。父亲生前的三句话他记在心上：上山防蛇，下山防坡，试药防毒，别的不要防。

欧阳铎的诊所出奇地红火。爹爹在世时，双门铺一带的人，从来没有来求医过，他接手才二年，方圆二十里地的病人都来了。这其中的原因，除了欧阳铎的医术地道之外，与服务态度也有关，他总是笑眯眯的，没有脾气，就连意中人被人横刀夺去，他似乎也没有强烈的反应。

欧阳铎跟司马坦都是大邱庄的，而且还是一个私塾老师教的。当初，如果不是欧阳铎爹中断了儿子的学业，这两位同门兄弟还真的有一争：巴掌大的地方，只能有一个教书先生，谁当了，另一位就没有了营生。命运之神很公平，居然让欧阳铎当郎中，司马坦做教师爷，井水不犯河水，多好！

插曲与那场喜酒有关。一次，邻庄的兰兰随爹到大邱庄吃喜酒，帅气而斯文的欧阳铎让她眼睛一亮，两个人躲在屋后说了不少话。

这一切没有逃过司马坦的眼。

喜酒之后，兰兰突然有了晕恙，她就三天两头来找欧阳铎。来一次，弄点药，回家就有了效果，但效果顶不长，随便犯。

某天，欧阳铎正给兰兰把脉，兰兰爹铁青着脸跑过来，拽起兰兰就走，兰兰不走，被爹重重打了一巴掌。

兰兰爹是保长，一言九鼎。任凭兰兰怎么哭怎么闹，几个月后，兰兰进了洞房，新郎官是司马坦。

那些年，司马坦和欧阳铎见面也不讲话，司马坦的家人患病，跑外村治疗。一次，兰兰抱着二孩来到欧阳铎的诊所，屁股刚挨板凳，司马坦气喘吁吁地跑来，说了声“贱货！”，捉住兰兰的胳膊就走。

欧阳铎的名气就像盛夏的庄稼，拔节，疯长。除了县城那家医院，没有一家诊所有他的红火。别的郎中就骂：挣那么多钱干啥？早晚摔死，让眼镜蛇咬死！话传到欧阳铎耳朵，他不吱声，依然采药、配药、试药，徒弟他不敢用，怕出事。

这天深夜，欧阳铎被急促的捶门声惊醒，一看，是司马坦和兰兰爹几个人，兰兰生下孩子后，出现大出血，司马坦也不愿到欧阳铎诊所，兰兰爹一巴掌劈过来，才把女婿打醒。

望着没有一丝血色的兰兰，欧阳铎也不说话，只管忙，快天亮时，兰兰头一歪，去了。

次日，司马坦一纸诉状递到县衙，欧阳铎被推推搡搡弄进县衙，欧阳铎双膝跪地的那一刻，仰天长叹：爹，您教我一辈子防山防蛇防药，唯独不教我防人，这世道，唉……

原载 2020 年 6 月 12 日《六安新周报》

喜 鹊

邵宝健

难得的休息日。阳光真好，暖融融地透进玻璃窗。已经是中午时辰了，刘小钻还赖在被窝里。睡是睡不着了，脑子却不停地转悠着。

这个简易工棚，住着七八个来自乡下、像他一样年轻的工友。他们早就起床了，外出的外出，干零活的干零活，唯独他仍依恋着温暖的被窝。不是病了，也不是累了，而是沮丧。从川北大山里来到这个灯红酒绿的江南城市，整整三年了，什么累活都干过，赚的钱太少，吃过用过，所剩无几。眼下他在工棚附近的大工地做泥水小工，工钱还凑合。他想积些钱寄回老家，孝敬老爹老妈，自己都 21 岁了，在家里长期做伸手派，不像样！可是积钱不容易，钱去得快来得又慢。工地上有个民工夜校，连包工头都动员他去提高一下文化，他却不乐意。一是嫌太费脑，二是还要开支书簿费，想想还是赚钱来得重要。他小学毕业，有这点水准，领工钱签名、看电视或欣赏连环画什么的，问题也不大。

太阳照到头上了，怪刺眼的。肚子也委实有点饿了。他用结实粗壮的手臂撑起身子，准备穿衣。一阵喳喳喳的鸟叫声传进耳朵。他斜眼朝窗外望去，视野里出现两只在半空环飞的黑色鸟。喜鹊！他认定。小时候他就知道，喜鹊叫，喜事到。他把半个身子探出窗外，向远处瞭望。嘿，前边的空旷地上有棵孤零零的老洋槐树，高高的树端上有个椭圆形的鸟窝。喳喳喳，喜鹊又叫了。此刻他已穿妥衣服，心想，我这个穷光蛋能有什么喜事呢？发财？不可能！那天，他心慌慌弄了几只报废的水表、旧水龙头卖给收破烂的，才得了 19 块钱。这城里到处是钱，留给他确实不多。桃花运？休想！就在昨晚，他和工地上那个做饭的河南妞套热乎，不过是说了几句小荤话，就被她骂得狗血喷头，没戏。

角落里的热水瓶里还有半瓶水，同棚的难兄难弟还算有良心，没用光。洗脸刷牙，冲最后一包方便面，全靠这半瓶水了。一切停当，他踱步走出工棚。

冬天并不冷，暖冬！喳喳喳，喜鹊叫得正欢。叫个屁！他捡起碎石朝飞翔的喜鹊掷去。

现在他看清楚了，喜鹊的羽毛不全是黑色的，其肩和腹部是白色的。走着走着，他来到那棵老洋槐树旁。好大好老的树呀，树干两人抱都抱不拢。平时怎么没注意这棵树？他笑了，在家乡，那些树可多了，要有多大就有多大，品种多得叫不全名称。城里嘛，好东西自然更多啰，酒吧、舞厅、宝马、豪宅，还有穿戴高贵的女郎，那些女郎裸露的修长而白嫩的大腿，唉，没法说了，太诱惑人了，他咽了一团口水落肚，用手背擦擦嘴。就是嘛，城市里要注意的好东西多着哩，谁还会去注意这棵老树?!

喳喳喳！喳喳喳！两只喜鹊绕树三匝。这个时候，刘小钻眼睛发亮，心一激灵。他看见了，树端上的那只鸟窝和以前见到过的不一样。它特别硕大，那种建造的材质不像是树枝藤条，似乎很有些硬度。那能是什么呀?

他好奇，想上去看个究竟。刘小钻可是个爬树高手，一支烟工夫，就爬到半树高了。四野里静悄悄的。那两只喜鹊也已飞往远方。到了，手可以接触到那个鸟窝了。他的心激烈蹦动，欢快的感觉漾满四肢。不是木质草皮的窝，而是用细钢筋、短铜线、长铁丝构筑成的。伟大的喜鹊！他在心里喊着。紧接着他就动手拆这个窝，还从里面掏出 10 多个喜鹊蛋。

嗬哟哟，铁件总共有 30 多斤，紫铜线也有好几斤。刘小钻把爬树所获的东西卖给废品收购站，共得 100 多块钱，相当于他两天的工资。他还把喜鹊蛋煮熟，再沽酒，尝了个回肠荡气。他并不是个不动脑筋的人，一边喝酒一边在想呀，这城市什么都好，就是绿地和树木的比例低了点，要不，这喜鹊筑窝怎么会叼不到木质枝条？唉，喜鹊也有点可怜啊。可怜的喜鹊！他在工地上拌水泥浆时，仍不停地叹息。工友们不知道他哪根神经搭错线，问他，他很神秘地摇摇头，无可奉告！

叹息归叹息，又一个休息日，他鬼使神差地又向那棵老洋槐树走去。喳喳喳！喳喳喳！那两只喜鹊仍在树顶绕着圈。呵呵，它们又在筑窝了。他的眼眸里露出笑意，等那个窝弄停当了，再去弄它个百把块。想好了，他脸仰天，迎视喜鹊的飞翔。突然，啪的一声，他感到眼睛有点灼热，视线顿然模糊，因步履没停，被一块尖利的路石绊了一脚，人就扑倒在地。一阵钻心的痛在全身蔓延开了。

刘小钻被工友们送进医院，他的左脚髁粉碎性骨折，光医药费就花了3800元。在病床上，他有点沮丧，想不通啊，喜鹊不是吉祥鸟吗，怎么会把鸟屎拉到我的眼睛里？

原载2020年第4期《微型小说选刊》

一袋桃子

飞　鸟

大董村街上，早晚会出些水果摊、蔬菜摊。妻子经常去鲁大姐摊位上买时令水果。她说鲁大姐是我们河南老乡。

我有次与妻子一起出去，认识了鲁大姐。鲁大姐老家的县与我老家太康县挨着。在异乡能用方言说话，是种很不错的感觉。

鲁大姐的摊子经常出在街头一家熟食店前。电动三轮车摊开的车斗上，摆着桃子、葡萄、苹果等。一台电子秤，几张打印了收款码的硬纸片。

鲁大姐看上去五十来岁，据她说只比我大两岁，四十三岁，比我妻子小一岁呢。她皮肤粗糙，短发灰白了不少，圆脸圆鼻子，大眼睛；个子不高，粗壮结实，身前斜挂着个黑色的方形布包。她对我和妻子说："你们俩都长得这么年轻，这么排场，真好。"

她和丈夫来北京五六年了，开始是进饭店、超市打工，后来就学着做点小买卖。她说："如果在老家我不会干这个的。"我没懂。她解释说："这跟要饭差不多呢，不像你们在写字楼上班，干净又体面。"我摇头了，说："大姐，你没听过'端人家碗，受人家管'吗？干什么都不容易呢。你自己做点生意也挺好的，感觉自在些。"

鲁大姐说："天慢慢冷了，到时不能出摊了，也没什么好卖了，老乡，能不能帮忙找点活，打扫卫生什么的都行，干到天暖和了我再做小生意。"我说："好的。"

我们再买水果什么的，都会提前给鲁大姐说，明天要一斤大枣，或要两斤苹果，或要几斤桃子，下班拿。鲁大姐提前称好装在袋子里，我或者妻子下班顺道提了。我见过两次鲁大姐的丈夫，一个瘦高黄脸的男人，看工作服好像是在某家快递公司上班。他不喜欢说话，冷着脸吸烟。

帮鲁大姐找活的事我一直记着。我们公司不缺人。楼上一家公司的杨总，我们熟识，一次见面我问他缺不缺保洁。杨总说他们库管下个月十五日离职，正找人呢，工作轻松，就是开门锁门看着点货。杨总说：“兄弟，你可要保证人可靠呀。”我说：“我老乡，放心，你知道我，不靠谱的人我才不会介绍呢。”

我暂时没告诉鲁大姐，想等下月初再告诉她。

晚上妻子拎回来一袋桃子，我洗了几个，发现里面坏掉了。我又洗了几个，还是不能吃的。我问妻子哪儿买的。妻子说：“鲁大姐的。”我说：“都是不能吃的。”妻子有点生气，说明天去问问鲁大姐。我说：“别呀，还是老规矩处理吧。”妻子知道我脾性，不说话，吹头发去了。

我的所谓老规矩，就是被骗一次，如果不是造成特别大损失的，不去理论，但永不再交往。

妻子吹干头发，赌气把剩下的桃子都洗了，用刀子打开，无一例外，全部不能吃。我告诉妻子，鲁大姐这样，我帮她找好的活也就算了吧，那可是去做库管，首要的就是心要正。

有次鲁大姐碰见妻子，拉着问为什么这段时间不去她那里买水果了。妻子还是说了那袋桃子的事情。鲁大姐听完笑了，说一定是拿错了，那些肯定是卖给过路人的，不会给老乡。鲁大姐还说：“骗就骗那些一次性的过路客，肯定不会骗你们常客呀。再说咱们又是老乡。”说着给妻子装了一袋苹果和枣。妻子付钱，鲁大姐怎么都不肯收。

晚上，妻子告诉了我这件事。我说：“鲁大姐这事做的还是不对呀，就算不是常客，不是老乡，也不能骗人家呀。”妻子白了我一眼，说：“小生意不容易呢，不光是鲁大姐，很多小商贩都是这样的。”我想说：“很多就更不对了。”但我没说，跟妻子较真争论这些弄到不愉快有意义吗？

过了几天杨总问我：“兄弟，你老乡什么时候来上班？”

我笑了笑，岔开了话题。

原载 2020 年第 4 期《天池小小说》

沼泽地

叶征球

入冬后，夜幕落得急。一不留神，天嗖嗖地就黑了，像碰翻了一瓶墨汁。这幢土屋离村子很远，孤零零杵在山岗西侧，如一个弃儿。

他敲门进来的时候，老人正拢着炉子烤火。

老人瘦弱，佝偻着，身上的棉袄就显得宽大了许多。一只黑魆魆的铝壶坐在火炉上，嗞嗞嗞吐着热气。

“大叔，您——您好。”他怯声唤了一句。

老人微微一凛，缓慢地欠身，一双枯枝般的瘦手，抖抖索索地探寻着。

“您眼睛？”他问老人，右手捏了捏裤子后兜，硬硬的还在。

“唉，青光眼，瞎两年了。”老人幽叹了一声，“请问客人你是？”

“我贩……贩山货路过这里，天就黑了。”他轻轻地吁一口气，“想歇个脚。”

老人颔首，笑开一脸菊瓣，应道：“哦，快来烤火，粗茶淡饭也有的，你莫嫌弃。”

他默默地环视了一圈，房间干净爽朗，除了一些简陋的生活器具之外，没有什么亮眼的物件。

几本旧书和一台老拙的木匣式收音机，趴在缺角的桌子上，擦拭得锃亮，在浑浊的灯光下，显得几分古意苍苍。

正在播放评书《隋唐演义》，单田芳独特的磁性声音，让房间里热闹一些。年月久了，收音机有些颓，夹着“沙沙沙”的杂音，仿佛病人的喉头里憋着不顺畅的咳。

老人慢慢摸索着，从碗柜里端出两碟剩菜来：土豆丝、腌菜炖小鱼干，菜虽然有点蔫，但尚有余温。

他看着，咽了一下口水。随即帮忙撤下水壶，一边架锅热饭，一边问：“大叔还喜欢看书啊？”

“唉，眼睛瞎了，看不见东西，就每天摸摸书。”老人苦笑一下，眼睛里蒙着一层淡淡的云翳，眸子定定的，一动不动，“当一辈子民办老师，习惯了闻书的味道。”

饭菜简单地热过，老人让他开吃。

他看着墙壁上贴的那些奖状，印在上面的红旗都褪色了，自言自语：“以前，我也得过很多奖状。”接着，陷入了回忆中，脸上浮起一些欣喜。

“大叔，这里往西，路好走吧？”

“往西？”老人若有所思地说，“往西是一片沼泽地，几十里荒无人烟。”屋外风刮得恓惶，窗边的苦楝树摇曳着，仿佛鬼影幢幢。

“沼泽？”他停下了筷子，“我想吃完饭就动身呢。”

“乌茫茫的全部是泥淖，上个月又陷了两个人进去，还是晌午呢，眨眼就灭顶了，根本没得救。走夜路，就更别提了。”老人说着，脸上全是惊悚。歇了一会儿，接着说：“哦，我弄点酒给你，暖暖身子。”

老人步履蹇滞地进房间，捯饬了好大一阵，颤巍巍端着一个旧搪瓷缸出来。顿时，一股醇酽的酒味弥漫开来。

“自家粮食蒸的酒，不值钱，莫嫌弃啊。”老人和蔼地说。

他很久没有闻这种浓郁扑鼻的酒香了，一瞬间，他心里兵荒马乱，仿佛回到了家，回到了父亲身边。他暗暗地叹一口气，眼眶就湿了。

酒足饭饱之后，两个人围着炉子拉家常。

老人说冬夜太长，自己睡眠浅，有时压根就睡不着，得靠安眠药；儿子在城里上班，隔三岔五的才能回来一趟。

他说，他家在山沟里，村长就是土皇帝，作威作福，一手遮天；他说一位朋友犯了事，总想悔过自新……

“想回头就是好人，俗话说，浪子回头金不换。”老人不住地点头称赞，“人活一辈子不容易，肯定有平路，有山坡，还有沼泽。”

夜渐渐深了，土屋的灯在无边的黑暗中，昏黄如豆。

他感到一阵阵疲乏袭来，眼皮沉重得挑不动，便依着老人安排，进侧屋倒床睡下。

待他鼾声响起，老人悄悄锁了侧屋门。

老人从棉袄里掏出手机，蹑到门外，颤抖地拨通了儿子的电话：“我中午听见收音机里的协查通告了，你们要抓的人，在咱家里。我看见他左耳那个胎记了，没错。”

电话那头，儿子大骇：“太好了！爸，您没事吧？”

“没事没事，我假装青光眼，他不会伤害一个盲人的。”老人顿了一下，说，“酒里有安眠药，他睡着了。你们赶快来！”

“好的，马上就过来了。”儿子声音急切如催，“爸，您千万注意安全，防止他有凶器。”

“他裤兜里一把匕首，我已经收起来了。他也是苦孩子，尽量算他一个投案自首吧，帮帮他，别让他在沼泽里陷得太深。”

原载2020年第6期《山西文学》

神秘的大黄猫

张爱国

母亲正操起扁担要劈我，却突然惊喜地叫道："是他莲姨吧？他莲姨吧！"

我好奇地停下逃命般的脚步，回头看，母亲已站在远处的大路边，抓着一个妇人的手，兴奋地喊着我："国子，过来，叫你莲姨。"母亲从来没这么和我说过话，嘴里像含了蜜。我犹豫着，因为我把两桶水挑泼了，母亲刚才没劈到我，现在是不是想把我诓过去劈？

"来呀国子，你莲姨，还有弓子，你们小时候在外婆家玩得可好呢。"母亲拉着妇人身旁一个和我差不多高的孩子，极力向我献殷勤。

我突然意识到母亲是要留这位莲姨在我家吃饭，于是走过去。莲姨快步迎上来，气喘吁吁："呀！国子，都这么高啦……"

"国子，把弓子肩上的袋子接下来，背家去。"母亲一边吩咐我，一边弯腰挑莲姨刚放下的担子。

"翠姐，我家也不远了，不去，不去你家……"莲姨阻止母亲挑她的担子。

"就你见外！都吃饭时间了，都到我家门口了，你走啊！走了就不是姐妹！"母亲气冲冲地推开莲姨，挑起担子，"我晓得，你每次赶集都绕着我家走，生怕喝我一口水。今天要不是你挑着担子，小路不好走，你又绕过去了……"母亲的语气很不满，但脸上含笑。

"哪里哪里哟翠姐，我是穷忙，家里丢不开……"莲姨跟着，也笑着。

弓子一口气灌下我家两大碗井水后，坐在门口，低着头，不和我说话。我也没心情和他说话，只琢磨着母亲今天会烧什么好菜招待客人：肉，家里没有，但菜里的香油一定会倒得多。想到这，我就激动起来，但又不能把激动表现出来，不然下午等客人一走，母亲轻则又要骂我没出息，重则又要用扁担劈我，顺带着把刚才没有劈的也劈了。

“每次客人走后我就要倒霉，今天要出出她的丑。”我在心里给自己定下对付母亲的基调。

“他莲姨，你坐会儿，我出去抱些柴草。”母亲说着就走出院子。我心里一笑，母亲又开始装了：灶边柴草满满的，哪里还要再抱？不过是干那种事罢了。我有了主意。

我坐在门口弓子的对面，有一搭没一搭地应答着莲姨热情的问话，眼睛不时地瞟向身后。

“谁！干什么！”我突然的大叫吓得莲姨和弓子猴子般地蹿起来，更吓得身后的母亲一大跳。“想死啊你！”看到莲姨，母亲的声音又立即柔和起来，“他莲姨你看，我家这调皮的东西……”母亲捡起被我吓得掉在地上的一块腊肉，放到窗台上。

“一样的，我家这东西更调皮，更调皮……”莲姨笑着，还轻轻揪了揪弓子的耳朵。弓子莫名其妙地看着我。我们俩一笑，在院子里玩起来。

不一会儿，母亲亲切地喊我进屋。我似乎忘了先前的不快，蹦蹦跳跳地跟着母亲进了厨房。母亲笑着关上门，却突然用胳膊将我的颈子死死一箍，手掌紧紧捂住我的嘴，另只手似乎用尽全力拧我的屁股，眼珠子就要跳出来，声音低却异常凶狠：“拿出来！不然客人一走，我就送你命！”

我疼得叫不出声，也不敢叫出声，只疑惑、无助地看着母亲。

“肉，窗台上的肉，藏哪去了？”母亲的两只眼珠子恨不得要蹦出来砸死我。我急切地摇头，惨兮兮地看着母亲，泪水大滴大滴地滚落。

“翠姐翠姐！大黄猫！一只大黄猫叼走了肉！”莲姨在门外急切叫起来。母亲急忙丢开我，低声说句“不许哭”，就打开门和莲姨一起去追大黄猫。

母亲和莲姨没有追回那块肉——那块刚刚被母亲从邻家借来，并且当母亲做贼一般悄悄往窗台上放时还被我的恶作剧吓得要死的那块肉。

这天的饭桌上虽然没有肉，但多放了香油的韭菜和白菜尤其香，我和弓子一人吃了三大碗饭。

饭后，莲姨从后院上厕所回来，手里拿着一块肉，惊喜地对我母亲说："翠姐，这块肉被大黄猫丢在了后院，还差点把我踩滑倒了。"

母亲接过那块肉，看了看："他莲姨，亏得你了……"

莲姨他们走后，我见母亲看着那块肉直抹眼泪，就恨恨地说："哼！大黄猫，下次让我碰上非打死不可……"

"傻孩子，什么大黄猫？"母亲苦笑了笑，"大黄猫叼肉，哪有丢下的道理？哪有连一个牙印子都没在肉上留下的道理……"

十二岁的我，不懂母亲在说什么。

原载 2020 年第 3 期《短篇小说》

女孩与眼镜

孙长乐

女孩高中毕业后没能考上大学，又不甘心在灰蒙蒙的小镇度日，便只身来到了这个远离家乡的大都市闯荡。原以为在大城市找份工作很容易，可没想到来了一个多月，也没找到活儿。现在女孩才知道，一个外地来的女孩，要是学历低，又没有姿色，想找到一份像样的工作很难。女孩也知道自己的容貌有些微缺陷，这令她很是自卑。那天，对着镜子端详自己，她心里倏地一亮，心说自己面容的那些缺陷，完全可以用眼镜来遮掩一下。于是，女孩便买了一副粉色镜框、淡茶色镜片的平光镜，戴上这副眼镜后，女孩显得气质高雅，风姿绰约，容貌看上去也无可挑剔。女孩开心不已，决定以后就天天戴着这副眼镜。

这天，听说一家电子公司招聘业务员，待遇也都不错，女孩决定前去应聘。到了那家电子公司，见应聘的姑娘很多，女孩就在招聘处排队等候着。这时，公司的魏总经理经过这里，看到戴着眼镜的女孩，他一下就被她吸引住了。身材修长、亭亭玉立的女孩，在那些求职姑娘中，犹如鹤立鸡群，着实引人注目。魏总正想物色秘书，他一眼就相中了女孩，当下就叫人把女孩领到他的办公室。询问过女孩的一些情况后，魏总告诉她，公司决定聘用她为总经理办公室秘书。女孩欣喜异常，十分庆幸自己能得到这样一份体面的工作。

上班后，女孩悉心工作，时常陪着魏总出入各种场合。她人很机灵，也很会应酬，深得魏总的青睐。

公司举办了一个订货会，来了不少客户。订货会结束的前一天，公司在一家大酒店摆了几桌酒席，宴请那些客户。女孩陪着魏总在酒席上一落座，大伙的目光就在她的身上打转儿，都要与她干一杯，女孩说自己不会喝酒，要以茶代酒，那些人不依不饶，硬要她喝，她不得已就喝了几杯红酒。女孩不胜酒力，已有了几分醉意，脸上也渗出了汗珠，她便摘下了眼镜，用面巾纸拭着脸上的汗渍。

魏总跟在场的人，都是第一次看到摘除了眼镜的女孩：她的两眼间距宽，眼珠泛黄，眼窝凹陷。在她戴眼镜时，这些缺陷竟被淡茶色的镜片完全遮掩住了。大伙眼睛瞟着女孩，交头接耳，窃窃私语，显然他们是在品评她的容貌。此时，女孩的头脑已不太灵醒，并未意识到自己容貌的缺陷已暴露无遗，她手里把玩着那副眼镜，不时冲大伙笑笑。魏总就坐在她的旁边，这令他大为难堪，便吩咐人把她给送走了。

翌日，女孩去公司上班，一些人都以异样的眼神瞅她，魏总对她不哼不哈，十分冷淡。快下班时，公司的人事科科长把她叫到室外，告诉她："公司要重新给你安排一份工作，明天你就到装配车间去报到吧。"

女孩一怔，问道："这是因为啥呢？"

那人事科科长也是个年轻女子，跟女孩还是老乡，她迟疑一下，说道："那我就跟你实话实说吧，昨天在酒席上，魏总已然发觉你不够漂亮，他哪里还会让你当这个秘书。"

女孩听了，又羞又悔，眼泪簌簌落了下来，沉默一阵，说道："那我也不能待在这里了，我就离开公司吧。"

人事科科长叹了口气："魏总不用你当秘书，对你来说，未必不是好事。"女孩一脸不解地望着她。她顿了顿，又说："你大概还不知道吧，以前魏总聘用了一个漂亮的女秘书，没多久，他们两个就闹出了风流韵事，魏总玩腻了后，就把那秘书给赶走了。你要是一直给魏总当秘书，兴许也经不住他的诱惑，做出丑事来呢。"

女孩站在那里，良久无语。今后出去找工作，她不知自己该不该戴那副眼镜。

原载 2020 年第 2 期《嘉应文学》

地瓜和老爷

高淑霞

地瓜总跟翠莲说老爷抠门。地瓜说的时候翠莲就笑，笑着说：“你再说说他又怎么抠门了。”

“嗯，他要我把用过的大料、桂皮，拣出来。”地瓜说。

“拣出来干吗？”翠莲问。

“拣出来，洗净、晒干，下次炖肉时再用。”地瓜说的时候看翠莲的手，痴痴地：“白，白！”

“你怎么又胡言乱语了？”翠莲瞪了地瓜一眼，一甩手走了。

地瓜是老爷捡回来的，前年老爷去京城办事，回来的路上遇到他躺在路边，老爷叫管家把车停下，给他灌了点水，吃了点东西，他就站起来了。老爷问：你叫什么名字？他说我叫地瓜。老爷问：你姓什么？他说，不知道，我从记事起就跟着丐帮讨饭，他们都叫我地瓜。

地瓜其实很感激老爷，说老爷抠门，是找话说。往常他一说老爷抠门翠莲就会说你是没见识，老爷不抠门怎攒下这么大家业？老爷抠门是抠门，但可没亏待过下人，就连麦收时请来的帮工都小米干饭地伺候，晚饷还叫来一担香瓜让他们吃。地瓜就说，那是老爷精明，他们吃高兴了，好下力气干活。

今天地瓜太急了，可他管不住自己，他总想老爷把他领进这所大院时对他说的那句话：你就在这里干些杂务，过几年给你说个媳妇，别再满处跑着要饭了。一想到这句话，他就想翠莲。

地瓜走回东屋，东屋孙柱的呼噜声震天。地瓜皱皱眉，提起马灯去了马厩，给马槽填了草，捋捋马的鬃毛，愣了一会儿，走出马厩往柴房溜达。柴房在西院，过月亮门的时候地瓜看到一条黑影跳进院中，钻进厨房。

“贼！抓贼啊！”地瓜追了上去。

地瓜把贼按到地上时，厨房里已经聚了不少人。地瓜发现贼是个和他一般大小的男孩，男孩的左耳长了一个肉柱，肉柱竟然会动，一抖一抖的让他好奇。

“放了吧，”老爷说，“他也就是想找点吃的。”

地瓜不想放，摁着贼喊：“老爷！”

“放了！”老爷看着地瓜。

“滚！”地瓜给了贼一脚，“你就是命好，赶上了老爷，否则送官，非打你个皮开肉绽不可。”

贼爬起来要跑，老爷说：“站住！”贼就站住了。老爷对地瓜说：“去，把厨房的吃食都给他带上。”说着老爷摸出一块大洋，递给地瓜：“这个也给他。”

第二天地瓜找翠莲说话时没再说老爷抠门，地瓜说老爷有病。翠莲说：“你又胡说。”地瓜说：“你，你说，老爷没病干吗要给他一块大洋？一块大洋能买很多很多东西呢。”翠莲说：“我也说不清，老爷自有老爷的道理。”

那年秋末老爷喜得千金，取名如意。老爷有三个儿子，就盼着来个女儿。

如意 16 岁时去京城读女中，年末回家度假。正月初六如意回学校，老爷让地瓜护送。车轱辘吱扭吱扭在山道上碾过，地瓜闭着眼盘算：这段路最险，再走半个时辰就是山口，过了山口就安全了。

怕什么来什么，车外嘈杂一片，有人高喊：车里的人都出来！地瓜撩帘一看，马车前站着几个大汉，车夫已被他们拿住。

“别，别怕，”地瓜清楚，遇到了土匪，低声安抚如意，“他们不会伤害咱们。”

地瓜仨人被土匪虏进一座破庙。庙中正堂八仙桌旁坐着一个男人。男人正在喝酒，看到如意眼睛放光，地瓜扑通跪到地上紧着磕头，男人不理地瓜，问如意：“你是谁家小姐？”如意浑身哆嗦，地瓜抢先回答：“庞家，庞各庄庞老爷家。”男人一震，说：“放了！”地瓜身边的土匪大叫：“大哥！”男人左耳的肉柱乱跳，厉声道：“放了！”

晚上地瓜跟翠莲说话。地瓜说："老爷精明，16年前就料到了今天的事。"翠莲白了地瓜一眼："你又胡说，那叫仁义。"地瓜搂过翠莲："仁义，仁义，老爷仁义把你嫁给了我，你仁义给我生了两个儿子。"地瓜搂紧翠莲，嘿嘿地笑。

原载2020年第2期《天池小小说》

退休的影帝

葱 茏

三叔是一个因伤提前退休的警察，准确地说，是一个卧底。

他曾告诫过我：做好一个警察，不懂一点表演的技巧和犯罪心理是不行的。一个成功的卧底才是最佳影帝。警察要学会表演，同时也要学会如何看穿对手的表演和试探。

两个月前的一天晚上，有人打电话到派出所，举报天德大排档的食物有问题。接电话的民警小林问他姓甚名谁，举报者说，不愿透露自己的姓名。

第二天上午，听了小林反映的情况之后，作为队长，我带领他和另外一个民警小陈，穿便衣走访了天德大排档。我们发现，这个大排档的生意相当火爆，大厅里黑压压一片全是人，而相邻的几家餐馆却是门可罗雀，冷清得很。大排档的老板赖天德，三十五六岁的样子，整个一笑面虎，知道我们的来意之后，满脸堆笑表示一定好好配合我们的调查。这家伙看起来一点都不紧张。

我吩咐小林和小陈，分别对食物取样，带回去委托本县食药监分局的测试人员做鉴定。

鉴定的结果是：没有发现异常。

唉，被举报的人要了。

谁知道，过了一周，举报者又打来电话，气愤地说，你们警察不管事，任由赖天德为非作歹，大发黑心财！其实，即便他刻意隐瞒自己的姓名，我们也有办法通过来电的号码调查他的身份，他就是大排档隔壁一家生意冷淡的餐馆的老板。我们由此断定，这人分明是嫉妒赖老板的生意太好，才故意举报中伤。

后来的事实证明，我们错了，大错特错。

我当时接过小林手中的电话，对举报者说，一周前我们就已经上门做过调查，食药监分局出具的报告表明，天德大排档的食物没有问题……

还未等我说完，电话那一端就传来一句小声的嘀咕：唉，看来你们跟他是一伙儿的，官商相护，这世道。然后就挂了电话。

我也挂了电话，笑说，呵呵，他说我们官商相护，这话从何说起啊？小林也说，这人真是无聊。我和小林都没有注意到小陈假装起身到饮水机旁加水时的铁青的脸色。

两个月后的今天，三叔从老家过来拜访我。闲聊的时候，我给他点上一支玉溪，跟他说起这件被举报人“耍”的糗事。

没想到，三叔却数落我说，你做事情太草率了。举报者言之凿凿，说赖天德为非作歹，大发黑心财，你怎可不起疑心？

我连忙辩解，三叔，我看你是卧底还没做过瘾，又开始疑神疑鬼了吧？

三叔没再理我，把夹在右手的半截玉溪凑到嘴边，深吸两口，然后在烟灰缸里把烟头摁灭。他又用右手理好耷拉在宽阔坚毅的额头上的几缕灰白的乱发，眼睛里满是忧伤。

看着他空荡荡的左袖，我知道自己说错话了，戳到了他的痛处，三叔做警察确实没有做过瘾。九年前，他被派往广西凭祥分局的缉毒大队，充当卧底以便获取毒枭的情报。在收网当天，毒枭识破了三叔的卧底身份。他被抛来的手榴弹震伤了左臂，提前退休了。那一次抓捕很成功，缴获甚巨，唯一的遗憾就是，毒枭的次子至今在逃。

想不到，如今这名逃犯就在我的眼皮子底下。如果不是因为三叔的“疑神疑鬼”和暗中调查，恐怕连我们藕田镇的整个派出所都深受其害！

三叔独自一个人行动。经过数日侦查他发现，频频光顾天德大排档的顾客总是一副没精打采、病恹恹的神情，很像鸦片战争时期抽大烟的不堪一击的晚清的官兵。他忽然明白了大排档的生意为何会如此兴隆——食客吃上瘾了，欲罢不能。

一天晚上，天德大排档的老板娘正要关掉店面的流动七彩霓虹灯，准备打烊，却突然看到，眼前站着一个浑身脏兮兮的、左手残缺的乞丐，正用右手伸出烂碗来讨饭。

女人就是胆小，见到乞丐都害怕，她尖叫着抽身回去找老公。

乞丐踱步进门。

赖天德情知自己的大排档有问题，故而十分谨慎。他用锐利的眼光盯着蓬头垢面的乞丐，慢慢走近。赖天德想试探一下乞丐的真伪，捏一捏他的断臂，稍微放松了警惕。他又开口说，可怜的乞丐，想吃什么，烤鸭还是白切鸡？随便挑。

乞丐听到赖天德说话的嗓音，内心犹如翻江倒海，可脸上的表情却是波平如镜。他瞥了一眼赖天德手臂上的刺青文身，在一秒钟之内做出了反应——装聋作哑，不给对方机会听自己的声音。乞丐立刻放下烂碗，摆摆右手，指了指嘴巴和耳朵，表示不会说话也听不见。随后他指向餐桌上还未收拾的剩饭剩菜，没等对方同意，就上前把它们倒进自己的碗里。随后，他迫不及待地用手把食物往嘴里送，让人觉得他确实是一个饿昏了的乞丐。

第二天，对三叔讨来的残羹冷炙做了测试，食药监分局出具的报告显示：汤汁含有罂粟的成分，怀疑是在熬汤的卤渣里掺了少量的罂粟壳。

这样的结果早在三叔的意料之中，所以他并不关心。他关心的是，立刻联系县分局的缉毒大队展开秘密抓捕。

三叔对落网的赖天德——昔日毒枭的次子说，二少爷，别来无恙啊！虽然改了名字，还整容了，可你说话的声音变不了哇，你手臂上的文身的风格还是那么恶心。

赖天德被反剪着双手，俯身，喘着粗气，用一双杏眼直瞪悠然浅笑的三叔，眼中透出的寒光，比起当年那个飞扬跋扈的二少爷，丝毫未减。

做了一辈子的卧底，三叔狡黠地看着我，说，大侄子，你对身边的人不能尽信。我一眼就能看出来，你身边那个小陈心里有鬼，估计很早就被赖天德收买了，通风报信。那天没有下药，所以你的调查取样才会失败。你到底被谁耍了都没搞清楚。

三叔，你是真正的影帝！

不，我是一个可怜的乞丐，哈哈！

原载 2020 年《五月风》春季刊

施粥记

纪　墨

顾野县县令于德瑞刚刚到任，便遭遇旱灾，加上战乱频仍，导致民不聊生，饿殍遍野。百姓无可为生，出城去剥树皮、掘草根者众多，竟有农家易子而食。

于德瑞与师爷周顺商量如何应对，眼见得百姓受苦，心如刀绞。周顺道，前任知县多受贿赂，搜刮地皮三尺犹不知足，我虽敢怒不敢言，只恨不能做主。而今您心系百姓，乃百姓之福也，我自当助你一臂之力。在丰收之年，我偷偷找人另辟一室，库房内藏有不少粮食，建议您暂时施粥放粮，赈济灾民，以应急需。于德瑞深施一礼，有贤德师爷，我亦无忧矣。我代顾野百姓拜谢师爷。遂张榜公告，舍粥三日，只见灾民摩肩接踵，纷纷而至。

本县地主胡业兴听说此事大为不悦。胡业兴是顾野县第一商贾，家财万贯，势力庞大，朝中张尚书是他姐夫，因此在本县一手遮天，历任县令到任，先到他这里拜谒，而于德瑞到任，不理不睬，心里十分不满，加上他心黑手辣，与前任知县相互勾结，控制了本县粮食的买卖，逢灾年正可加征税费，高价卖出存粮，于县令此举将我置于何地？苦思良久，命手下心腹附耳上来，如此这般这般。心腹领命而去。

天有些阴，一块乌云飘过来。好像有雨将至。县衙门口，灾民们虽见天气阴沉，仍拥挤不动，很多人多日未食，恨不能立刻喝到粥水，于德瑞命衙役们维持秩序，切莫造成人员伤亡。

一个衣衫褴褛的灾民，刚刚喝了粥，把碗扔于一旁，大叫此粥有毒，倏忽倒地。众人皆惊。灾民们围将过来，衙役慌忙禀告于县令。于德瑞走至近前，令衙役们将他抬到木椅之上，请来大夫诊断。

旁边有人高喊，于县令心怀不轨，想要害死百姓，大家切莫上当。

不行，一定要给个说法。

是。很多人随声附和，灾民们有的不敢再盛粥了。于德瑞心里暗想，肯定是有人闹事，粥怎么会有毒呢！刁民不除，难以在顾野立足。他压住怒火，凛然说道，大家静一静。你们想一想，若我下毒，刚才喝粥者岂不是全部身亡，为何他们没事？

一个带头闹事的人过来了，你不可能把百姓都毒死吧！弄死一两个就行了。我表兄平白无故遭殃，谁知道你们有什么仇恨。

于德瑞正色道，我初来乍到，上任不足十日，何来仇家。你是谁！

好汉爷行不更名坐不改姓，赵千是也，我怎么会知道你们有什么仇恨，一条人命，你说如何处置吧！赶紧赔钱，停止施粥。否则，我就告到州衙。

赔钱？于德瑞冷笑了一声。那就等于承认我粥里有毒了。他回头问大夫，此人如何？何故如此？

大夫回答，不知何故，但是脉搏全无。按说中毒应该有症状啊?!

那就把人留在县衙，查实原因。

不行，赵千吼叫起来，你把人害死，连尸体都不能让我们带回吗？

现在查不清原因，不能让你们带回。于德瑞果断地说。

大家看看啊，多不讲理。说着他躺在地上打起滚来。

将他一并收押起来，于德瑞喝令手下。

什么，没王法了。我不服。赵千声嘶力竭地喊起来。

慢着！一声断喝。大家循声望去。原来是胡业兴。大家给他让了一条路出来。于大人，这样似乎不妥吧！人已经死了，你还把尸体带走。

那怎么办？于德瑞反问。

一个破要饭的，赔点钱算了。于大人，我给您出钱。胡业兴小声地说。

不可能。于德瑞低头思忖，不行就请仵作前来，进行尸检，看看到底是中的什么毒。他叫师爷，去叫仵作。

师爷答应着前去。

不行，绝对不行。赵千急了。身体发肤，受之父母，开膛破肚实为大不敬，我们不同意。

既然人已死，用何种方法证明粥无毒？为何别的灾民无恙，偏你家遭此横祸？师爷，速去传仵作前来。

遵命。师爷走了。

工夫不大，仵作到来，把箱子置于地上，拿出剪刀等物准备检验。

赵千哇的一声，哭出来，一把拽住了胡业兴，我们不干了，赶快退钱，说好的演戏，现在要出人命了，把解药给我，给我哥吃了。

胡业兴的脸上红一阵白一阵，一把推开赵千，你胡说什么？

你别装了，钱我们也不要了，给我们解药还魂丹。

灾民们都看明白了，一下子愤怒起来，你们不是人啊！于大人好心施粥，你们却设计陷害，可恨！大家拥过来，对着赵千和胡业兴一阵暴打。

于德瑞赶紧令衙役们分开众人，乡亲们，切莫动手！胡老板，把解药给他们，把人救过来！

胡业兴扔给赵千一包药，躺着的人吃了药很快就醒过来。醒过来之后，赵千对他耳语几句，他才明白是怎么回事，看到于县令，他跪在了地上，大人饶命，小人一时糊涂，受了胡业兴的蛊惑，请您饶恕。

于德瑞叹了一口气，你的所作所为着实令人气愤，好在没有造成祸害，你需改过自新，重新做人。

好好，他连声应诺。

再找胡业兴，不见了踪影。

应该抓捕他回来，一并治罪！师爷道。

既然真相大白，清者自清，这次放过，让他去吧！下次绝不饶恕！

赵千直呼：大老爷宽宏大量，聪慧过人，又善心施粥于灾民，顾野之幸，百姓之幸也！

灾民们齐刷刷跪倒：顾野之幸，百姓之幸！

县衙门口，领粥的灾民又多了起来，排列得井然有序。于德瑞望了望天，那块云早不知何时消遁，晴空万里。

原载《小小说月刊》2020年4月下半月刊

无名英雄

刘 泷

一大早，乡下突然打来电话，急促地告知我，大伯垂危，他要见我一面。

我匆匆打车赶回铜台沟。

大伯九十岁，在我们刘家属于高寿。他的手像一把钳子，死死地抓着我。而且，往日浑浊的眼眸也放出熠熠光彩。大伯说："我要告诉你我的一个心愿。"

大伯曾是一名志愿军，1951 年 1 月初抗美援朝第三次战役时，他是连长。

那天晚上，他接到命令，要不惜一切代价在限定时间内将一批军用物资送到战火正酣的前线去。

在甲屯里附近的铁路桥旁，大伯带人拦截了一列火车。

打开车门的瞬间，他怔住了：火车上有三十几名从前线运下来的伤员，他们身上缠着绷带，倚靠在车厢壁上。

但是，他还是咬着牙说："对不起，请诸位下车，这列火车被征用啦！"

这时，从车厢后面挤过来一个女军人，她说："不行，他们都是重伤员，随时都有生命危险，我们要尽快把他们送到后方去。"

他说："可是，不赶快把这批武器弹药、食品药品运送到前线，将会有更多战士失去生命！"

她说："我不管，我这个排长有责任保护这些重伤员。"

他恳求道："有点大局观念好不好？"

她却瞪着他："我告诉你，治病救人就是我们医生的大局！"接着，她愤怒责问："你执行任务，我也执行任务，你为什么非要中断我的任务？你不怕我挨处分吗？"

他不敢瞅她，不敢瞅那些脸上写满痛苦的伤员，他像霜打的秋菠菜，深深埋下头去。

他摆摆手，心想算了。

她不理会他，转身要去关闭车厢的门。

可是，一个人却从一副担架上，咕咚滚下车来，那人全身绑满了绷带。他艰难地睁开肿胀的双眼说：“都别争了，我叫夏天光，是116师团职参谋，所有人都要听我的。前方战事要紧，它关系到众多战士的生命！”

即刻，那些伤病员有的挪下，有的滚下，有的跳下，纷纷离开车厢。

也有不能动的伤员在担架上呻吟，枉然地向车厢外挣扎着。夏天光喊大伯：“抬呀，愣什么呢！”

很快，车厢被清空了。

大伯急忙带领战士装好物资，向这些伤病员和陪伴他们的她与另外两个女兵，敬了一个军礼，叮嘱他们在原地等着列车返回。火车一路鸣笛，驶向战火纷飞的远方。

列车驶出不远，他再回头，月色下看见她和战友，一边抹着眼泪，一边在给东倒西歪的伤员包扎。

五个小时后，从前线返回，他指挥列车驶向那座桥。

来到桥头，他跳下机车，四下张望，哪里还有她、夏天光和那些伤病员啊！

天渐渐破晓，凄苦的北风像饥饿的猩猩在咻咻地吼。他茫然四顾，发现脚下只有焦黑的泥土、沙石与泥浆四溢的弹坑，还有冒着浓烟的金达莱枯枝。

“人呢！”他喊。

他把嗓子都喊哑了。

天骤然亮起来，像舞台的幕布倏地拉开。他有一种不祥的预感，眼泪竟然噼里啪啦地一颗一颗掉下来。

“都死啦！炸死啦！美国鬼子的‘黑寡妇’飞机，一颗燃烧弹，就把这些孩子全都炸死啦！多好的中国孩子啊！”一位朝鲜阿妈妮趔趄着朝他们走来，老人悲怆地呼号着，脸上是血，手上也是血。

大伯说罢，有一刻昏迷过去。但随即，他又睁开了眼睛。他问我，你知道那个女的是谁吗，那个排长?

我摇摇头。

他顾自说:“她是我负伤住院时相识的恋人。本来，我们说好要在战争结束后结婚的。我一辈子不再娶妻，也是为了她！”

大伯长叹一声继续说:“我有个愿望，就是要把我埋在那座桥头，和她，和那些牺牲的战士在一起。”

我含着眼泪，点了一下头。

他说:“记住，千万不要给我立碑。我不要名字！在朝鲜战场牺牲的那么多志愿军战士，很多都是无名英雄！”

原载 2020 年 9 月 9 日《解放军报》

世界第五大发明

朱道能

素有“发明大王”之称的王教授，经过八百一十天潜心研究，发明了一种名叫“OK 万能测谎仪”的新产品。观其形，不过遥控器大小，只需要你把被测对象扫描入镜，再输入检测内容，面对面地一按“OK”键，就能破天下之大谎，万无一失。

随着被誉为“世界第五大发明”的产品被源源不断地推向市场，各大报纸的新闻版面，几乎都成了测谎仪的新闻专版了：《模范夫妻人人夸，一测方知都有“家”》《十年逃犯不知情，一测之下显原形》《反贪局长去反贪，仪器一测先完蛋》……

一时间，连街头烤红薯的都在叫卖：“测谎仪哦，烤红薯——”人们见面的第一句话，也从以前的“你吃了吗”变成“你测了吗”。

与此同时，王教授的工厂，也以一天一家的速度，向世界各地无限扩张。踌躇满志的教授夸下海口：十年内超过比尔·盖茨，成为世界首富。

然而，教授却惊讶地发现，在一片火爆的情形下，国内的产品销量，反而像坐了滑梯一样，一日千里地下降。

疑惑之余，教授决定微服私访，亲自到市场探个究竟。

在一家生意火爆的测谎仪专卖店门前，教授观察一会，心中便明白了几分。等一拨顾客散去，他就走上前去。

“老板，给我拿台测谎仪，正宗的——”

老板一愣：“正宗的？为什么不买假的呢？”

教授压抑着愤怒，反问道：“假的？假的怎么能检测出妻子对我是否忠贞？”

“呵呵，”老板笑了，“那更要买假的呀！你想想，你可以用它测出妻子的真假，妻子不也同时可以用它查出你的猫腻吗？这样一来，你岂不是引火烧身吗？”

正说着，又来了一群人。付了真钱，买走假货。心照不宣，配合默契。

教授越发不解了：“既然如此，那就不测得了。可为何还有这么多人，来花这份冤枉钱呢？”

老板意味深长笑道：“现在的社会，哪个人心中没有一点鬼？这测谎仪一出来，便闹得人人自危，个个害怕。总担心有一天，别人拿着测谎仪，对着自己一按OK……所以，与其坐以待毙，被动挨打，不如买个假仪器，主动自检，以示清白。于是大家就彼此照搬，买个心安……”

教授惊叫一声：“这岂不是借科学之名，行欺骗之实吗？如此一来，这项伟大的发明，还有什么实际意义呢？”

老板闻言，也一下子激动起来：“伟大个屁。这个‘王八’教授，研究什么不好，偏研究这样害人的玩意，把一个稳定和谐的社会，搅得人心惶惶，鸡犬不宁……我当初是堂堂的大学博导，就因为学校拿这玩意查出我学术造假，老婆查出我与学生有染，所以才落到现在这个地步……”

教授沮丧地回到公司，一脸焦急的秘书推门而入：“不好了教授，刚才内线打来电话，说税务局马上过来查账——”

教授眉头一皱道：“慌什么慌？咱们的账走得天衣无缝，他们能够查出什么来？”

秘书苦笑道：“教授，你忘了吗？他们手中可拿有咱们公司生产的测谎仪啊……”

教授一下子瘫倒在沙发上。

呆坐了许久，教授这才缓缓地站起身，打开墙角的保险柜，从里面拿出那只无人知晓的解码器，然后，一闭眼睛，狠狠地按了下开关——在这一瞬间，所有国内版的OK万能测谎仪，全部解除了“OK”功能……

原载2020年第3期《蒲阳花》

树桩的启示

桂忠阳

树桩只是一个普通的树桩，但是因为它救了一车人的命，所以就显得有点不一般了。

那一天，石强开着中巴车从板桥往城里去，刚出村口爬到高岭一半的时候，突然熄火了。他慌忙踩刹车，平时一踩就灵的刹车，今天不听话了，怎么也刹不住。石强惊慌起来，陡坡的右边就是悬崖，悬崖下是湍急的东津，这车要是翻下去，车上二十多人的生命岂不都完蛋了？中巴车越滑越快，石强急得满头大汗，但也无可奈何。车上的人都叫起来，几个小孩吓得哇哇大哭。

就在中巴车滑到悬崖边上，眼看就要翻下去的瞬间，突然后车轮被一个庞大的槐树桩挡住了。那个槐树桩就在悬崖边上，有三只水桶那么粗，它稳稳挡住了下滑的中巴车，像一堵结实的墙，把一车人的生命从死亡线上拉了回来。

石强擦着满头大汗从车上走下来，望着那个槐树桩若有所思。车上的人也都下来了，一个大胖子心有余悸地对他说，你这车是怎么回事啊，简直是拿我们的命开玩笑。石强说，对不起，我也不知道今天是怎么回事，平时都是好好的。你们先走到岭那边去，在岭下等我。我把刹车修好了，马上就过来。胖子说，你这车我们还敢坐吗，退钱算了。石强自知理亏，凡不愿再坐车的乘客他都退钱。还有一些村上的熟人不好意思，就走到高岭那边去等他的车。

石强钻到车下一检查，原来是刹车螺丝松了，他紧好螺丝，再上车一试，一切都很正常。他在心里告诫自己，以后每天早晨出车，都要把刹车仔细检查一下。

再上路后，车子就跑得非常顺利。

下午回家后，石强心里就一直在想：这刹车怎么就突然失灵了呢？幸亏那个救命的树桩，要不然他和一车人的生命就完蛋了。吃过晚饭，石强就拿了香纸匆匆出门了。老婆看他的行动有点古怪，便悄悄跟在他身后。

只见石强来到那个槐树桩面前，把香火点上，跪在地上磕了三个头，嘴里喃喃地说着什么。他老婆好生奇怪，就走近他说，石强，你今天是怎么啦，好好的一个人，向树桩磕什么头？

石强站起来说，我这不是在拜树桩，是在拜我自己呢。

老婆更加奇怪了，就说，你明明是在向树桩磕头，怎么又说是在拜你自己呢？

石强说，你还记得吗？十年前，我们家盖房缺一根大梁。

老婆说，记得，我怎么会不记得呢，但这与树桩有什么关系吗？

石强说，当年我就砍了这棵槐树做大梁。那年冬天，我本来也想把那个树桩挖回来烧火烤，但是走到树桩面前，看到它的四周发了一些细小的新枝，我就犹豫了：人啊，事情不能做绝，我砍了大树，再来挖树桩不是太过分了吗？还是让它留着吧，给那些细小的新枝一个生长的机会，留一点善心积一点德。没想到今天就是这个树桩救了我和一车人的命。接着他就把早上的险情向老婆说了一遍。

老婆听得心惊肉跳，拉着他的手说，老公啊，幸亏你当年手下留情，不然今天我就见不着你了。石强挽着老婆的手动情地说，老婆啊，人在任何时候还是不能做亏心事，俗话说，人在做，天在看。善恶都是有报的，我们回去吧。

石强说的一番话，让躲在悬崖下的二赖子心头猛地一震。石强中巴车的刹车失灵，就是他在头一天晚上做的手脚。他要报复石强，那是因为石强在村里当民兵队长的时候，曾抓住了他这个偷牛的惯犯，害得他坐了三年监狱。可是他没想到这个该死的树桩却救了石强和一车人的命，所以他晚上带着手镐要来挖掉这个树桩，然后再去把石强中巴车刹车的螺丝松掉，让石强死在他的手下。

然而，石强说的一番话却让他在罪恶的邪念中醒悟过来：是的，人不能把事情做绝了，他二赖子也要给自己留条后路，要重新做人。想到这里，二赖子悄悄把手镐甩进东津河里，河水在月光里溅起一片晶莹的浪花。

原载 2020 年 3 月 7 日作家网

夜姬懋子

周　玥

自从百乐门里头来了一位叫懋子的夜姬，百乐门的留声机和大音箱就没停过，霓虹灯也没熄过，上海滩一大半的男人都叫她勾走了，然后上海滩的女人们就翻着眼，从鼻孔里冒出一句：赖三。

那时候的懋子已经十八岁，正是待嫁的年纪，上门来提亲的队伍排到了十六铺码头。领班的雪姨就问她，懋子，想好嫁谁了吗？懋子就噘着嘴说，雪姐姐，懋子不嫁，懋子陪着你。雪姨就想起了很多年前，那个恼人的四月的清晨，街道边的法国梧桐开始发了疯似的飞絮。雪姨对毛絮过敏，怕极了这玩意，望着门外皱起了眉。一晃神，瞧见门口站着个美人，身穿粉色齐胸襦裙，盘着惊鹄髻，好像从很远的古代匆匆赶来，那张不谙世事的脸既让人迷又让人怜，一颦一笑都像极了从画中走出来的仙女。

懋子就那么突兀地站在全上海滩最繁华的百乐门门口，掩着长袖眯着眼，笑了一下，又笑了一下。雪姨是天津人，北方女子少有这般温婉柔情，头回见着这般可人的女子，可是赛天仙了，直喊，哪来的仙儿？懋子笑了一下说，江南。雪姨又问，我们这可不是什么正经地方，仙儿是不是走错地了？懋子说，没错。找的就是百乐门。雪姨说，你想做女郎？懋子又笑了一下说，是夜姬。从此，百乐门的头牌就成了一个从古代来的夜姬，百乐门的方圆十里成了名车博览会，总能看到各色高档小车上走下来不同肤色不同打扮，高矮胖瘦俊俏美丑不一的富商官宦。

上海总商会的金老板迷懋子迷得不行，总爱调笑说，坐在席上看懋子跳舞，有种恍如隔世的感觉，好像自己是古代的帝王，可能上辈子懋子就是他的爱妃。雪姨就呸的一下说，瞧你这下贱样，干脆说你们上辈子是梁祝化蝶双宿双飞得了。逗得一旁的男宾客们哈哈大笑。

夜姬樊子把男人迷得死死的不仅仅因为她的容貌，还有她的难以捉摸。想要与美人共度良宵，得先掷一条小黄鱼，随即关闭百乐门的所有通道，若当日穿黑西服的人是单数则无缘，若双数得再付一条大黄鱼才能抱得美人归。你以为这就完了？换一日，她又把规矩改成了系条纹领带的，再换一日，又变成穿中山装的……就算你中了，大黄鱼也不是谁都能拿得出来的。

愈是如此，男人们愈是对夜姬樊子迷得发狂。鲜少几个成为幸运儿的男人皆成了金老板的眼中钉。金老板吐着烟卷说，敢碰我的女人，想让皇军请喝茶是不是！谁都知道，金老板能在上海滩混得风生水起是仰仗日本人，换句话说，他帮日本人办事。你说他是汉奸，他还和你急，他说他是生意人，只认钱不认人！人就说，也是，你看人家樊子，日本人、洋人，黑色儿的白色儿的，啧啧啧，这境界！这不说你俩天生一对呢？金老板的脸就马上拉了下来，一掐烟，走了。

可在樊子眼里男人好像就是把玩的摆件，为什么这么说？因为她有一间储藏室，里头的陈列架上摆着各式各样的金银珠宝绫罗绸缎稀奇珍宝，上边标着送礼人的名字，这些宝贝全是上海滩有头有脸的男人们送的，樊子还给它取了一个洋气的名字，叫博物馆。很多时候，樊子就坐在博物馆中间的沙发上欣赏着她的藏品，时不时取一件，把玩一下。樊子对这些藏品的痴迷不亚于男人们对她的痴迷。

1941 年的冬天，日本人开始忙碌起来，他们占领了整个公共租界，上海滩人心惶惶，樊子干脆把床搬进了博物馆，睡在她的博物馆里，做起她很古代的梦。有一天，一个穿着绿军服的男人来请樊子去 76 号跳舞，说是给日本人庆祝。樊子收拾好自己，跟那个人走了，金老板正巧来看她，金老板说樊子你去哪，樊子说我去给日本人跳舞，很快就回来。樊子直到午夜才回来，樊子回来的时候襦裙有些破碎，眼角还有泪痕。金老板说樊子你怎么去了那么久，樊子说，兴致高，忘了时间。金老板说你衣服是怎么了，樊子说，劲太大，跳破了。

后来，金老板再没去过百乐门找懋子，而夜姬懋子依然是夜姬懋子，她夜夜笙歌，像没事人一样继续捣鼓她的新藏品。有人说，金老板是不敢得罪日本人看上的女人。也有人说，金老板是觉得自己保护不了心爱的人，让她受到了屈辱，没脸再面对懋子。

突然有一天，金老板又来找懋子了。金老板说，你跟我走。懋子掩着长袖眯着眼，笑了一下，又笑了一下。金老板又说，懋子，懋子懋子。然后懋子看了看窗外的梧桐树说，春天又来了，又要飞絮了。

第二天，老百姓们都在议论昨天夜里被暗杀的日本人，一共有八个，个个都是日本宪兵总部举足轻重的人物，他们还津津乐道的另一件事是，上海总商会的金老板扔下金山银山带着百乐门的夜姬私奔了。后来，大批的日本兵冲进了百乐门，冲进了懋子的博物馆，他们发现，死去的八个日本人的名字都出现在陈列的方格上，他们还发现，每个方格下的暗盒内都写着令人细思恐极的每一个人的机密信息和暗杀计划。再后来，人们开始流传这样一则传闻，金老板和懋子从小青梅竹马，懋子是名门小姐，父亲被日本人害死才忍辱负重沦为夜姬，金老板和懋子其实都是地下党员。

上海滩的女人突然对这个夜姬懋子肃然起敬，谁要是再骂赖三，准被她们的唾沫星子淹死。而百乐门的雪姨总会在春天飘絮的早晨出现幻觉，她看到一个很古代的女子站在门口掩着长袖，朝她笑了一下，又笑了一下。

原载 2020 年第 1 期《小小说选刊》

一棵桃树

陆惠明

老陆的孙子喜欢吃桃子，老陆就去镇上买了桃树苗回来，种在屋前。到了第三年，眼看桃树就要结果了，儿子小陆却在城里买了房子，为了照顾孙子，老陆和老伴只好跟着儿子一家搬到了城里。

几个月后，村里的老张到城里办事，顺便来老陆家玩。老陆夫妻留老张在家吃饭，老张盛情难却，喝了一杯酒后，红着脸说，你家的桃树结果了。

老陆像个孩子似的开心，真的？

老张说真的，但是桃子已经没有了，都被隔壁老王家的孙子吃光了。

晚上，小陆他们回来了，老伴就讲起老家桃子被隔壁摘光的事。小陆说摘也摘了，吃也吃了，难道回去跟他们吵架啊？乡里乡亲的不好。

老伴却说，那不行，明年开了春，我们回去把围墙打起来。老陆白了她一眼，兴师动众回去打围墙，打围墙的钱能买多少桃子？这棵桃树就几块钱买的，吃了又如何？

几个月后，亲戚家办喜事，老陆就回老家了。老王见老陆回来，连忙与他打招呼，歉意地说，小孩子太调皮，打了骂了不管用，一得空就爬上那棵桃树，吃了还想吃，实在不好意思……

老陆笑了，小孩子贪嘴很正常，不吃也要烂掉的。

老王尴尬地说，明年等桃子熟了，我一定帮你摘好了送来，也让你孙子尝尝自家的桃子。

老陆笑着拍拍老王的肩膀，路程太远，桃子熟了让村里人分享一下吧，你的心意我领了。

回到家里，老伴问老陆，老王怎么说？老陆说，明年，他帮我送桃子来，让我们孙子也尝尝鲜。老伴哼了一声，不要到时候连桃子的毛都见不到一根。

转眼又是一年，桃子成熟的季节，却不见老王送桃子来。老伴说，这个老王真是个黄伯伯，只有你会相信他的话，要是照我的意思，打好围墙，桃子一只也不会少。老陆眯着眼睛说，你打好围墙有用吗？存心要摘，一堵围墙能拦得住啥？不要再为几个桃子纠结了。

两人正说着话，有人敲门，老陆去开门。只见门口站着的是满头大汗的老王，手里拎着一篮沉甸甸的桃子。老伴红着脸留老王在家里吃饭，老王千谢万谢就是不肯留下来吃饭。

老王走后，老陆跟老伴说，这下你没话说了吧。老伴说，没想到老王还真是个讲诚信的人。

从此以后，每到桃子成熟的季节，老王都会送桃子来。有一年老王送来的桃子非常小，老陆有点纳闷。老伴说，这也正常，好的大的让他们吃掉了。老陆吼了一声，老王是这样的人吗？

没过几天，村里有个长辈过世，老陆和老伴去奔丧。到了老家一看，两人都惊呆了，只见那棵桃树光秃秃的一片叶子也没有，更不要说是桃子了。老伴痛心地说，这桃树什么时候死的啊？

这时，老王听到声音连忙过来，耷拉着脑袋说，这棵桃树早就死了，我也不知道啥原因，也没好意思跟你们说。老陆疑惑地问，那你送来的桃子……

老王回头看了一眼自己家。老陆夫妻俩顺着老王的目光望过去，只见老王家的场地上也种了一棵桃树，满树桃子十分喜人，只是桃子的个头不是很大。

老陆与老伴突然说不出话来，你，你……

老王说，孙子喜欢吃桃子，但怎么能老吃你家的呢？所以第二年我就种上了，没想到我家的长了桃子，你家的就枯萎了……

原载《故事会》2020年1月下半月刊

百万美元

罗倩仪

艾丽和威廉正在吃烛光晚餐，这天是他们结婚 3 周年纪念日。突然，艾丽的手机响了。两人低头一看，是克里斯打来的。艾丽露出尴尬的神色，克里斯是她的前夫。5 年前，他们离婚了。

艾丽毫不犹豫地挂断了电话。一分钟后，克里斯又打来了。“也许，他真的有要事找你。”威廉主动帮艾丽接通了电话，并开了免提。“艾丽……”克里斯的声音带着哭腔，“赛琳娜得了罕见重疾，需要做手术，请你借我 100 万美元。”

赛琳娜是克里斯的母亲。艾丽愣了一下，又看了一眼眉头紧锁的威廉：“我需要跟威廉商量一下。”艾丽话音刚落，克里斯又苦苦哀求：“艾丽，我知道你有钱。你应该记得，离婚时，我给了你 100 万美元。我绝不会要回这些钱，只是想跟你借 100 万美元。请你帮帮我！”

眼看威廉一脸不悦，艾丽搪塞了两句，便挂断了电话。

烛光晚餐已然被破坏，威廉还认为克里斯在说谎，叮嘱艾丽别贸然借钱，不妨先打电话给赛琳娜证实一下。艾丽在电话里问起赛琳娜的身体状况时，赛琳娜变得警觉起来：“克里斯是不是问你借钱了？”原来，克里斯真的在撒谎，他最近一直在到处借钱，又想投机取巧地赚钱。

艾丽又气又恼，当初她选择离婚就是因为克里斯撒谎成性，不务正业，沉迷做投机生意，对艾丽漠不关心。离婚的时候，克里斯大方地送给艾丽 100 万美元，一方面证明投机取巧也可以赚到钱，另一方面想用百万美元来弥补艾丽。现在，他终于亏钱了，不但不浪子回头，还谎称母亲生病到处借钱。艾丽打定主意，不再理睬克里斯。

两天后，克里斯又打电话来了，敦促艾丽给他汇款。“别再撒谎了！”艾丽愤怒地说，随即挂了电话。不料，过了一会儿，克里斯却发来了一份病情诊断书，并附言：艾丽，这两年我确实没赚到钱，但我决不会拿赛琳娜的病撒谎。

艾丽看完消息后，大喊一声："威廉……"

"怎么了？"威廉急匆匆跑过来。"赛琳娜可能真的生重病了！"艾丽把手机递给威廉，又喃喃自语，"当然，诊断书也可能是克里斯伪造的。"威廉是一名医生，他仔细看了看诊断书，连连摇头："不，诊断书是真的。"

艾丽心里一惊，可是赛琳娜为什么说自己没病呢？难道她不知道自己的病情已经很严重了？艾丽立刻打电话给克里斯，克里斯告诉她，其实赛琳娜早就知道自己得了重疾，为了不让克里斯担心，她甚至把诊断书藏了起来。克里斯是在收拾病房的杂物时，无意中看到这份诊断书的。

"那赛琳娜为什么要撒谎呢？她不想治病吗？"艾丽百思不得其解。克里斯更想不明白，赛琳娜不满他沉迷投机生意，两人向来话不投机。艾丽以前和赛琳娜关系颇好，决定去探望一下赛琳娜，了解一下情况。克里斯对此感激不尽。

艾丽查了资料，又询问了威廉的意见，便带着威廉和年仅1岁的儿子保罗，一起到医院去了。她跟赛琳娜坦白已经知道的真相，还宽慰赛琳娜："不用担心，我查过相关的资料，并咨询过医生，手术的成功率是挺高的。"这时，赛琳娜叹了口气："我不想治病，不是因为担心手术不成功，而是因为我今年已经70岁了，还能活多久呢？我可不想让克里斯为了凑钱给我治病，背负百万债务，怕影响他以后找伴侣。"

一个母亲的肺腑之言，让艾丽潸然泪下。"只要你愿意做手术，接受后续的治疗，克里斯一定会好好工作。只要他努力上进，自然也能拥有一份美好的爱情。"艾丽如是说。此外，艾丽让赛琳娜不必担忧钱的问题，她可以拿出150万美元，其中100万美元不必归还，那本来就是克里斯送她的，现在她送给赛琳娜，就当是对赛琳娜的一份关爱。

艾丽又招手让威廉把孩子抱进来："赛琳娜，这是我的孩子保罗。以后，你也会有孙子的。"赛琳娜眼睛发亮，感激地望着艾丽。

从艾丽进入病房那一刻起，她与克里斯就一直处于通话的状态。此时，电话那头的克里斯已泣不成声……

原载《知音》（海外版）2020 年 6 月下半月刊

树　妖

高沧海

是从前我父母离婚第三天的事情。

那是一个春天。

我被送到奶奶家。父亲很快就走了，目送他的身影消失在那片黑黝黝的树林的拐角处，他竟然不曾回过头来看我一眼。

野蔷薇花的帽子，长长的灰蓝裙子跟随母亲一起消失了。细碎的石补钉开遍了蓝色的河堤，静静杏花飘落的夜里，我只有她的一张照片，不知她是否会听到我的哭泣。

奶奶不让我去那片黑树林，她说那里有树妖。

黑树林其实是一些紫叶李树，正开着一树粉白的花。我躺在树下，睁大眼睛。

嗨！你在做什么？

一个男人向我这里张望。

他说他被一个躺着一动不动的人给吓着了，那些花几乎把整个人盖住。

我告诉他我在这里等着变成一棵树，或者被树妖带走。

他咧开嘴巴笑了。

他看着我，我也看着他。

他的头发上渐渐落满了花。

我问他，你是树妖吗？

男人笑出了声。

你是哪一棵树变成的树妖呢，是这棵吗？哦，不对，这棵树很小，还开着花儿，应该跟我一样是个女孩。

男人拂掉头上的落花，然后用双手搓了搓脸颊，抻了抻眉，可以看得出他很愉快。他歪过头来对我说，他是那一边的槐树妖。

真的？

男人，不，是树妖，此刻他带我来到一棵大槐树下。

树妖说，他去年夏天刚刚被雷击过。他指着槐树身上的灼痕和断枝处说，就是这里。你看，他卷起衣袖，露出胳膊上的伤疤，他又掀开衣服，他的胸前自上而下赫然卧着一道青痕。我吓得尖叫起来。

树妖的声音变得像冬天夜里盘旋在屋顶和烟囱上的风，他说他已找了好久，找一个小孩代替他成为树妖，他做树妖已经做够了。

他说，找到了，就是你！

狂风把你折断时，闪电把你劈开时，虫子咬你时，鸟来啄你时，烈火烧到你时，你都无法离开，因为在夜里的时候，你的双脚就会跟树根长在一起。

你见过长长的虫子吗？……树妖的双手夸张地比画着，它长着一百只脚，有的会有一千只脚……我惊恐地向后退去。

树妖抓住我的胳膊，你想成为树妖吗？

不，不，不！

树妖扔下我。他不屑地说，你的样子糟透了，真不是一个优雅的树妖该有的样子！他说他要再仔细想一想。树妖双手搓了搓脸颊，又抻了抻眉。

我跌跌撞撞地跑开了，他站在我身后大喊，他说不要回头，不要回头，不然还会遇到他。

我终于看到了奶奶，在她的怀里，我忍不住回头看去，树妖，已经不见了。

我渐渐长大，每当想起树妖，我常常忍不住一个人笑起来，在我的心底，即便是寒冷的冬天，一样暖得可以盛开大片大片的桔梗花。那棵槐树，是一棵古槐，后来被保护起来，周边加了护栏，牌子上说它有百余年树龄，历经磨难。

五月，古槐的树顶开了白花，像一盏盏发光柔和的小灯笼。人们纷纷传说，这是遭受雷击十多年后古槐树第一次开花。十多年了啊，真是了不起！来看它的人络绎不绝。

我的姨母让我到她家里帮她做些事情。

姨母住在城里的槐树巷。那里本来是乡下，姨母自己也说不清到底是什么时候就变成了城里。无数的槐树消失了，只保留了这个巷子名，住着七八户人家。姨母会做各种素馅饼，卷心菜、小萝卜、香蕉片、苹果丝皆可入馅，当然，做得最好最拿手的，是槐花馅饼。

姨母的院子里有一棵槐树，姨父年年冬天都要砍枝，不然树冠的阴影会把房屋遮住。姨母的槐花馅饼名噪一方，她让我在每天清晨把槐花清洗，晾晒。槐花季节，她每天只做二十个小小的槐花馅饼，一直做到槐花落尽。

下午四点钟的时候，我把槐花馅饼挨个儿装进纸袋，整齐地摆放在窗前的果篮里。姨母坐在窗口里面打盹，她经常在睡梦中就能把所有馅饼卖光。

姨母说有一次她梦到自己变成一匹白色的小母马，伸长了脖子去吃槐树上的槐花。当她睁开眼睛时，站在窗外的客人正吃惊地看着她，而她的耳边还萦绕着梦里小母马欢快的“咴儿咴儿”的叫声。

姨母又坐在窗前，陷入午后的沉睡中。我悄悄退出去，找了一顶帽子戴上，走出槐树巷。

我坐在槐树巷口一侧的水泥台阶上发呆，面前即是启阳路，阳光很散淡。

启阳路人行道边上是几棵年轻的槐树，花期正稠，一瓣瓣的槐花翩翩而落，声音细细的，落到马路上，落到停在树荫里的一辆黑色轿车顶上。

一个男人举着馅饼从槐树巷里出来，经过我身边。他坐到车里，车子亮起左转向灯，轻轻的马达声中，他走了。

这是我二十岁的那一天的下午，我在槐树巷口的水泥台阶上坐了好久好久。当那个男人坐到驾驶座面向我时，我分明看到他举起双手，搓了搓脸颊，然后又抻了抻眉。

这是我二十岁的那一天的下午，我的帽子上戴着一些野蔷薇花。

原载 2020 年第 3 期《香港文学》

鸟人范

张建春

把范万顺称为鸟人，没有贬低的成分。

鸟人在小城不是个好词，鸟在天上飞，落在人的身上，就和下三路有关了。有几年评《水浒》，上上下下都记住了李逵的台词：招安，招安，招甚鸟安！加重了对鸟的轻蔑，喊某人为鸟人，截然的是蔑视之举。

鸟人范不一样，这名号来得早，评《水浒》时，鸟人范已经在小城人耳朵里磨成老茧。

鸟人范有业计，在葛大巷开理发店，手艺不错，方圆三五里的男男女女都找他剃头。头上功夫的事马虎不得，鸟人范做得极其认真，可惜还是没赢得剃头范的称谓。

范万顺的手艺，被鸟事遮挡住了。

鸟人范玩鸟、养鸟、驯鸟、护鸟，把有关鸟的事做到了极处。葛大巷是古巷，小城有多久它就有多久，鸟人范的理发店是祖传的，剃头的手艺也是祖上留下的，只是到了鸟人范这一代委顿了。

鸟人范把原本三间的门面一剖为二，一半交给了鸟们，剃头场子自然变小了。葛大巷住户多是前店后院，鸟人范的理发店也是。和别人家不同，剃头铺的院子仅有树，且是独树，常青的老柏，向上企着九丫。

院子方正，独树一放，就成了个“困”字，小城人看了摇头，齐说，不吉。鸟人范不以其为然，树上有鸟，树下落阴，有何不好的。鸟人范还有高处，在九丫柏上建了木屋，不透风进雨，让鸟们在中歇息、过日子。

鸟们齐齐地向鸟人范家拥，先是占树，之后向交给鸟事的一间半的房子挤，有吃、有喝，鸟们爽得很。

鸟人范数十年如一日，每天剃头不超过十五个，剩下的时间，关门，和鸟打交道。

院子里的鸟他要关照，送水、撒食，还要进一间半的房子里，调解鸟们的纠纷。鸟们见到鸟人范不惊，估计是把他当成了不长翅膀的鸟儿了。

通常鸟人范早晨天麻麻亮时分出门，风雨无阻，直奔小城边的荒凉地西凉城。鸟人范出行有气势，身后跟着群鸟，以灰喜鹊打头阵，随后麻雀、白头翁、斑鸠、乌鸫、八哥等数不清品种，不紧不慢地跟着，各色叫声好听。早起的鸟儿有虫吃，鸟人范遛鸟呢。

不过鸟人范不仅是遛鸟，他要做的事讲究，一夜间西凉城总要发生些纠缠，一些鸟受伤或者生病，鸟人范便收集了，带回家中，救治疗病，当然是在院中，之后放进一间半房中，慢慢调理。

鸟人范本有老婆，但心散在鸟的身上，老婆过不下去，恨恨地跟了人跑了，临走时，大骂范万顺为鸟人，头也不回，翻过西凉城去了另处。鸟人范委屈了几天，有鸟做伴，也将独身的日子过了下来。鸟人范不寂寞，有鸟呢。和鸟过一辈子，和鸟爱着，有意思。古人就有梅妻鹤子，小城人见怪不怪。

鸟们对鸟人范有感情，反过来，也护着鸟人范。有次几个青皮，要鸟人范为他们剃个怪气的头，鸟人范不干，给再多的钱也不干。青皮们不饶，竟把鸟人范从理发店拽了出来，拳打脚踢，围观的人不敢上手。鸟们怒了，成群的灰喜鹊、八哥、白劳冲扑了过来，对着青皮们又是啄又是咬，粪便冲天而下直浇青皮们。青皮们抱头逃窜，鸟们仍不罢休，尤其是白劳，追着、撵着，而更奇特的是西凉城的鸟们也飞着赶来，黑压压的一片，盘旋在葛大巷上空，久久不愿离去。

这天小城人过足了眼瘾，小城的周边还有这么多的鸟，想也不敢想。也有老人叹息，人心不古，人不如鸟。晚上，小城的板车李、一帖胡、画匠柳等请鸟人范喝酒，都十成的醉，一齐叫着鸟人范，泪眼麻花的。

就有人来打鸟人范鸟的主意，要买下理发店和驻扎的鸟，出价高，五百万。鸟人范旁敲侧击，问出了头绪。买家想用鸟人范的理发店，开个酒家，专营鸟味。

鸟人范气得翘胡子，嗓子就直了，猛猛地吼叫，引得众鸟盘旋，呼呼地向下扑。来人感到架势不对，当了缩头乌龟，直到天黑透了，才敢迈出理发店，自此买店的事再不敢提。

鸟人范八十岁时放下了剃头刀，整天和鸟混在一起，但也愁，以后的日子鸟们怎么办？

愁着时有了转机，省城农业大学王教授来找了他。王教授不老，四十多岁，一来就住进了鸟人范家，说家，不如说是大鸟巢。一住就是大半年，如父子。

王教授走后，鸟人范立了遗嘱，死后将理发店和鸟赠王教授。

日子又过了四年，鸟人范死了。葬礼简单，骨灰埋在西凉城。那几天群鸟噤声，只是落土时，王教授提议奏《百鸟朝凤》，群鸟和了，但也乱得凄凉。

随后两件事值得一说。一是以理发店为基础挂牌了“鸟人范鸟类保护中心”，落款为省农业大学。再一是王教授说了件事，困难年间，鸟人范窝在西凉城，吃了半个月的鸟蛋、鸟肉。

鸟人范，就此从小城消失，说到他，称为范万顺了。鸟人终不好听。

原载《小小说月刊》2020年1月下半月刊

2020 年选系列封面绘图画家介绍

曹力 江苏南京人，中国美术家协会会员。1954 年 2 月生于贵州贵阳。1982 年毕业于中央美术学院油画系壁画研究室，现任该院壁画系教授、系主任，承担素描、油画、色彩重构、线构成等课程的教学工作。代表作品:《马与楼道》组画、《牧童》(中国美术馆收藏)、《牧牛图》(钓鱼台国宾馆收藏)、《原野》、《村女》、《最后的歌》、《打开的乐谱》、《金色的天空》、《鸟之舞》、《玩纸鸟的少年》、《童声合唱》、《都市喧嚣》组画、《月光》、《盛夏》、《琴声如诉》等。

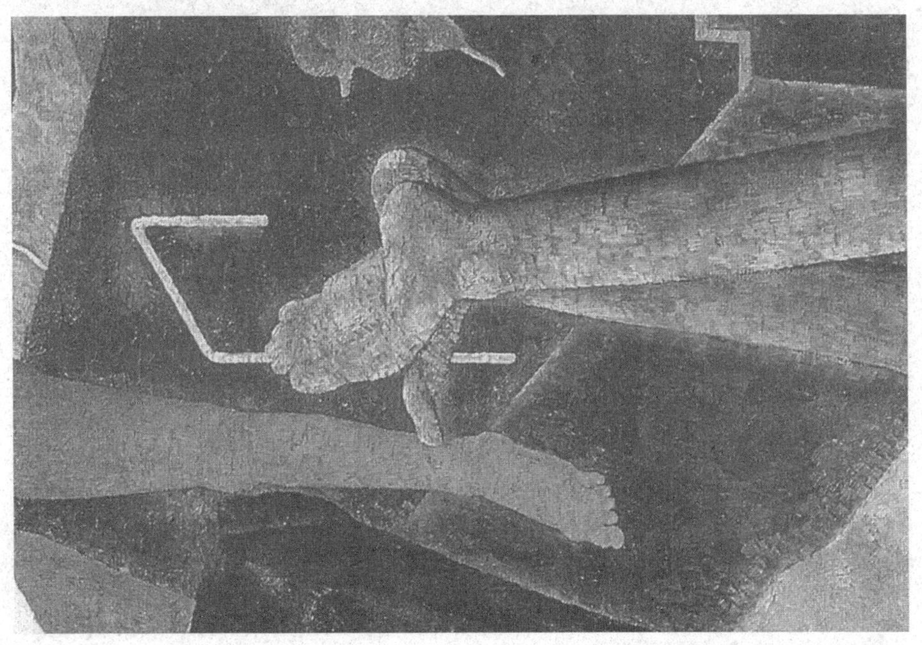

《最后的歌》180cm×260cm　亚麻布油画　1995 年

曹力画作短评

曹力无疑是一位极富诗人和音乐家气质的画家，他给 20 世纪的中国画坛留下了一系列充满着神奇与客观，梦幻与真实，过去、现在与未来纠缠不清的奇诡瑰丽的抒情叙事组诗，其间跃动着艺术家超人的想象与创造的精灵……这肯定得益于到处生长着神话与传说之树的艺术家童年的故乡贵州山区。

——苏旅（著名美术评论家、策展人、出版人）